« Or le temps pendant lequel tu auras cru en quelque fausse nouvelle t'aura grandement déterminé, car elle sera travail de graine et croissance de branches. Et ensuite, même si te voilà détrompé, tu seras autrement devenu. »

Antoine de Saint-Exupéry,
Citadelle.

Prologue

Bukavu, Sud-Kivu, 27 octobre 1996

Au bas du formulaire, il n'y avait ni paraphe ni empreinte du pouce. Juste une tache en demi-lune qui intrigua l'employé d'état civil.

RÉPUBLIQUE DU ZAÏRE
ATTESTATION D'ORPHELIN – SANS FAMILLE
CONSENTEMENT À L'ADOPTION OU AU PLACEMENT

« *Nous soussignés [illisible] Théodore, chef de zone de la commune de Fizi, et Ngoy Louise, mère de famille, attestons par la présente que Ngoy Matungulu, Marie-Josée, née le 29 janvier 1994, colline d'Itombwe, est confiée par sa mère au porteur de la présente...* »

Marie-Josée... Pas même trois ans. Et la mère a accepté de signer ça ? L'employé retourna la feuille, l'examina à la lumière. Ce n'était pas la pulpe du pouce que la mère avait enfoncé dans le tampon encreur. Le papier s'était froissé sous la marque de l'ongle, la mère y avait apposé son doigt...

à l'envers. Le chef de zone n'avait pas su écrire son nom, la mère n'avait su comment signer.

Et moi, comment je sauve le monde ?

Sur la table de travail, entre les crayons taillés et les liasses de courriers assemblées par de pauvres épingles rouillées, dix ou douze attestations similaires attendaient le timbre de l'officier et le paraphe du vice-gouverneur – leur validation par une administration en déroute.

L'employé inspira longuement, gagna la fenêtre. La pluie venait de cesser. Sur les routes menant à l'ouest, tout un peuple et ses charrettes reprenaient le chemin de l'exil. Trempés, des enfants muets attachaient leurs pas à ceux de leurs parents sidérés. Les enfants doivent-ils être condamnés à connaître cela ? songea l'employé. Sur les rives du fleuve, la rébellion se levait, le Zaïre avait vécu. Bientôt la république du Congo serait de retour, une question d'heures tout au plus. Au pied du bâtiment, presque sous sa fenêtre, le fonctionnaire remarqua la silhouette caractéristique du minibus VW. Un autre convoi se préparait. Sans bruit, il retourna à sa chaise et saisit son stylo.

Puisque la révolution en marche ne parviendrait pas à sauver ces enfants, l'homme étala avec soin chaque pièce de dossier sur la table, examina les marques des parents – de simples croix, parfois un prénom en lettres d'imprimerie. Le règlement lui imposait de les rendre officiels, pas de les vérifier. Il pouvait à la rigueur en gommer les souffrances d'un trait de plume. Avec une application redoublée, il se ménagea pourtant une place au paradis, en y glissant une énormité que quelqu'un finirait par déceler, il en était convaincu. Jusque-là, la hiérarchie n'y avait vu que du feu. Mais en Europe, qui sait, peut-être allaient-ils comprendre un jour ?

L'employé chercha en vain un dernier carré de buvard. Il souffla sur chaque formulaire pour en sécher l'encre, jusqu'à atteindre la parfaite rondeur administrative, en pleins et déliés. Il soufflait encore lorsque le vice-gouverneur vint ramasser les dossiers et, devant son hôte belge, accepta d'attendre que les lettres se figent pour l'éternité. Lentement, l'employé rassembla les formulaires, les glissa dans la chemise cartonnée et prit un temps infini pour les remettre au vice-gouverneur.

À présent, la révolution peut commencer…

1.

Mine de Kadumwa, Sud-Kivu, mars 2017

Un éclat de lumière porté par le ruisseau s'invita dans la cuvette plastique de l'adolescent et se mit à tourner en périphérie du flux d'eau boueuse. La lumière cristalline finit par freiner sa course, se lover dans les scories et paillettes d'or de la batée de Jean de Dieu, quinze ans, orpailleur de son état, qui en perdit l'usage du cœur, de la langue et, pour un court instant, le bénéfice des tympans. Sa poitrine bondit, plus un son ne lui parvenait à l'exception du sang pulsant dans ses tempes. Il en oublia l'eau qui s'engouffrait dans ses bottes. Seuls ses poumons sifflaient en vain un orage de bonheur muet.

C'est mon jour magique ! Karibu la pierre, karibu dans ma poche.

Penché sur la cuvette, Jean de Dieu se tourna vers le nord pour projeter la plus froide des lumières sur sa fortune nouvelle, en faire tinter les reflets, la retourner à loisir entre le pouce et l'index. Il tenait dans sa main un morceau de carbone pur cristallisé, densité 3,52, indice de réfraction 2,418.

De la bombe ! L'éclat du diamant se reflétait dans les yeux de Jean, promesse de fête et de danses, de sourires et de filles.

Le cœur de l'adolescent s'embrasa. *Je suis riche, papa Archange. Riche !* À une longueur de bras peinaient d'autres ados, creuseurs eux aussi, amis mais concurrents sous le soleil. Comme un coup de froid, Jean ressentit la tension du cycliste noyé dans le peloton, mesurant les chances de succès de son échappée solitaire vers la fortune. Hatari danger, gare à moi, se dit l'adolescent. Me faut planquer la pierre, me la border gentiment en poche. Trésor très personnel.

Il glissa le caillou dans la poche-gousset de son short puis reprit la pose de l'orpailleur plus affairé que d'ordinaire, travail-travail, maîtrisant l'hilarité qui soulevait à présent sa poitrine par un dos exagérément courbé sur la batée et les eaux boueuses du ruisseau.

Lorsqu'il osa jeter à la ronde un regard de civette, ses oreilles acceptèrent à nouveau de capter le volume assourdissant de musique afrotrap qui se déversait sur la vallée. Venue de la cabane-à-musique de DJ Luis, une avalanche de basses s'abattait sur les dos en sueur, fouettant en continu le peuple des mineurs d'or. Seul à ne pas sonder la terre et les eaux, DJ Luis assurait l'animation sonore pour les centaines d'orpailleurs. Sa musique urbaine régalait les ados, effrayait un peu les bananiers, mais en cet instant elle apaisait le vacarme du cœur de Jean de Dieu.

Je n'en reviens pas, je me suis trouvé un diamant. C'est costaud, ça ! pensa Jean. Il vérifia du pouce sa présence qui formait une bosse infime dans sa poche. Il ne rêvait pas. Merci ma colline, cadeau bien reçu. Ses mains plongèrent à nouveau la batée dans le ruisseau, pourtant son esprit était ailleurs. Dilaté de bonheur, Jean de Dieu se laissait hisser dans le ciel, soudain ivre d'espace et de vie. Tel un aigle huppard qui se serait emparé d'une pintade et qui, du haut de son soudain contentement, mépriserait la savane et les bêtes humaines qui exploraient son sous-sol.

Dans son demi-songe, il lui semblait voler. Il pouvait découvrir à ses pieds, à l'aplomb de la mine, la piste de poussière qui mène à l'escarpement sur lequel s'était développé le hameau lors de la ruée de 2010. Sortie de rien, cette protubérance était toute sa vie. L'or attire l'argent, l'argent attire des clous, les clous entraînent les marteaux, et au manche des marteaux s'étaient attachés quelques hommes à moitié frappés. Sur la seule rumeur de l'or s'était bâti en une nuit le hameau de Kangé, une termitière dévoreuse de pépites et francs congolais, des troquets bâtis de trois planches et deux écrous pour y servir bières et colas, des guérites de marchands de téléphones portables – seconde main, presque pas servis, une affaire –, des aubettes en rondins pour y vendre sucreries, savons, bâches et tongs, biscuits, batteries et oignons rouges. Tout se vendait à prix d'or aux chercheurs d'or. Ils étaient fauchés, tiraient leur seul crédit de la chance à venir. Le meilleur de l'adolescence de Jean s'était concentré dans ces cambuses improvisées, les noix et piments de fin de journée, les bières dont la mousse fait danser, quelques baisers chauds et rendez-vous cadencés.

Rêvassant à sa fortune nouvelle, Jean de Dieu éprouvait une paix intérieure qui lui permit de se ressaisir. Il se vit au hameau, sur la crête, confiant son diamant aux mains d'un courtier. Quel courtier ? se demanda-t-il. Et comment pourrait-il l'évaluer ? Tout le monde connaîtra sa fortune, elle lui échappera… Jean blêmit puis, soudain déterminé, il empoigna sa batée, la cala sur sa hanche et sortit du bassin de décantation où il était plongé depuis l'aube. Il abandonna les bottes, chaussa ses tongs, roula un torchon et le posa en cercle sur sa tête. Sur la couronne ainsi formée, il plaça en équilibre parfait sa cuvette d'orpailleur pleine des minerais et paillettes d'or récoltées. Après un détour discret de son pouce vers la pierre miraculeuse, Jean de Dieu prit la direction de la cabane-à-musique.

— Hé, DJ Luis ! Tu peux me donner mon portable ? Le troisième sur ta gauche, couleur comme les autres. Le fendu, oui…

Calé sur un fauteuil Peugeot de récupération, coincé entre les murs de planches d'un cabanon qui lui taillait une sorte de cercueil, DJ Luis mixait et enchaînait sur son ordinateur portable les tubes afro, coupé-décalé d'Abidjan et rumba de Kinshasa, et de temps à autre des raps rageurs venus des banlieues parisiennes. Il sourit à son ami avant de se tourner vers l'un des murs où pendaient à leurs chargeurs une quarantaine de mobiles que lui avaient confiés les creuseurs.

— Marre de bosser, Jean-Jean ? Tu nous quittes déjà ? s'étonna-t-il en lui tendant un portable misérable.

Non, gros malin, j'ai trouvé un diamant, je paie la tournée générale.

— Le père ne va pas trop ces jours-ci, répondit Jean de Dieu. Je dois m'en occuper un peu, j'ai promis.

— Alors, bonjour à l'Archange, de la part du diable DJ Luis…

Les deux amis s'offrirent une tournée de pouces et renouvelèrent leur amitié, épaule contre épaule, front contre front. Amis pour la vie, certes. Mais peut-être pas pour un diamant.

Plus d'une heure s'écoula après que Jean de Dieu eut quitté le puits de mine. Il lui fallait remonter le chemin d'accès le dos en sueur, atteindre le bourg de Kangé puis emprunter la piste vers le nord jusqu'à la case familiale et la figure du père, Archange Bugiri, quarante-cinq ans, veuf, une cabane et un fils pour seule richesse. Arrivé en vue de Bugumia, Jean profita d'une trouée bleue dans les feuillages pour observer la progression quotidienne des remblais industriels qui menaçaient les champs de maïs et la cabane de torchis de son père. Désormais, les camions géants MAZ menaient leur ronde juste à la limite du terrain familial, montaient en forêt puis déversaient les résidus de carrière à moins de six cents mètres de l'habitation. Leurs pneus étaient plus hauts que la plus élevée des poutres de la cambuse, de vrais camions éléphants. Derrière le jardin d'Archange, la montagne de déchets, boues et graviers rejetés par la société minière s'élargissait chaque jour davantage – jusqu'à trois cents tonnes pour chaque benne déversée. Bientôt Archange et son réduit seraient terrassés.

Il est têtu, le père.

Jean de Dieu se prit à sourire, fier de ce géniteur dont il s'était inspiré pour la résistance au travail ou pour la bagatelle. Il le savait fragile aujourd'hui face aux puissants. Archange Bugiri, condamné à dix-huit mois de prison pour ne pas avoir quitté sa mansarde en dépit d'une indemnisation perçue lors de l'extension des concessions minières.

Deux ans plus tard, Archange n'avait toujours pas bougé, il restait debout sur son seuil, droit dans ses bottes de chantier. Des bottes rouges comme sa colère. Archange s'était fait rouler, sa cabane avait été évaluée au prix de la boue et des branchages qui la constituaient, ses champs de maïs réduits à la valeur de dix années de récolte. Il avait perçu un million de francs congolais, sept cents euros, dont il ne voulait pas.

« Qui me payera mon terrain, continuait de hurler Archange, la bonne vie que j'avais avant, les amis, les ancêtres et le corps de mon épouse qui repose dans ces trois hectares, qui me payera mon eau et leur forêt ? J'en veux cent fois davantage. »

Il y allait un peu fort, le père Bugiri. D'abord parce qu'il avait bien encaissé l'indemnité. Et l'avait bien fêtée, tout le village s'en souvenait. Parce qu'ensuite, avec cent millions de francs, ce n'est pas une case à Kangé ou Bugumia qu'il aurait pu

image concrète : lorsque nous aurons tout décrypté, indexé, enlevé les doublons, nous espérons avoir mis la main sur soixante-neuf millions de documents. Soixante-neuf millions. Six, neuf, et six zéros.

Zoé se tut. Le volume était à ce point énorme qu'elle avait peiné pour lui faire passer le seuil de ses lèvres. L'alignement des chiffres semblait ne pas pouvoir tenir entier dans la salle de réunion. Il y a soixante-dix mille trillions d'étoiles dans le ciel, alors que pèse l'équivalent de soixante-dix mille gros classeurs à éplucher ? Les autres journalistes du réseau d'investigation se sentirent à l'étroit, écrasés sous le nombre. Si un photographe avait pu immortaliser le tableau, les ordinateurs en surchauffe des vingt-cinq journalistes et autant de disques durs cryptés, son appareil aurait enregistré au grand-angle une dernière cène qui commençait à virer au supplice.

Un frisson parcourut la salle et Zoé perçut cette angoisse. Certains de ces rédacteurs se relevaient à peine de la fuite précédente, des mois de recherche à piocher dans les Football Leaks. Or ils venaient d'entendre leur collègue française détailler leur nouveau calvaire. Soixante-neuf millions de documents à avaler, neuf à dix millions de pages pour chacun d'eux, trois à quatre milliers de bibles, corans et leurs hadiths réunis. Par personne.

Chacun mesurait le chemin de croix qui allait être le sien cet été. C'était cela ou les chiens écrasés, le rythme quotidien du journalisme au lance-pierres, les tweets et autre gaz. Ou changer de métier. Mais lorsqu'on a trente ans et la vocation, on se rue sur les galères.

La masse de documents n'était pas le seul écueil. S'y ajouta bientôt la multiplicité des langues. Côté fenêtres, baigné des premières lueurs du printemps, Jürgen conservait le sourire. Trois téras et demi, pas de quoi déstabiliser un solide hebdomadaire allemand. Il jeta un œil aux Italiens de *L'Espresso* et à tous les autres partenaires internationaux de Mediapart. *Si, si*, Jürgen, on est partants. Le Romain interrogeait à son tour les consœurs néerlandaises du *NRC Handelsblad* – Amsterdam était emballé, *natuurlijk* Stefano. Hilde regarda enfin les francs-tireurs du site d'investigation roumain *The Black Sea*. Ils en seraient, eux aussi.

— *¡Yo también !*

Les mots avaient fusé de la porte soudain ouverte sur une journaliste dont le sourire contredisait les traits durs. Les yeux de Laura brillaient comme d'étranges lueurs sous-marines, eau et feu mélangés, qui intimidaient les hommes de plus de trente ans et laissaient interdits les plus jeunes. Ceux qui ne la connaissaient pas ou n'osaient pas l'approcher attribuaient cette flamme insaisissable à un passé de tête brûlée dont elle n'avait jamais fait mystère. La distance qui s'installait naturellement autour d'elle se trouvait vite pondérée par la magie de la voix, les roulements de la langue espagnole. Son accent *sedoso* séduisait. Avant même de s'asseoir, Laura interpella Zoé. Que savait-on de l'origine de la fuite ?

— Cette fois, elle ne vient ni d'Allemagne ni de France. Elle nous vient de Suisse.

Zoé marqua une pause avant de poursuivre :

— Si cette fuite nous intéresse, je vous propose de travailler avec un nouveau collègue, Mario, de Genève. C'est lui qui nous a fourni les données. À vous de juger.

Zoé se leva, fit entrer dans la pièce un homme jeune aux cheveux noirs de jais, au nez aquilin. Les chaises se poussèrent à son passage, matérialisant un courant partagé de séduction et de rivalité. Il y avait dans sa démarche toute l'indolence du Tessin, le soleil de Lugano pris en terrasse face au lac, la peau tannée des excursions sur le mont San Salvatore. Lorsqu'il se présenta à ses confrères, ceux-ci se rappelèrent que la Suisse partageait un peu du soleil de la péninsule italienne.

— Mario a un peu galéré dans les journaux suisses, résuma Zoé. Tamedia, Ringier, RSI, avant de lancer son propre site d'investigation, Bakchi.ch. Certains le connaissent déjà, non ?

Puis elle expliqua le travail en solo de leur collègue genevois, son envie de rejoindre les membres du réseau d'investigation qui se réunissait aujourd'hui. Elle proposa de l'écouter. Resté debout, Mario connecta son ordinateur au projecteur de la salle et commença son exposé tandis que Zoé baissait l'éclairage.

— Depuis un peu plus d'un mois, Zoé et moi faisons tourner nuit et jour nos ordinateurs pour décrypter et trier la fuite. Tout n'est pas terminé, on aurait d'ailleurs besoin d'un peu d'aide pour indexer les e-mails. Il y en a cinq à six millions. Ce que nous avons identifié jusqu'à présent, ce sont près de trois cents types de fichiers différents, mais l'essentiel est constitué de formats très courants : jpg, doc et pdf, tableurs xls, etc. Et qu'y voit-on ?

Mario projeta un premier graphique. Le mur s'anima de millions de SWIFT, des ordres bancaires en pagaille et justificatifs en pièces jointes. Les données semblaient majoritairement africaines.

— De quand date la fuite ? demanda Jürgen.

Mario jubilait.

— Tous les documents n'ont pas encore été ouverts ni même décryptés, mais les plus récents n'ont pas trois mois.

Jürgen eut un rire de gorge. La fuite était toute fraîche.

— Si j'en juge par les enquêtes que votre réseau et le réseau américain ICIJ ont déjà publiées – Panama Papers, Football Leaks, Malta Files, etc. –, vous allez retrouver des noms déjà connus, d'anciens schémas de fraude, mais aussi des noms nouveaux, des tours de passe-passe inédits. Il semble y avoir quelques vedettes africaines – venues d'Abidjan, Nairobi, Kinshasa –, et j'ai repéré quelques mafieux de l'Est, pas mal de personnages politiques, sans compter les *usual suspects* de la finance internationale.

Les listes de noms défilaient sur l'écran mural. L'assistance découvrait les photos et documents d'identité que Mario avait pu trouver à l'intérieur de la fuite. Dans la pénombre, les images du

génération Y. Qu'importe, l'envie de combattre était intacte.

Tout en mangeant, Hugo examinait sa complice du coin de l'œil. Alors que Laura lui faisait découvrir les brasseries de Madrid, il avait un jour percé son secret – la clé selon lui de son regard émouvant. Un congé de maternité avait suspendu la carrière de la journaliste – elle était alors la meilleure correspondante de guerre de toute l'Espagne. Elle avait donc une passion hors le journalisme, un enfant à élever, qu'elle avait désiré au point de lui sacrifier son métier. Depuis, le Belge avait muselé ses élans de cœur, n'interrogeait jamais sa vie privée, et c'est sur ce constat qu'avait grandi leur amitié.

— Que penses-tu de tout cela, Hugo ?

— Un scandale. Ces sandwiches sont un scandale. Par contre, notre nouvel ami suisse a sauvé ma journée. Tu as lu les noms qui figurent dans la fuite ?

— Rien qui ait attiré mon attention. Mais c'est l'Afrique. C'est pour nous, non ?

Hugo approuva. Il avait sillonné les pistes du continent noir, Éthiopie, Somalie et Congo en guerre, il se souvenait des reportages primés de Laura, effectués sous les bombes en Centrafrique ou au Tchad. Tous deux connaissaient bien le terrain, et ils avaient conservé leurs carnets d'adresses africains. Les documents qu'offrait le Suisse leur permettraient de prolonger ensemble le baroud en continent noir.

Dans l'immédiat, Laura admit ne pas trop savoir par où commencer. Hugo était lui aussi perdu. Il avait bien identifié quelques diamantaires indiens et libanais, quelques stars africaines du foot, mais ne nourrissait guère d'illusion sur les anciennes colonies.

— Bien sûr, le Congo de Kabila sera un merveilleux terrain d'enquête. Mais le président est un finaud, souvent dénoncé, jamais pris la main dans le sac. Pas certain que les documents de Mario permettent de lever de nouveaux lièvres.

Laura haussa un sourcil en regardant l'autre côté de la salle.

— Par contre, je pense que Zoé a levé quelque chose, non ?

Leur collègue française ne lâchait pas Mario. Laura agita la main pour inviter Zoé à les rejoindre.

— Mes amis ! s'exclama Zoé. Mario, je te présente Laura De la Fuente, de la rédaction d'*El Mundo.* Et Hugo De Bock, du *Soir.* Tu connais déjà.

— *Ciao*, Mario. Dis-moi, pas de trace du président Trump dans ta fuite ?

Mario faillit s'en excuser, mais Zoé l'interrompit. Mario et elle pensaient avoir bien mieux : un montage énorme qu'il leur faudrait confirmer.

— D'ailleurs, on en a fait notre code. Tu sais qu'à chaque nouvelle fuite, on épingle le premier *people* retrouvé dans les données pour en faire le nom de code de l'enquête. Cette fois, on l'appellera « Joseph ».

Hugo était déconcerté. De toute évidence, quelque chose lui échappait.

— Joseph est peut-être notre meilleur scoop, reprit Zoé. À ce point énorme que nous devons rester prudents. D'où l'utilisation du seul prénom. Joseph, c'est un peu plus discret que Kabila, non ?

3.

Belgrade, mars 2017

Le soleil tombait net et blanc sur les dômes oxydés de l'assemblée nationale serbe. L'air était aux samovars et aux cafés chauds. Un temps à se mettre à l'abri des brumes charriées par le Danube jusque dans les vieux quartiers. À peine extrait de son véhicule, Jérémie sentit sur son front la caresse du soleil qui contrastait avec les assauts du froid aux poignets, au cou, à la ceinture. Il plongea la main dans la poche de son pantalon, y trouva un billet de cent dinars, quelques pièces de vingt – à peine de quoi payer deux cafés, pas assez peut-être pour deux cappuccinos. Deux cafés serrés pour un budget étroit, la facture du nouvel ordinateur l'ayant laissé démuni.

Malgré l'ouverture de la première session parlementaire, la rue Kosovska était déserte. L'alignement de véhicules immobiles allait bientôt céder la place aux terrasses couvertes. En imaginant les chocolats crémeux pris au soleil et le plaisir des cigarettes grillées en plein air, Jérémie comprit qu'il aspirait au printemps. Si sa voiture rendait l'âme, il passerait au vélo et pourrait sans doute tenir tout l'automne. Quant à l'hiver prochain, il n'avait aucune envie d'y songer.

Ses pensées le menèrent jusqu'aux portes du Café Drinka et la perspective d'un hiver lointain se dissipa. Son regard retrouvait le cadre dépouillé du troquet, tabourets et chaises de faux bouleau, murs de briques apparentes ornés de tableaux contemporains. Un endroit sans identité et discret, perdu entre deux siècles, situé à deux pas de l'assemblée et des relais du gouvernement. Une proximité parfois utile. Sans savoir pourquoi, le lieu lui rappelait ses années passées au sein du réseau Otpor, les bistrots clandestins d'où il avait mené l'insurrection de 1998 contre Milošević puis aidé la révolution douce un peu partout sur la planète, en Géorgie, Biélorussie, en Égypte, au Venezuela.

Vingt ans déjà ! C'étaient de belles années…

Une jeunesse en parkas d'occasion et jeans troués s'efforçait alors de transformer Belgrade en démocratie, dépavait et bâtissait un nouveau monde sous des nuages de gaz lacrymogènes. Il y avait perdu un prénom et trouvé une vie. C'est là qu'étaient nés son nom de guerre « Jérémie » et le mythe qui l'entourait, baptisé à la bière des anciens et dopé aux amphétamines de la nouvelle génération.

Puis tout avait foiré, les vieux réseaux avaient repris le dessus, Belgrade était redevenue une ville de mafieux et de touristes pendant que Jérémie se démenait avec ses traites et son loyer. Comment dire ? La cyber-révolution était momentanément indisponible, c'était le mot. Heureusement, Jérémie le hacker trouvait de temps à autre un bon coup de pied à lancer dans la délinquance bourgeoise, faisant ainsi trembler le vieux monde et passer les frimas de mars.

À propos de vieux monde, où était l'homme du jour ? Déjà attablé ? Jérémie le repéra assis dos au mur comme à l'accoutumée – sa manie de tout surveiller, tout savoir et contrôler n'avait rien en commun avec le rêve de Jérémie. Nés pour être ennemis, ces deux-là se retrouvaient grâce à leur esprit en perpétuelle alerte, leur soupçon permanent du complot. En outre, l'homme disposait souvent d'informations si sensibles qu'elles laissaient Jérémie sans voix, convaincu dès la première livraison qu'il voudrait une autre dose, puis une autre encore. Jérémie l'approcha avec prudence. Le type s'était déjà commandé une eau gazeuse, Jérémie était donc dispensé de régler la tournée. Surtout, ne jamais arriver trop tôt à un rendez-vous. Celui qui arrive avec un peu de retard se fait payer le coup, pas l'inverse.

— Ah ! Installez-vous !

Le ton était un rien trop haut, l'accueil trop démonstratif. Surpris, Jérémie lui tendit la main puis commanda un café et s'assit face à l'homme.

— Alors, demanda Jérémie, quoi de neuf dans votre département ?

— Pour moi, tout est parfait, le grand calme. J'ai souhaité vous voir parce que j'étais un peu inquiet pour vous. Vous êtes certain que tout va bien de votre côté ? Je ne vous ai plus entendu depuis près de deux mois.

— Comme sur des roulettes, répondit Jérémie. Je ne vous ai pas recontacté parce qu'il n'y a pas eu d'imprévu. Et c'est une putain de belle fuite que vous m'avez donnée, hein ! Avec un maximum de noms intéressants.

Forçant son détachement, Jérémie raconta comment il avait pris livraison de la marchandise à Genève et remis une copie à un ami journaliste suisse. Très exactement dans les lieux et aux conditions que l'homme avait fixés. Jérémie avoua ne pas avoir tout compris, mais cela s'était passé comme prévu, aux étages discrets d'un immeuble de la ville.

— Un vrai polar, commenta Jérémie.

Il avait constaté que l'agent serbe était fort apprécié de ses collègues helvètes, et que son ami journaliste avait été très enthousiaste. C'était indéniable, la fuite ferait du bruit.

— Mais pourquoi refusez-vous qu'on balance tout le paquet d'infos via WikiLeaks ? poursuivit Jérémie. N'est-ce pas plus simple pour vous, plus expéditif ? On ne se serait pas encombrés de journalistes, et ce serait déjà fait à cette heure.

L'homme leva la main et répliqua qu'il avait son plan. Le scandale ferait beaucoup plus de bruit encore en suivant la procédure convenue. Et puis, tel était l'ordre de marche qu'il avait reçu de ses supérieurs.

— Parfois, ajouta-t-il, il ne faut pas poser trop de questions si on veut rester en vie.

Malgré la bienveillance apparente, tout cela ne cadrait pas avec ce que Jérémie savait des pouvoirs et de l'envergure du personnage assis en face de lui. S'agissait-il d'une menace voilée ? Il chassa cette idée avec d'autant plus d'aisance que la conversation prit un tour inattendu.

— Je m'inquiète tout de même pour vous, Jérémie.

L'homme sortit de la poche intérieure de son blazer une enveloppe kraft qu'il posa en évidence sur la table. Jérémie fixa l'enveloppe. Trop épaisse, trop longue surtout, pour être une nouvelle mémoire informatique. Trop étroite pour contenir de nouvelles révélations sur format papier. S'il ne redoutait pas d'échafauder un mauvais film, Jérémie aurait juré que l'enveloppe contenait une liasse de billets. Impossible. Ses factures impayées lui montaient à la tête. L'argent, cela se glisse dans une boîte aux lettres ou sous la table ; pas *sur* la table. Et qui paye encore avec des billets de banque ? Malgré la forme étrange de l'enveloppe, Jérémie conclut à une nouvelle fuite, sans doute la suite de la précédente. Y aurait-il eu du nouveau après Genève ?

— Je m'inquiète pour vous, Jérémie. Vous et vos factures…

Jérémie rassura l'homme, il n'avait aucun problème. Certes, ce n'était pas facile tous les jours, c'était le cas pour tout habitant de Belgrade en 2017.

— Il suffit que la voiture démarre, que l'appartement soit payé, et le frigo régulièrement approvisionné. Je n'ai besoin de rien d'autre.

L'homme insista néanmoins et pria Jérémie de le laisser l'aider. À nouveau, Jérémie protesta. L'argent ne faisait pas partie de son monde.

— Arrêtons cette posture de vierge outragée, monsieur Zvonko. Vous ne savez rien du petit jeu dans lequel vous avez accepté de figurer, et c'est très bien ainsi. Mais vos déboires financiers m'inquiètent, et un collaborateur bien payé est toujours plus fiable qu'un collaborateur fauché. Ceci est pour vous.

Il poussa du bout des doigts l'enveloppe de papier kraft. À peine Jérémie l'eut-il effleurée que l'homme lui désigna un détail dans la moulure du plafond. Une lentille noire doublée d'un voyant rouge, la caméra de sécurité du Café Drinka.

— C'est aussi simple que ça, Jérémie. Je vous ai remis de l'argent, votre gêne matérielle s'estompe et vous travaillez pour nous.

— …

— Je conserverai l'enregistrement, continua l'homme. Si un jour vous parlez à qui que ce soit de votre mission en Suisse, je livre ces images à qui vous savez. Le milieu aura compris de quel côté vous vous trouvez, et alors je ne donne pas cher de votre peau. Compris ? Je ne vous force pas, mon ami, je n'achète rien d'autre que votre silence.

À toute vitesse, le hacker se déroula mentalement tous les scénarios possibles.

Un bluff ? Probablement pas. Lui balancer l'enveloppe au visage ? Montrer à la caméra qu'il ne se laissait pas piéger ? Il serait trop facile au

« service » d'escamoter les images qui ne confirmeraient pas leur version.

Jérémie tendit la main vers l'enveloppe, ouvrit le volet de papier gommé et contempla la tranche nette de billets tout droit sortis de la Banque nationale.

Décidément, la révolution n'était pas gagnée.

4.

Frontière est du Congo, mars 2017

Le même jour sur les rives du lac Tanganyika, un seul document semblait capter l'attention de toute la vallée. Un passeport français que son titulaire venait de soumettre aux douaniers du poste-frontière de Kavimvira. Lorsqu'une main s'extirpa de la guérite pour saisir le livret bordeaux, il sembla à Lucas que tous les ibis du lac et de la réserve voisine venaient de se taire. Le guichet était construit bien trop bas, le Français devait plier son mètre quatre-vingt-neuf et ajouter ainsi à son malaise. Il ignorait si sa peau noire et le sésame européen l'aideraient à passer le contrôle, toujours est-il qu'il avait pris soin de glisser dans les trente-deux pages du passeport une très belle reproduction de Benjamin Franklin, une magnifique œuvre imprimée, un tirage unique et numéroté d'un billet de cent dollars américains. Sous le régime Kabila, « masser » un agent de l'administration publique est un délit sérieux, avec pour effet immédiat de convaincre l'agent de « dévierger » le document avec un sourire et le tampon de la DGM, direction générale de Migration.

Le timbre s'écrasa sur le passeport.

— Bienvenue en République démocratique du Congo, monsieur Moresmo !

Tout en se redressant, Lucas remercia la main qui tendait le livret. Son sourire échappa à la vue du préposé. Fini le tourisme, les choses sérieuses commençaient.

Lucas avait choisi d'atterrir à Bujumbura puis de gagner le Congo par la route, mais ce caprice avait un prix. Il s'en rendit compte dès la première agglomération congolaise, Uvira, où il loua un tacot avec chauffeur pour gagner Bukavu. Il aimait masquer ses doutes et sa timidité naturelle sous un feu de décisions rapides et quelques choix à l'emporte-pièce, mais la voiture qu'il avait dénichée remettait sérieusement en cause sa sagacité. Il s'agissait d'une Peugeot assemblée au Nigeria, elle devait avoir connu Mitterrand, voire Auriol. Les boulons des roues avaient cédé à plusieurs reprises, le chauffeur les avait ressuscités à l'aide d'un arc à souder. Lucas plaisanta à la vue de ces soudures, pourtant ce n'était pas un détail. Si la chaussée était goudronnée sur quelques kilomètres – du Burundi au Congo par-delà la rivière Rusizi, puis d'Uvira jusqu'aux premières terres agricoles –, la route ne tardait pas à dévoiler ses éboulements lorsqu'elle se transformait en une corniche à flanc de montagne longeant la frontière du Rwanda. Les roches saillantes étaient prêtes à tuer de la lame d'amortisseur, le Français découvrait la misère d'une piste brute que rien n'avait améliorée depuis les guerres du Congo.

Lucas se focalisait sur sa destination : Bukavu, capitale du Sud-Kivu et des minerais, à l'extrême orient de la République démocratique du Congo. Plus proche des capitales du Rwanda et du Burundi que de Kinshasa, la riche province s'était transformée en colonie intérieure. Un exil, un far west que Lucas voulait découvrir. Bien que le *raïs* Kabila soit né ici – c'est ce qu'affirmaient la légende et sa maman Sifa –, son Excellence, guère intéressée par le Sud-Kivu et ses mines, se contentait de relever les compteurs. Délaissée mais pas idiote, Bukavu tapinait en douce pour des trafiquants indiens, chinois et indonésiens. Sur piste ou dans les airs, les 4 × 4 le jour et les avions pirates la nuit étaient régulièrement rackettés par les groupes armés et les militaires réguliers. La province vendait les charmes de son sous-sol à même la rue, victime des tournantes de trafics d'or, de nickel, coltan, cassitérite et wolframite de l'Afrique des Grands Lacs.

Rejoindre Bukavu par la route de la corniche était un non-sens. Les cent cinquante kilomètres demandèrent à Lucas presque une journée entière et lui coûtèrent une jante et deux pneus. Arrivé à la nuit tombée, il ne découvrit la ville qu'au lever du jour. En contrebas de la terrasse de son hôtel, la presqu'île de Bukavu plongeait dans les eaux du lac Kivu, et ces eaux, fraîches et lustrales, inondèrent le cœur de Lucas. Ses yeux se mirent à papilloter, il était ému.

Ma nouvelle ville, le centre de ma vie pour ces cinq prochains mois ?

Ce matin était l'un des premiers qu'il passait en Afrique, le premier en un quart de siècle, depuis une prime enfance dont il n'avait guère de souvenirs. Sous un ciel trop blanc, saturé de l'azote végétal qui lui montait au nez, ce lac inconnu lui semblait presque familier. Pourtant, il n'était que le miroir de la misère urbaine qui l'entourait. La ville s'étendait le long du plan d'eau, mais le cœur du pouvoir se concentrait sur une presqu'île en forme de botte dominée par une chapelle. Sainte Thérèse de Labotte, les prêtres ont le sens de l'humour, se dit-il. Et le peuple aussi puisqu'il appelle cette presqu'île Labotte du pouvoir.

— Déjeuner… continental, monsieur ?

Lucas n'avait pas vu venir le garçon de salle ni sa question. En bout de table, poivrier, salière et bouteille de Viandox attendaient eux aussi la réponse du Français pendant que l'œil du serveur interrogeait la peau noire de Lucas, son col de chemise neuf mais froissé, sa coupe à l'occidentale. Noir d'ici ou Noir d'ailleurs ? Poisson-pilote de Kinshasa, ou noir Bounty vendu aux Blancs ? Lucas ne manquait rien de ces yeux qui le scrutaient.

— Juste un café, un fruit peut-être. Une mangue… Des œufs, vous auriez ?

Devant l'indécision de son client, le serveur esquissa un sourire avant de reprendre la direction des cuisines.

— Bien, monsieur.

Malgré ses lombaires douloureuses – la rançon de la piste – Lucas était un homme heureux, et son détour par le Burundi lui offrait un précieux souvenir de la ville où il était né. L'Afrique des Grands Lacs le pénétrait tout entier. Un safari bien éloigné de Strasbourg et du Baggersee de son enfance où seules les cigognes connaissent l'Afrique. Moitié noir moitié blanc comme ces oiseaux, Lucas s'était promis qu'un jour il poserait lui aussi ses ailes sur ce continent. Et ce jour était venu.

« Privé et confidentiel. » Lucas ne cessait de revenir à cette lettre qu'il posa sur la table.

« C'est avec plaisir que. » *Tout le plaisir est pour moi.*

« Un emploi d'ingénieur au sein de Baron Twangiza SARL, filiale de Baron Mines SA. » *Gagné.*

« Sous réserve de vérifications positives. » *Du velours.*

« Votre emploi dans la société est sujet aux termes et conditions développés ci-dessous. » *Blabla.*

— Garçon ! C'est loin, le ministère des Mines ?

Concentré sur l'omelette, les fruits et le panier de pain qu'il apportait, le serveur eut un sourire.

— Vous n'êtes pas du coin, n'est-ce pas ? Vous travaillez dans les mines ? Le ministère est à l'entrée de Labotte. De la grande corniche jusqu'au Parlement provincial, je dirais dix minutes. Le Parlement, vous trouverez aisément, c'est un grand bâtiment aux vitres bleues.

— Et le ministère des Mines ?

— Juste en face, un petit immeuble. Modeste.

Modeste ?

Minable, plutôt.

Lucas descendit du taxi, déçu que l'agitation des marchés populaires ait déserté cette péninsule où se concentraient parlement, palais de justice et ministères. Les habitants du quartier Labotte avaient dû chausser des patins car le jeune ingénieur ne percevait aucun bruit, hormis quelques promeneurs tranquilles. Par contraste, le centre-ville s'était injecté les décibels à haute dose.

Durant sa brève course jusqu'à la péninsule, Bukavu lui était apparu tel un navire corsaire, vermoulu du grand mât jusqu'à la quille, et dont les bâches flottantes des rares chantiers immobiliers figuraient ce qu'il restait des voiles. Émergeant d'une fange de terre rouge et de caillasse, seules quelques mosquées avaient été nettoyées à la brique, au sable et à l'eau. Les vestiges de la colonisation belge étaient rongés par la rouille, l'archevêché et la cathédrale Notre-Dame semblaient sur le point de sombrer.

Les marchands de rue, les policiers débonnaires, la cohue vibrionnante des rickshaws et mobylettes chinoises repeignaient la ville en couleurs chaudes ; des taches de bleu cobalt et jaune or, rouge cuivré et vert émeraude. Pourtant, il n'était plus question de sourires et de bienveillance – les clichés pour pères blancs s'étaient envolés avec les guerres et la lente pourriture de l'État. Le bouillonnement de Bukavu résultait d'une résistance chauffée à blanc par la colère d'une population en fond de cale, frappée de détresse économique.

À l'inverse, sur la péninsule, seuls régnaient silence et dépression, puis le bruit du taxi qui s'éloigne. C'est donc ici que se brasse la fortune de l'une des provinces les plus riches du Congo, songea Lucas. Les rues étaient désertes. À l'emplacement du ministère provincial des Mines, le Français découvrit un bungalow sans étage et sans charme.

Pas de sonnette, pas d'interphone, pas de garde du corps. L'intérieur se révéla plus dépouillé encore. Derrière la porte, un trou noir, un antre sans éclairage – une nouvelle panne électrique, lui expliqua-t-on –, des murs sales. Autour de l'unique employée assoupie à l'accueil s'alignaient des mètres de dossiers. Sur les meubles que le Congo avait hérités du Zaïre et dont le Zaïre avait en son temps délesté le Congo, s'empilaient une multitude de chemises colorées. Ce capharnaüm rallumait l'espoir de retrouver un jour, sous une pile de classeurs oubliés, la dépouille de Patrice Lumumba. Pour autant qu'un jour l'électricité revienne.

Courbant le dos pour signer le registre, Lucas s'était à peine présenté que des éclats de voix résonnèrent dans le couloir. Une femme et un homme. C'est précisément ce dernier que Lucas venait saluer. M. Albert, aujourd'hui chef de cabinet du ministre et très probable futur ministre. Un clou chassant l'autre, lorsque l'actuel Honorable se serait gavé de minerais, royalties et commissions sur dessous-de-table pour la présidence, il ne pourrait que céder à M. Albert sa place sur le manège du pouvoir.

Toronto avait insisté pour que Lucas se présente à lui dès son arrivée et reçoive « ses meilleurs vœux », l'expression fétiche qui ouvrait la porte aux complicités futures. Même s'il ne voulait rien savoir, Lucas ne pouvait rien ignorer. Son Excellence ordonne mais c'est l'autre Excellence, son directeur de cabinet M. Albert, qui reçoit, écoute, appuie ou temporise – il ne refuse jamais, il décourage. Et c'est lui encore qui présente le ticket de caisse.

Mais ce jour-là, une femme au visage calme et fier, au menton déterminé et aux cheveux frisés coupés mi-long se glissa entre M. Albert et Lucas. Ses yeux, curieux et défiants, luisaient telles des lucioles dans la pénombre du couloir. La jeune femme s'imposa au culot et tendit à Lucas une main ornée de perles de terre cuite, qu'il lui fut impossible de refuser.

— Xahra, de l'ONG Justice et Paix. Ravie. Vous êtes ?

— Lucas Mor…

Le Français se mordit la lèvre, ses yeux papillotaient déjà. L'émotion amplifiait sa confusion naturelle. Il était troublé par ce regard, ce front gracieux sur lequel sa vue plongeait, alors qu'il était en mission de bons offices. Aussi discret qu'il le pourrait, avait insisté Toronto. Il se surprenait à dévoiler son identité dès la première main gracile et avenante qu'on lui tendait. Lucas abrégea la rencontre, bredouilla deux syllabes d'excuses et se tourna vers le directeur de cabinet. Dans l'obscurité, il chercha la main de l'homme. Mais il gardait en mémoire le bruissement des perles.

— Monsieur Albert ? Lucas Moresmo, nouvel ingénieur-géologue de la société Baron Mines. Je n'ai pas de rendez-vous, mais pourriez-vous me recevoir ?

— Installez-vous, jeune homme. Je reconduis madame et je…

La jeune femme fit mine de regagner le bureau d'Albert.

— Non, Xahra, désolé. Je ne veux pas de toi pour ce genre d'entrevue, déclara le directeur de cabinet. Rideau pour aujourd'hui. Mais je te raconterai, promis. Transparence totale.

La porte se referma, et Lucas s'installa face à M. Albert.

À la sortie du ministère, une silhouette attendait Lucas.

— Alors c'est vous, le nouveau visage de Baron Mines à Bukavu ?

Lucas découvrit avec une pointe de curiosité les traits qu'il n'avait jusqu'ici que devinés. Le visage se dévoilait en plein jour, franc avec un teint velouté, sans aucune imperfection. Une légère ombre soulignait même joliment les yeux.

— Xahra, c'est ça ?

La jeune femme l'avait donc attendu sur le perron. À présent il pouvait voir sur son tee-shirt le logo de l'ONG et reconnut l'alignement de perles à son poignet droit.

Plus jeune que moi, peut-être une ou deux années de moins. Mais une assurance indéniable.

— Je suis juste un ingénieur, mademoiselle, rien d'autre. À peine diplômé et bientôt basé à une quarantaine de kilomètres d'ici, plein sud, d'après ce qu'on m'a dit. Je dois me rendre à Twangiza, vous connaissez ?

— Bien sûr ! La base principale de Baron Mines. Quarante kilomètres ? Mais la piste pour y arriver en fait le double. Qu'est-ce qu'un jeune ingénieur peut attendre d'un ministre ? s'enquit-elle, intriguée.

Séduit par la spontanéité de la jeune femme, Lucas sentit qu'elle pouvait représenter une menace pour son premier emploi.

Surtout rester à ma place, dans les clous.

Il s'avança pour chercher un taxi.

— Dites-moi, Lucas, qu'est-ce qu'un jeune ingénieur-géologue attend d'un ministre ? insista la jeune femme.

Les grandes écoles n'apprennent pas à résister à ça, son propre prénom, prononcé par une si belle bouche, et avec tant de charme. Avait-il quoi que ce soit à cacher ? Tout en guettant un taxi, Lucas fit un quart de tour sur lui-même.

— Pour être bien certain qu'ils savent qui je suis, Xahra.

Le Français prit plaisir à user de la même arme qu'elle.

— Je dois mener des relevés de prospection, reprit-il, et je n'ai pas envie de me faire tirer comme un écureuil de brousse. Donc je me présente aux autorités. Vous voyez, il n'y a pas de grand mystère lié à ma visite. Je rends mes hommages, point barre.

— Prospecter ? Où ça ?

De quoi je me mêle ?

— À gauche à droite, au nord, au sud… Quelle importance ?

Comprenant qu'un taxi n'était pas près de se montrer, Lucas se résolut à prêter attention à ce que disait la jeune femme. La conversation risquait d'être instructive, et serait en tout cas agréable. Il plaisanta sur son expédition de la veille, sa naïveté face à une Afrique qui lui était inconnue malgré la couleur de sa peau, et se lança dans le récit de ses déboires en Peugeot. Xahra l'écouta en souriant mais ne lâchait rien. Elle continua de l'interroger sur ses plans de prospection, la zone exacte qu'il explorerait. Alors qu'il évoquait des explorations à l'ouest et au sud-ouest de la ville, Lucas sentait monter la pression.

— En quoi cela vous concerne-t-il ?

— Cela me concerne tout de même un peu, rétorqua la jeune femme. Le village de Kangé, ça vous dit quelque chose ? Les creuseurs indépendants du Sud, l'accord conclu entre votre patron et les chefs de village pour ne pas prospecter dans les sanctuaires attribués aux artisans chercheurs d'or ?

— Jamais entendu parler. Désolé, Xahra.

— Jamais ?

— Je ne travaille pas sur l'or. Au cours actuel, ce n'est plus un métal rentable, vous savez.

La jeune femme le savait. Lucas semblait honnête. Mais elle n'était pas rassurée pour autant. Si les cours remontaient, Baron Mines ne reviendrait-elle pas sur la parole donnée ? Lucas ne sut que répondre, il ne connaissait pas vraiment son nouvel employeur. Il n'avait aucun mot pour la rassurer, et ne pouvait parler dans le détail de sa mission.

— Je peux juste vous garantir que je vais explorer un minerai qui n'est pas lié à l'or, qui ne menace pas vos amis mineurs. Rassurée ?

Le Français lui adressa un sourire, auquel elle répondit. Entretien terminé. Un taxi s'approchait, manifestant de la main sa disponibilité. Lucas avança à sa rencontre.

— Lucas, vous avez un numéro de mobile ? Un numéro de téléphone satellite ?

Visage fermé, le Français se retourna vers la jeune femme.

Jolie, mais tenace.

Il sortit pourtant un stylo-bille, griffonna son numéro sur un petit bout de papier de quatre centimètres sur six. Le numéro était authentique. Pour Lucas, cette note était bien plus compromettante que l'effigie de Franklin glissée à un douanier.

5.

Molenbeek, Belgique, mars 2017

« HKM Limited, date de constitution 28 novembre 2015, capital autorisé USD 5,000,000.00. Détenteur de parts : Hippolyte Kabange Ma… »

Nom de…

Hugo se redressa sur sa chaise, agrandit à l'extrême la reproduction du document.

La main dans le sac… Mario ne s'est pas trompé.

Sous pseudo, le président Kabila détenait effectivement une société offshore. Le Belge enregistra une copie du fichier, quatre-vingt-quatre pages en un seul pdf avec registre des directeurs, certificats divers, courriers, chèques et mandats échangés entre l'Europe et le Panama. Dans ce ballet financier, deux banques tenaient la vedette : BIL Luxembourg et Royal Bank of Canada (Bahamas). Grâce à elles, la panaméenne du président percevait des commissions d'un homme connu comme le loup blanc dans tout le Congo.

« Nom du bénéficiaire HKM Limited, Panama. Donneur d'ordre EM Invest sarl. Code bancaire BILLLULL, montant EUR13,000,000.00, banque bénéficiaire RBC Bahamas, date valeur dès que possible, pour et sur ordre de Éric Malta. »

De ses doigts massifs, Hugo frappait fort et vite sur son clavier, inondé par une douche d'adrénaline comme il n'en avait plus ressenti depuis longtemps. Il ne tenait plus en place, aurait voulu ne pas être seul pour partager sa découverte, modérer son excitation en la diluant de proche en proche, de bureau en bureau. L'émergence du scoop, la découverte d'une pépite dans sa batée, c'était l'un des rares moments où l'*open space* de la rédaction lui manquait, les dizaines de collègues de ces batteries pondeuses de l'instantané de l'info où plus personne ne s'entendait.

Pour se détendre il sortit sur la terrasse déserte de son bureau-appartement de Molenbeek, et aurait volontiers fumé une cigarette si son ombre lui en avait proposé une ; sauf qu'il ne fumait plus depuis dix ans. Ces documents le renvoyaient sur les terres de ses premiers reportages. De son repaire sur les toits, Hugo embrassait du regard le canal, au loin Tour & Taxis, le port de Bruxelles et, dans la brume, il devinait Anvers et les lourds cargos en partance pour Matadi. À ses pieds, la place de la Duchesse du Brabant, les tambours de guerre du tram 82 puis, à l'horizon, entre canal et chaussée de Ninove, les grands espaces de Cureghem et Anderlecht, la brousse du Triangle, les sagaies dressées des cheminées industrielles. La jungle d'une vieille Europe nourrie aux minerais d'Afrique. Un demi-siècle après l'indépendance, rien n'avait vraiment changé si ce n'est que le continent noir organisait lui-même son pillage. Émancipés, les grands chefs croquaient leur part du patrimoine minier.

Hugo peupla sa terrasse avec les fantômes de la réunion de Paris. Il revoyait Mario après la pause déjeuner, lorsqu'il avait présenté la fuite « Joseph ». Le Suisse avait isolé un premier document qui accablait le président congolais Joseph Kabila. Il avait projeté au mur l'un des ordres bancaires où celui-ci apparaissait sous le patronyme qu'il portait à sa naissance : Hippolyte Kabange Mtwale, né en 1971, bénéficiaire d'une société offshore logée au Panama et qui portait son chiffre, HKM Ltd. Le généreux donneur d'ordre était lui aussi bien connu, le Franco-belge Éric Malta, roi de Lubumbashi, relais historique de Bruxelles et Paris dans l'Afrique des Grands Lacs. Sa consœur française Zoé Debout en avait frissonné d'exaltation. Malta était une pièce rare partagée entre musée de la Françafrique et musée de Tervuren. Hugo avait été épaté par la découverte du Suisse. Ce Mario est une vraie perle, s'était dit Hugo tout en redécouvrant son amour intact pour le métier de journaliste.

La perspective d'un scoop financier n'avait fait naître qu'un demi-sourire sur le visage maussade du Belge ; il n'y croyait pas encore, pas vraiment. Mais c'était assez pour que les autres le remarquent. Alex, le collègue roumain, avait osé une boutade sur l'impact physiologique qu'un scoop avait encore sur leur aîné. Petit pays, petit journal, p'tit Belge, oui, mais grande gueule – tous avaient salué d'un rire ce doyen qu'une longue expérience de presse avait laissé désabusé, mais toujours en éveil. La montée en puissance des hackers et plates-formes de divulgation ne l'avait pas éteint, elle l'avait juste rendu un peu anar.

À quarante ans, quand on a survécu à dix années de correspondance de guerre, on n'a plus rien à perdre, se dit-il. Si le métier est foutu, autant l'exercer à fond.

C'est à ce moment-là que Laura et son regard troublant s'étaient approchés du Belge, notes et portable à bout de bras. L'Espagnole lui avait proposé d'enquêter sur la panaméenne au départ de Madrid – elle connaissait aussi bien les filières latinos que les réseaux africains – et Hugo y avait vu l'occasion d'une nouvelle tournée nocturne de la Plaza de Oriente en sa compagnie. Il avait ressenti une joie un rien trop franche. Pour sûr, ils s'entendaient bien en terrasse, ils avaient tous deux l'alcool facile. Stigmate de leurs guerres. Travailler avec cette mère de famille alors qu'au même âge le Belge n'était jamais parvenu à former un couple, cela l'intimidait un peu. Et si Laura avait décelé l'ombre d'un doute, elle l'avait éventé. L'important était qu'ils allaient travailler ensemble, et elle avait souri.

Tout cela était loin. C'était il y a dix jours déjà. Laura était à Madrid désormais, et un vent de nord-est soufflait sur Bruxelles. Saisi d'un frisson,

Hugo revint à son présent, une terrasse de Molenbeek sans Laura. Par dérision, il éjecta d'une pichenette un mégot fictif et l'écrasa d'un mouvement du pied. Apaisé, il regagna son appartement.

Le voyant du serveur s'était éteint, l'indexation des millions d'e-mails était achevée. Hugo s'empressa d'en effectuer une copie de sécurité, puis de les partager avec ses collègues. Les autres journalistes pourraient ainsi commencer à donner leurs coups de fourche dans le fumier. Encore une petite copie sur son unité centrale… et voilà. La fuite était complète.

69 879 323 files, 3.44 TB. Purée.

S'il lançait maintenant une recherche groupée, qu'est-ce que cela donnait ? Quinze résultats. Tout de même. Plusieurs doublons. Restaient deux, trois… quatre fichiers. Il les imprima. Quatre fichiers, cent quarante pages. Hugo libéra l'espace de son bureau, y étala les feuilles, puis commença à les annoter au marqueur fluo.

D'abord épingler les dates, comprendre la chronologie. Puis tout reprendre à rebours.

L'argent est passé par la société Bois de rose SA, en Belgique. *Logique.* La vache à lait du groupe, qui lui servait à recaser discrètement les amis français du parti radical lorsque les élections ne leur sont pas favorables. L'internationale belge du pantouflage en entreprise. De là, l'argent était parti au Luxembourg, où se trouvait la holding financière. *Tout aussi logique.* Le même jour, la holding avait viré le même montant à une société fiduciaire aux Bahamas, qui a reversé l'argent – toujours aux

Bahamas – sur un compte appartenant à HKM Ltd-Panama.

Presque trop simple, trop direct. Où se trouvait l'articulation délicate ? Pas entre Belgique et Luxembourg. Entre filiale et holding, tout serait justifiable et justifié. Aux Bahamas, ce n'était qu'un jeu d'écritures. Alors ? L'ordre de transfert du Luxembourg vers les Bahamas ? C'est là qu'il fallait creuser. Le fax de l'ordre de transfert.

> « Notice de confidentialité : cette page et tout document qui l'accompagne contiennent des informations confidentielles destinées à un but et un individu spécifique. Cette information télécopiée est privée et protégée par la… »

Bla-bla-bla.

Ah, voilà la signature autorisée. Olivier Tron. Non !

Pour la forme, Hugo lança une recherche sur Google. Olivier Tron, ancien député-maire du parti radical, secrétaire d'État, aujourd'hui directeur de cabinet du commissaire européen au Commerce extérieur, le Français Pascal Andrien. *Nom de… Une homonymie ?*

Sur quelle base authentifier sa signature ? Le site web de son ancienne mairie, l'édito d'un bulletin communal, ou le registre des délibérations du conseil municipal ?

Gagné ! Signatures identiques. É-nor-me !

Le journaliste réunit une demi-douzaine de fac-similés de la signature de l'ancien maire, les enregistra dans son dossier d'enquête. Et maintenant ? Hugo connecta sa caméra, ajusta ses écouteurs.

— Zoé ?

Dans un tourbillon de bleu, l'écran s'anima, une conférence vidéo pouvait commencer entre Bruxelles et Paris. Comme à leur habitude, les locaux parisiens de Mediapart bruissaient des derniers scandales de la République, la salle de rédaction chahutait à tout va. Zoé régla son micro, tenta d'atténuer les bruits d'ambiance. Hugo aurait dû complimenter la journaliste française pour son éternel sourire au milieu de toute cette tension, mais il décela quelques signes de fatigue sous ses yeux, preuve qu'elle ne s'était guère éloignée de son écran ces dernières semaines. Son sourire n'était qu'une manière de donner le change, et il songea à la mine effroyable qu'il devait lui-même avoir.

Il se lança.

— À présent, tu sais tout, conclut-il. Mais il nous manque l'essentiel.

Hugo rappela à Zoé la difficulté d'établir une corruption. Il faut trouver l'argent, identifier le service rendu, mais aussi démontrer le lien entre l'argent et le service rendu. La question centrale serait de savoir pour quel service Éric Malta avait voulu obtenir les faveurs du président Kabila, et quels étaient les termes de leur accord. En clair, prouver le pacte de corruption. Zoé félicita Hugo pour son travail. Pour le Belge, le moment fut délicieux. La connexion était à ce point claire qu'il lui semblait que la Française murmurait à ses oreilles.

Elle n'était pas restée inactive, elle avait écumé la documentation qui circulait sur l'internet et constaté les revers financiers du Franco-belge. Ses montagnes de cuivre avaient fondu, il n'était plus que l'ombre de ce qu'il avait été, lorsqu'on le surnommait le roi de Lubumbashi. Un site français spécialisé dans les informations minières, Africa Mining Intelligence, rapportait même que désormais il se bornait à jouer de ses relations historiques avec la présidence congolaise. Depuis cinq ans en particulier, il agissait comme paravent des intérêts d'une entreprise canadienne, Baron Mines, et se faisait rémunérer pour cela.

— Baron Mines a été expropriée, expliqua Zoé, privée de toutes ses mines au Congo. Mais par ses bons offices présidentiels, Éric Malta a obtenu de reprendre leurs anciennes concessions minières. Il les met à disposition des Canadiens contre royalties. Intéressant, non ?

La Française poursuivit ses explications. Malta détenait notamment en son nom les concessions des mines d'or que Baron Mines exploitait au Sud-Kivu. Seule information nouvelle, il aurait obtenu ces derniers mois le droit de pousser plus avant ses explorations. Africa Mining parlait d'une nouvelle source de coltan à l'ouest des concessions existantes. Peut-être que la clé était là ?

Zoé dut interrompre brusquement leur conférence, car Mediapart était à nouveau sur les charbons ardents. D'autres enquêtes l'appelaient. Elle embrassa Hugo à distance et son image disparut du moniteur.

Retour à Molenbeek, bien trop tôt au goût de Hugo. Il resta devant son écran noir, le casque sur les oreilles, pour prolonger l'impression délicieuse laissée par Zoé.

Il rassembla ses notes. Il y avait une histoire – quatre fichiers seulement, mais cent quarante pages convergentes qui racontaient quelque chose. Et désormais une hypothèse. Malta était en contact avec la présidence congolaise, il lui versait de l'argent aux Bahamas, il en retirait un avantage au Sud-Kivu. Restait à relier ces trois points.

L'heure était venue d'établir un premier résumé factuel des découvertes, une note consultable et compréhensible par tous. Hugo relança son PC, monta sur le site du réseau d'investigation et y compléta ses notes.

> **(Edit) [[Eric Malta / Joseph Kabila]]**
> Byline Hugo De Bock/Zoé Debout
> 30 mars 2017, premier brouillon.
>
> Le 3 décembre 2015, par ordre de transfert signé de l'ancien député-maire Olivier Tron (France, parti radical), la société holding luxembourgeoise EM Invest sarl, détenue par le Franco-belge Eric Malta, a procédé au virement de 13 millions d'euros sur le compte de la société de droit panaméen HKM Limited détenue par…

Tout cela commençait à prendre forme. Mais comment confirmer le montage ? Tron était sans doute à Bruxelles, mais il n'avait aucune raison de parler. Hugo avait cependant un joker en poche. Il revit la silhouette d'Éric Malta, quinze ans plus tôt, accueilli à Kinshasa à l'égal d'un puissant roi du Mbanza-Kongo, les accolades déférentes front contre front, le ballet obséquieux des rares ministres congolais qui osaient l'approcher. Hugo, lui, l'avait abordé sans ciller, c'était pour ça qu'il était à Kinshasa. Journaliste, c'était son métier. Une sale histoire. Éric Malta était alors éclaboussé par les révélations d'anciens trafiquants de diamants. Hugo avait eu deux questions : « Avez-vous oui ou non extrait du diamant illégalement en Angola pour le compte de l'Unita, la guérilla du chef rebelle Jonas Malheiro Savimbi ? Avez-vous mis votre personnel minier à disposition de la guérilla afin de l'enrichir et renverser le pouvoir à Luanda ? »

Alors, le roi de Lubumbashi s'était tourné vers le roi des emmerdeurs et l'avait prié d'éteindre son enregistreur.

— Avez-vous faim, jeune homme ?

Hugo avait les crocs, la faim de savoir. Il n'avait pas pensé à manger. Malta avait invité Hugo à sa table et, trois heures durant, lui avait tout expliqué.

— Oui, j'ai extrait illégalement du diamant en Angola, sur ordre du président zaïrois Mobutu Sese Seko. Du vin ? Mes hommes, mes camions, mon matériel de mine ont été déployés sur place. J'étais l'otage du régime zaïrois.

Les aveux se succédaient, tout comme les plats.

— Et je vous dis tout cela, monsieur…

— De Bock. Hugo De Bock.

— Je vous confie tout cela, monsieur De Bock, parce que vous êtes le seul à vous être déplacé ici pour savoir. Et je le dis en vous regardant droit dans les yeux car j'ai ma conscience pour moi.

Malta s'était lentement essuyé les lèvres avec sa serviette.

— Je peux vous montrer les mains courantes, mes livres de compte.

Hugo avait tout vérifié. Il n'y avait pas de scandale, juste un homme puissant mais broyé. Jamais Hugo n'avait écrit l'article. Mais il avait conservé le numéro direct de Malta, qu'il savait lui être ouvert.

Rencontrer Malta, le pousser de nouveau à parler, c'était une carte maîtresse. Mais il ne fallait rien hâter. Un ténor du parti radical français placé en pantouflage dans l'une des sociétés belges de Malta, ça ne passait pas inaperçu.

Hugo était plongé dans ses pensées lorsque la page de notes sur laquelle il travaillait s'anima sur son écran.

(Edit) [[Eric Malta / Joseph Kabila]]

Byline <u>Hugo De Bock/Zoé Debout</u>, <u>Laura De la Fuente</u>

30 mars 2017, deuxième brouillon.

Le 15 novembre 2015, <u>Eric Malta</u> a obtenu de la présidence congolaise…

Le 3 décembre 2015, par ordre de transfert signé de l'ancien député maire <u>Olivier Tron</u> (France, parti radical), la société holding luxembourgeoise EM Invest sarl…

La signature de Laura était apparue dans le texte, elle avait trouvé quelque chose, elle aussi. Lettre après lettre, à 1 500 kilomètres de distance, la journaliste d'*El Mundo* complétait le mémo : une étrange histoire de contrat minier déposé à Gibraltar à titre de garantie collatérale. Hugo voulut appeler Madrid, mais des sentiments contradictoires se bousculaient dans sa tête. Autant le professionnalisme de Zoé le séduisait, autant Laura… Comment dire ? Avec Laura, ce n'était jamais simple. Les deux correspondants de guerre s'étaient croisés pour la première fois à Bagdad, en 2003. Une autre vie. Ils avaient à peine un demi-siècle à eux deux, et Hugo dix kilos de moins. Laura et Hugo attendaient la guerre dans ces hôtels autorisés par le pouvoir où s'agglutinaient les journalistes du monde entier. Sans se concerter, ils avaient eu une même idée : plutôt que de suivre les bombardements à venir comme des bulots dans leur cloche, chacun avait échafaudé son propre plan pour échapper aux agents du ministère de l'Information. Sans se concerter, ils s'étaient tous deux éclipsés et retrouvés par hasard dans un hôtel borgne, libres d'aller et venir dans une ville à feu et à sang. Ils ne se connaissaient pas, ne se parlaient pas vraiment, partageaient le même frigo, sans plus. Puis un jour, leurs guerres s'étaient éteintes, ils avaient dû se recycler. Le hasard les avait à nouveau réunis pour lancer ce réseau d'investigation.

— Vous ici ? avait interrogé Hugo.

— Tu peux me tutoyer, avait dit Laura. On a fait la guerre ensemble, non ?

Telle était leur histoire, du moins le résumé qui évitait au cœur du Belge de cogner. Avant que Hugo ne se décide à appeler Laura, il constata que l'Espagnole avait achevé son mémo. Il restait au Belge à se décider : vidéo ou téléphone ? La vidéo, pour plonger dans ses yeux ? Non, le téléphone. C'est mieux.

Laura décrocha.

— C'est un ami policier qui m'a tuyautée, expliqua-t-elle. Lorsqu'il a su que je pistais Éric Malta, il m'a sorti la copie d'une alerte récente transmise par Gibraltar.

Hugo imagina la chevelure brune de Laura, ses yeux, les sourcils volontaires. Il se revit à Madrid, sur la Plaza de Oriente où ils étaient devenus complices.

— C'est comme cela que tu as trouvé le nouveau contrat minier de Malta ?

— Exact. Quelques semaines avant le versement d'argent au bénéfice de Kabila, Malta obtient une extension des zones minières du Sud-Kivu qu'il est autorisé à explorer.

Il s'agissait bien de ces terres de l'Ouest évoquées par la presse spécialisée. Malta cherchait un financement, il avait déposé son nouveau contrat à titre de garantie auprès d'une banque discrète de Gibraltar. Hugo exulta : ils disposaient à la fois d'un contrat et des preuves d'un versement d'argent.

— C'est… plus compliqué que ça, objecta Laura. Toute l'opération est étrangement propre. Malta fournit la copie du contrat à la banque, mais aussi tous les justificatifs de paiement auprès du ministère congolais des Mines. Il a tout payé et il communique toutes les pièces. Cela ne ressemble pas à un coup tordu.

— Peut-être qu'il a trop peu payé. Et la différence se retrouverait dans la poche du président Kabila ? En tout cas, il est toujours actif, il manœuvre en coulisse de la présidence congolaise. Et nous savons qu'il développe ses intérêts.

— À moins que cela n'ait rien à voir, que ce soit une simple coïncidence.

Laura ne voulait pas peiner Hugo, elle savait que ce soir, après y avoir réfléchi, il apprécierait cette rigueur intellectuelle, fût-elle douloureuse. Mais pourquoi ces enquêtes nous contrarient-elles à ce point, ne pourraient-elles être plus douces parfois, *más dulce* ? songea Laura. Elle inspira, contrôla sa voix pour lancer délicatement une bouteille à la mer.

— Hugo, il nous manque un lien.

Le Belge avait la tête ailleurs, la bouteille coula à pic. Ce n'est que bien plus tard, dans la noirceur de l'insomnie, qu'il réalisa que jamais il n'avait pris de ses nouvelles, de sa vie à Madrid.

Tu parles d'un investigateur.

6.

Maquis de Kipupu, Sud-Kivu, mars 2017

À mesure qu'il approchait du camp rebelle, Jean de Dieu sentait monter dans sa poitrine un malaise dont il ne parvenait pas à deviner l'origine. Certes, il y avait ce diamant dans sa poche, bien plus lourd que la somme des atomes qui le composaient, plus lourd que ces récits de bonnes fortunes noyées dans le sang. Mais ses yeux, son nez, la plante de ses pieds lui confirmaient un bouleversement plus profond. Tout au long de ce périple, il découvrait un Congo plat et aride qui lui était inconnu.

Du plus loin qu'il se souvienne, Jean de Dieu vivait autour de la mine et ne voyait qu'une plaie rouge aux pieds de hautes collines, une blessure de terre ferrugineuse à l'orée de la savane haute, entre pâtures et plants de café, un effondrement géologique bordé de bananiers hirsutes. Sa vie n'était constituée que de hauts et de bas, de reliefs. Son Congo s'ordonnait en étages reliés par des chemins qui se muaient en toboggans à la saison des pluies. Le travail de mineur ne pouvait s'effectuer qu'à la verticale, accompagné d'une bonne dose d'humidité qui transformait le quotidien en défi. Aménagée dans la boue ocre, la sente menant aux mines était escarpée et visqueuse, les mineurs qui en remontaient portaient sur leur tête de lourds sacs emplis de minerais et de paillettes d'or. Leur équilibre tenait à un simple bâton, une arme redoutable lorsqu'il leur permettait de repousser les mineurs en descente qui perdaient le contrôle de leur progression. S'il ne pleuvait pas et que le soleil était haut, le chemin était plus accueillant, mais la mine se changeait alors en un four où les creuseurs se cuisaient le cou et le cuir.

Heureux ceux qui, comme Jean de Dieu, maniaient la batée à ciel ouvert, les bottes dans le ruisseau. Car l'homme avait ajouté sa propre démesure au relief de la mine et inventé les galeries. Ainsi, le premier cercle de l'enfer n'était pas à l'air libre. Il se trouvait sous terre, à température tropicale, dans l'impasse de boyaux creusés sous la savane, à même la terre tendre, sans étançons ni chapeau, sans le moindre étrésillon. En sous-sol, la ruée vers l'or devenait un jeu de roulette disputé à coups de pioche. Lorsque la colline offrait ses minerais, les yeux des mineurs se dilataient de convoitise, le cœur de la mine battait, les creuseurs opéraient en toute hâte. Puis sans prévenir, la colline se lassait, s'affaissait, se dilatait à son tour et ratissait les mineurs restés sur le tapis de jeu. Les yeux étaient clos, les cœurs s'arrêtaient, la colline reprenait sa mise. Faites vos jeux.

Depuis bientôt deux jours, plus rien ne ralentissait la marche de Jean de Dieu. Pourtant, son pas devenu léger butait sur une réalité plus sombre. Parvenu en territoire plat, il prenait conscience de s'être éloigné de papa Archange, de son enfance. Il était désormais irrémédiablement seul. S'il avait apprécié la traversée des forêts denses et odorantes d'Itombwe où les fruits se penchaient presque vers lui pour le rassasier, la végétation basse et l'ondulation sablonneuse qu'il découvrait au sud étaient sans charme et semblaient menaçantes. Sa route avait l'odeur de la poussière des pierres. À mesure qu'il progressait à découvert sous les fortes chaleurs, son angoisse d'être surpris, battu, dépouillé voire tué s'accentuait.

La mort lui était devenue familière dans son pays de collines et de verticalité, cependant il s'agissait jusqu'à présent de la mort des autres. Lorsque la fièvre de l'or avait gagné son hameau de Kangé, des camionnettes de colporteurs s'étaient hasardées sur la route de crête pour fournir les creuseurs en boissons, patates douces et sacs de riz qui engloutiraient leur paie. Le hameau avait assisté à de belles chutes motorisées, à de terribles explosions de véhicule dans le ravin. Jean de Dieu et son ami DJ Luis faisaient partie de ceux qui y étaient descendus à plusieurs reprises pour dégager les éventuels blessés. À bras d'hommes, corps et cargaisons étaient ensuite hissés religieusement vers les hauteurs, et les vivres récupérés assuraient la gratuité des repas – repas de funérailles offerts à tous au terme d'obsèques plutôt festives. Des fêtes sans honte. Gagner à pied chaque matin le puits de mine n'est pas moins dangereux que de conduire un camion en fin de vie, et il est de bonne économie que le survivant se nourrisse à la santé du défunt.

D'une certaine manière, Jean de Dieu était en intimité avec la mort des autres. Que pouvait-il deviner de sa propre fin ? Peut-être était-ce là l'origine du malaise qui s'emparait de lui. Au dernier hameau traversé, les villageois ne semblaient pas intimidés par la rébellion et lui avaient montré sans crainte le chemin menant au camp insurgé. Néanmoins, des images d'armes et de violence commençaient à germer dans son esprit et le hantaient. Pour se rassurer, il se mit à penser au cousin Siméon, son contact. Il se souvenait d'un adolescent maigre, démesurément grand, sérieux et poli, taquin avec les filles. Il ne l'avait plus vu depuis cinq années au moins. De quoi aurait-il l'air derrière une arme ?

Jean de Dieu était toujours plongé dans ses pensées lorsqu'une violente douleur lui embrasa la plante des pieds, plus vive à mesure qu'il avançait. Agacé, il examina la vaste étendue de roche sur laquelle il s'était engagé par inattention. Sous le sable devenu rare émergeait une pierre de lave racornie, chauffée à blanc par le soleil, au point qu'elle s'était assombrie et concentrait à présent le feu de milliers d'années au soleil. C'est sur cette braise qu'il marchait pieds nus. L'adolescent se mit à courir, volant presque pour éviter la brûlure du sol. Il lui fallait retrouver au plus vite la fraîcheur de l'herbe de la savane, la boue, un cours d'eau peut-être. Il ne pouvait plus s'arrêter, suspendre ou modifier sa course sans se brûler. Il fuyait vers la lisière de la masse rocheuse. C'est alors qu'une silhouette surgit, les bras grands ouverts pour le cueillir. Il ne put éviter la capture.

— On s'est perdu, petit ?

L'homme n'était pas menaçant, mais son étreinte était puissante et sa voix, autoritaire. Jean de Dieu ne touchait plus le sol, ses pieds s'apaisaient et il y puisa une force nouvelle pour se débattre. Mais les bras renforcèrent leur emprise et à présent le broyaient. Il devait être proche du camp rebelle. L'homme sentait la brousse d'épineux, le lait de chèvre, les bouses séchées, il ne pouvait venir de la ville. Soudain confiant, Jean de Dieu relâcha ses muscles.

— Je cherche les rebelles, expliqua-t-il. Mon cousin Siméon.

La vie est étrange, des portes s'ouvrent parfois avec des clés improbables. Dès que Jean de Dieu eut prononcé le nom du cousin, ses pieds brûlés retombèrent sur le sable chaud et l'homme l'accueillit en ami par de grandes frappes dans le dos. Le berger n'était guère causant, mais il le guida un bon quart d'heure encore par divers chemins jusqu'à une colline arasée, au flanc de laquelle une trouée semblait mener au cœur même de la terre. Dans ses reliefs du Nord, l'adolescent n'avait jamais rien vu de pareil.

Un défilé les mena à une crique minérale, semblable au cratère d'un météore, à une arène protégée dont quelques arbustes commençaient à recouvrir les éminences, procurant aux visiteurs ombre et fraîcheur. Sous le couvert végétal, un hameau de briques, de pisé et de planches avait poussé de part et d'autre de la rue principale, formant un township confortable. Jean de Dieu leva les yeux vers ce qui paraissait être une réserve d'eau et un puits, des cases-dortoirs, l'étal improvisé d'une boucherie. Plus loin, sur la terrasse couverte d'un bar, des hommes, des femmes et une jeune fille en particulier attirèrent son attention. Puis il repéra des murs de casiers de bière prolongés d'anciennes caisses de munitions et les tables de ce qui devait être une cantine. Soudain, à l'appel de son nom, une silhouette se dressa, haute et musculeuse désormais. Lorsque Siméon se tourna vers les visiteurs, Jean de Dieu sut qu'il était à nouveau en sécurité, et le diamant devint moins lourd dans sa poche et son cœur.

7.

Roquebrune-Cap-Martin, septembre 2016

Deux smokings s'animèrent bientôt pour ouvrir la barrière, abaisser les herses anti-intrusion, laisser la Rolls-Royce Phantom V glisser dans l'allée ombragée de cèdres et palmiers géants qui menait à la *Casa della Felicità*. D'un regard, le chauffeur remercia les gardes du corps tandis que, sur la banquette arrière, l'unique passager restait impassible, enveloppé dans son nuage de luxe. Absorbé par la lecture des pages « Industries » du *Kommersant*, Boris savourait l'intimité familiale qui s'annonçait à lui. Au-delà de cette barrière, plus aucun curieux pour me pister, songea-t-il avec satisfaction. Ni barbouzes françaises, ni agents britanniques, pas même Google Street View. Niqués, le monde moderne et ses voyeurs. On s'arrange toujours avec Mountain View, il suffit de demander, presser ou acheter. Boris tourna une page, le quotidien russe analysait les enjeux financiers discrets des prochaines présidentielles américaines.

Le monde serait si simple s'il était toujours aussi… malléable. L'or est décidément un métal tendre.

Boris se prit à rêver qu'un allié remportât les élections de novembre.

Un bon coup pour les actions Bayrock, un boulevard pour nos projets en Amérique.

La Rolls blindée dépassa le rempart végétal dressé le long du chemin de fer. Un mur de plantes grimpantes et futaies bien plus élevé, plus profond que ne le nécessitait un barrage honnête aux nuisances ferroviaires. Boris le nota mentalement : remercier le jardinier. Les discussions autour de cette extravagance avaient ruiné quelques déjeuners en famille, c'est vrai. Les filles et Lara se plaignaient de ne plus pouvoir contempler les hauteurs du bourg et la silhouette du château médiéval de Roquebrune. Foutaises, songea Boris. C'est un putain de mur qui découragera les caméras et micros-canons. Et le treillis de cuivre le protégeait contre tout espionnage électronique. Malin, non ? Efficace et discret. *Sophistiqué !* À lui seul, ce mot français était un vrai bonheur, du velours sur la langue.

Le jour de ses soixante ans – il y a donc bien longtemps désormais –, Boris s'était donné pour règle de tourner le dos à la sueur et au sang, à la violence et à la contrainte, de les abandonner à d'autres. De ne plus toucher une arme ni même s'en approcher. La volupté du pur pouvoir. Oubliés l'odeur de la souffrance, l'émoi du cortisol, ce goût de sang entre dents et gencives, le parfum d'ammoniaque dans l'antichambre de salles d'interrogatoire qui empestaient l'urine. Terminé. Ce paradis lui avait pris cinq ans de travaux, réfections, de lettres d'avocats et de mesures de sécurité à n'en plus finir.

Mais il avait évité le bunker. Ce palais discret sur la Riviera était une vraie trouvaille. Un luxe feutré et anonyme, furtif comme un avion de combat, noyé dans le bling-bling des fortunes communes.

Et tous ces Français à peine millionnaires qui pleureraient pour accueillir un paparazzi dans leur jardin.

Le Kirghize, lui, s'en protégeait. Le meilleur de Cap-Martin à l'abri des fouines.

La Rolls continuait de glisser sous les arbres. Boris examina le matelas rassurant de la couverture forestière, la présence des nouvelles caméras haute définition logées à l'intérieur des troncs d'arbres. Du bon travail. Tant que Google Maps ne s'équipait pas de bateaux pour photographier au grand-angle les quatre étages à colonnades et les cent soixante-dix mètres de front de mer, Boris pouvait respirer.

Le silence de la Phantom lui procurait un plaisir comparable à celui de l'anonymat préservé. La Rolls créait une bulle d'une telle pureté qu'elle permettait en quelques secondes à Boris de s'offrir l'impossible voyage vers le passé. Il fermait les yeux et revoyait un instant la chaîne majestueuse du Tian Shan, les éminences de neige du Khan Tengri, ces sept mille mètres qu'il jugeait infranchissables lorsqu'il était enfant. La Rolls, c'était ce bonheur à dix-huit degrés Celsius constants, la quiétude optimale sans le froid assassin des vents d'altitude venus de Chine. Les vitres blindées le protégeaient de cette moiteur vulgaire de la Côte d'Azur qui plaisait tant à Lara et aux filles – aussi navrantes que leur mère. La remise à neuf de la Rolls lui avait coûté le prix d'une Mercedes, et il y avait à Nice un garagiste heureux. Mais rien de tel que l'air conditionné à l'ancienne pour oublier le niveau zéro de la Méditerranée, et renouer avec le silence des plus hauts sommets, hier les montagnes, aujourd'hui l'argent.

S'abandonnant à son siège, Boris ferma les paupières et s'offrit quelques instants encore la vision de son village natal au pied des neiges du Tian Shan, là où il avait gagné sa première voiture en trafiquant de l'alcool de grain kazakh à travers la rivière Tchou.

« Boris Alexandrovich Kerimov, plus un geste, restez à distance des cuves ! Vous êtes en état d'arrestation. »

Encore ce rêve. Boris avait vingt-deux ans lorsque les fers des menottes s'étaient refermés une première fois sur ses poignets. Il revoyait la mention « Frounzé » brodée en cyrillique sur l'uniforme soviétique. Le commando policier était venu de la capitale, c'était donc du sérieux. Sept jours plus tard pourtant, Boris avait été libéré grâce à d'inattendus protecteurs kazakhs. Personne n'avait touché à la canalisation flexible enfouie dans le lit de la rivière-frontière. Au contraire, sa petite contrebande d'alcool était désormais encouragée, encadrée, tarifée même. Sur l'autre rive, la présidence kazakhe lui proposait de poser des tuyaux plus larges encore, pour que l'alcool de céréales cède la place au pétrole. Des barils par millions, à écouler à sa guise en Asie centrale, en Chine, au Pakistan. Mais la protection des trafics par l'élite des deux rives avait un coût. Boris ne toucherait plus que vingt pour cent, il serait aux ordres. En une seule entrevue, il était devenu le valet du pouvoir kazakh, au point que les journaux du monde entier avaient depuis longtemps oublié qu'il était kirghize. Ils se souvenaient seulement qu'il était riche.

N'empêche, à quatre cents euros le feu clignotant et neuf cents euros la carte grise, les dépenses de restauration de la Rolls pinçaient Boris au portefeuille comme aux premiers jours de son commerce de contrebande. Cette gêne lui fit rouvrir les yeux, soudain éblouis par la nappe argentée d'une Méditerranée qui venait buter contre le muret du jardin d'agrément. La Rolls s'était immobilisée à hauteur de la porte d'honneur. *Casa della Felicità.* Au bord de la pelouse, une demi-douzaine de chauffeurs en livrée, un trio de gardes du corps et une dizaine de véhicules stationnés indiquaient la présence des premiers convives. Derrière chaque Bentley, Tesla ou Maserati aux immatriculations monégasques, Boris pouvait mettre un visage familier. Il grimaça en identifiant la Lotus de son neveu Édouard. Il persistait à arborer la plaque et l'abréviation d'Anguilla, trop visibles à son goût.

Déjà, le chauffeur lui ouvrait la portière.

— Merci, Nikolaï, merci. Rien de particulier à me signaler ?

— Le dispositif habituel, monsieur. Deux voitures nous ont pris en filature, si visibles qu'elles n'étaient sans doute là que pour nous intimider.

— Des Français ?

— Je le pense, oui. Ils nous ont accompagnés jusqu'à l'entrée de la propriété. Et encore ceci, monsieur…

— Oui ?

— Bon anniversaire au petit-fils ! À l'héritier, lança le chauffeur en souriant. Je suis heureux pour vous, monsieur.

À cet instant, il n'y avait plus ni chauffeur ni patron, mais une amitié de trente-cinq ans, dans des habitacles de voiture qui n'avaient pas toujours été aussi luxueux. Boris lui étreignit les mains avec chaleur.

Malgré son léger retard, Boris décida qu'aucun malfaisant ne briderait son bonheur. Pas aujourd'hui, pas ici.

Il déboula dans la fraîcheur de l'atrium.

— Un message de Zurich, monsieur, l'avertit son secrétaire en pinçant les lèvres. M. Chalamov demande à vous parler dès aujourd'hui.

— Aujourd'hui ? Le jour de l'anniversaire ?

Boris s'empara de la note manuscrite que lui tendait son employé et le remercia d'un regard. Il plia le document sans le lire et le glissa dans la poche intérieure de son smoking. Cette journée est réservée au petit, songea-t-il en se dirigeant vers ses convives qui se pressaient au soleil. En contrebas de la terrasse, une bonne centaine de personnes lapaient et bâfraient, colonisaient le jardin à la française et le belvédère du front de mer. Sans quitter son rôle d'hôtesse du jour, Lara envoya un baiser à son mari.

— Où est Alla ? s'enquit Boris. Et le petit ?

Lara indiqua vaguement la piscine. Sans plus d'égard pour elle, Boris se fraya un chemin dans la foule. Il serra des mains, embrassa distraitement quelques invités, non sans ponctuer ces effusions rapides d'une hilarité authentique.

— Grand-père, oui. Moquez-vous, madame, c'est cela… Débordé mais heureux. Au fait, savez-vous où est le petit ?

Au pied du magnolia qui bordait le bar de la piscine, Boris repéra enfin sa fille Alla et, à ses pieds, son trésor. Alexander, campé sur des jambes solides. Deux ans déjà. La lignée Kerimov ne s'éteindrait pas, pas plus que le prénom de l'aïeul. Dès que Boris eut rejoint sa fille, celle-ci l'embrassa.

— Tu es fou, papa… Cette fête pour Alex, c'est splendide !

— A-lex-an-der. En toutes lettres, je te prie ! Un peu de respect pour la mémoire de mon père, ton propre grand-père. Avec ce petit-fils, c'est toi qui me rends heureux, Alla. Un merveilleux enfant, il mérite une journée magnifique. Je bois à sa santé. À notre famille, à notre bonheur !

Boris s'empara d'une coupe, y trempa longuement ses lèvres. Son enthousiasme de grand-père le soûlait bien plus que le champagne.

— Tu as parlé à ton mari ?

Alla baissa les yeux vers ses pieds.

— Oui, papa. Tu n'en démords pas, n'est-ce pas ? Ce n'est pas encore gagné, mais je pense qu'il accepterait qu'Alexander perpétue notre nom de famille plutôt que le sien. « Honneur au patriarche », m'a-t-il dit.

— Alexander Kerimov, l'ancien et le jeune, avant et après l'URSS ! J'y tiens beaucoup, Alla, tu le sais.

Alors que Boris s'enthousiasmait, l'enfant saisit la main de son grand-père. Celui-ci se pencha et le hissa sur son bras pour l'embrasser.

— Mais il aimerait certaines compensations, reprit Alla. Tu comprends, papa ?

Attendrie par la complicité du grand-père et de l'enfant, la jeune mère n'en demeurait pas moins une Kerimov et gardait la tête froide.

— Je pense qu'il est curieux de voir à quoi ressemblerait le fait d'avoir un enfant qui porte le nom de son épouse et pas le sien, ajouta-t-elle. Si tu pouvais demander à tes amis canadiens de produire pour ton petit-fils un passeport à ce nouveau nom, Alexander Borissovitch Kerimov, ce serait déjà mieux que le passeport kazakh actuel… A-lex-ander. Bo-risso-vitch. Alla appuya sur les syllabes.

— Tu aimes quand je prononce ces prénoms, n'est-ce pas ?

Son père rit de bon cœur.

— Tu as visé juste. Moi, ma montagne, ma maison et surtout ma famille ! À quoi sert la fortune si notre nom ne nous survit pas ?

Boris finit par déposer le baiser du vaincu sur la joue de sa fille.

— Plus audacieux encore, ma fille. Pourquoi mon gendre ne changerait-il pas lui aussi de nom, en même temps que son fils ? Ce serait plus simple pour tout le monde. Nous élargirions la famille, mon beau-fils serait presque mon fils et vous auriez tous droit au même passeport canadien que moi. Qu'en penses-tu ?

La balle était revenue en coup droit dans le camp d'Alla. Avec un léger retard, le visage de la fille s'éclaira, réalisant le cadeau que cela représenterait dans la lutte pour la succession de l'empire Kerimov. Largué, Édouard le neveu chéri mais un peu trop voyant. La jeune femme bondit de joie, renversa son champagne et embrassa tendrement son père.

— Maintenant, déclara Boris, je ne veux plus entendre parler que de cette fête d'anniversaire. D'accord ?

Les premières ombres du soir enveloppaient la plage du Buse lorsque Boris se mit en retrait de la réception. À l'est, les quelques feux naissants de la corniche de Cap-Martin ne pouvaient rivaliser avec l'embrasement des lumières de Monaco au couchant, l'embouchure de Port Hercule, les reliefs de Fort Antoine. Le Belvédère abritait les derniers invités, la fièvre de la fête s'éteignait.

Les années, les étoiles et l'argent ne cessent jamais de tourner, songea Boris, qui se rappela soudain la note urgente glissée dans sa poche intérieure. Le document ne contenait qu'un seul nom, celui de Musa Chalamov, suivi d'un numéro d'appel suisse, d'un code d'accès à sept chiffres puis d'un code PIN constitué de quatre autres chiffres. À l'évidence, une vidéoconférence sécurisée.

À quelle heure ?

Cela n'était pas précisé, il y avait donc urgence. Boris salua les derniers convives, adressa à son épouse un baiser de la main puis s'engouffra dans le vestibule discret qui menait droit au sous-sol de la résidence.

L'ancien enfant des montagnes s'était choisi un bureau sobre. Aucune applique, aucun rappel de cette frise d'or que Lara avait imposée à toutes les pièces de sa « maison du bonheur ». La seule concession à l'extravagance ornementale était une table de bureau sertie de marbres jaune et noir, Sienne et Portoro. Le reste de l'ameublement se limitait à deux fauteuils pivotants, un coffre-fort électronique classe VI, le boîtier de l'alarme et, sur le mur opposé au bureau, un large écran interactif. Pour le business. Et le football de temps en temps – Boris avait une prédilection pour les clubs britanniques. Allez savoir pourquoi. Sans doute éprouvait-il le besoin d'être reconnu, d'être validé par la Bourse de Londres et estampillé Oxford. D'être tout sauf une boule d'herbes folles venue des steppes.

Boris tira la note de sa poche, composa sur le téléphone de bureau la suite de chiffres puis attendit.

Sa chevalière le serrait, la vie était devenue trop confortable. L'écran sembla s'animer avant de se remplir de parasites.

Musa Chalamov. Depuis combien d'années étaient-ils en affaires ? Quinze ans ? Peut-être davantage. Et il ne l'aimait toujours pas vraiment.

À l'époque, Musa était déjà dans le pétrole sibérien, sous le patronage d'une Russie en déroute. Pour Boris, l'ancien empire soviétique continuait à s'effondrer et la contrebande kazakhe battait son plein.

1998, c'est cela !

Boris se souvenait encore du jour où Musa lui avait annoncé qu'il s'attacherait dorénavant aux intérêts d'un seul homme, le nouveau président de la Russie. Boris avait tenté de l'en décourager, un homme est moins stable qu'un État et les occasions de s'enrichir seraient moins nombreuses.

« Reste au cœur des réseaux, Musa, lui avait-il conseillé, ne mise pas tout sur un seul cheval. Même président, un ancien du KGB ne deviendra jamais un homme d'affaires. »

Le Kirghize s'était trompé. La fortune de Poutine était désormais évidente. Musa avait eu assez de nez pour détecter ce mouvement de fond, assez de bassesse pour s'y accrocher. Dix ans plus tard, à bord du yacht du Premier ministre italien, Boris et Musa étaient devenus complices lors d'une croisière au large de la Sardaigne. La soirée *bunga bunga* avait mal tourné, les filles venues d'Ukraine étaient mineures. Ils le savaient, bien sûr, mais la police des frontières en avait eu vent elle aussi. Hélicoptère, haut-parleurs, feux giratoires, descente de police sur le toit du yacht… Depuis, Musa et Boris étaient à la vie, à la mort. Pas amis, non, mais compromis ensemble.

L'écran s'anima. D'abord une voix, puis le visage poupin du Russe apparut à l'écran. Une chevelure encore blonde où se mêlaient quelques fils blancs.

— Nous sommes seuls ?

— Seuls.

— Merci d'appeler, Boris. J'ignorais que tu étais grand-père ! Mes hommages à la grand-mère…

— C'est élégant… Mais je ne pense pas que tu m'appelles pour compter les années qui passent.

— Disons que j'ai une urgence, dictée par mon commanditaire. À ce stade, rien n'est sûr, mais plusieurs câbles d'ambassade font état d'une possible découverte… À l'est du Congo. Le Congo, c'est ton territoire, pas le mien.

— Un filon vraiment neuf ?

— Trop tôt pour être affirmatif, trop délicat pour développer, même ici. Tu sais que les filons hydrothermaux, là où les minéraux rencontrent le magma, sont souvent très riches en or, mais aussi en argent, tantale, tungstène, voire en uranium et en niobium. Ça te donne une idée de ce que nous avons pu déceler.

Musa fit une pause.

— Est-ce que tu me fais confiance, Boris ?

Je ne te confierais même pas mes poubelles, mais dis toujours.

— Si j'en crois Moscou, les familles que tu représentes seront contentes. Mon client, lui, serait heureux d'y associer l'entourage de ton président kazakh. Disons, une sorte de retour d'ascenseur, le genre de cadeau qui entretient l'amitié et rapproche les États de l'ancienne Union. Tu comprends ?

— Ou alors, tu as simplement besoin de moi pour t'introduire à Kinshasa dans l'entourage du président Kabila ? Moscou ne serait pas fichu de faire tourner une entreprise rentable dans l'est du Congo…

— Pas faux. Pour obtenir la concession, il faudra sans doute huiler quelques rouages à Kinshasa.

Musa n'en dit pas davantage. Il se redressa sur son siège, veillant à rester dans le champ de la caméra.

— Le territoire qui nous intéresse fait déjà l'objet d'un permis d'exploitation pour l'extraction d'or, attribué aux Canadiens de Baron Mines. Mais la zone est aujourd'hui comme qui dirait en jachère, abandonnée à quelques bouseux et aux éleveurs nomades. Tu vois le tableau : les industriels au grand cœur se soucient de la population locale. Notre plan est d'obtenir discrètement un permis de recherche, sur la zone, mais pour toutes les autres ressources que l'or. Une astuce pour doubler les Canadiens sans dévoiler notre jeu. Et si la prospection est positive, alors nous demanderons un permis d'exploitation…

— Au nez et à la barbe des Canadiens, c'est ça ? Un même lot minier vendu deux fois.

— Cela a l'air énorme, mais au Congo c'est jouable. Kinshasa semble coutumier de ce genre de montages.

— Exact, nous l'avons déjà fait avec des lots pétroliers.

— Cependant, qui dit commissions et dessous-de-table dit traces de doigts, documents gênants. Hors de question de faire passer les commissions de chef d'État à chef d'État. D'où ton rôle, Boris.

Nous avons besoin d'un empilage malin de sociétés offshore.

L'offre était trop belle, presque du prêt-à-consommer. Boris eut néanmoins une arrière-pensée.

— Tu m'as vraiment tout dit ?

— Ton aide nous apporterait un petit avantage. Pour ceux qui s'inquiéteraient de voir Kabila traiter avec des intérêts russes, ton passeport canadien nous permettrait d'évoquer de « simples rééquilibrages » au sein des « divers partenaires canadiens » du Congo. Tu vois, nous sommes déjà loin dans l'étude du projet...

— Et je suppose que tu serais partant pour un aller-retour à mes côtés à Kinshasa, c'est cela ?

Lorsque l'écran s'éteignit, les données de l'appel disparurent des serveurs de Zurich et Roquebrune. Cette conversation n'avait jamais eu lieu, il ne restait qu'une note à détruire. Boris tendit la main vers sa cave à cigares et les allumettes longues. Fortune faite, pourquoi remuer encore le sous-sol du Congo ? Il songea à la fortune qu'il léguerait à son petit-fils. Cet ultime coup serait pour lui.

Dommage que l'argent ait l'odeur de ce Russe.

Une fois la note consumée, il souffla l'allumette.

— Bon anniversaire, Alexander !

8.

Camp de Baron Mines, Sud-Kivu, avril 2017

— Messieurs !

L'éclat de voix du directeur se répandit en ondes concentriques par-delà les cloisons de la salle de réunion jusqu'aux autres préfabriqués, sanitaires, logements conteneurs, l'héliport et les postes de garde du site minier de Twangiza, car les personnels des broyeurs, du charroi, de la fonderie, le service comptable et jusqu'au préposé au café, tous avaient vu ce matin passer au-dessus de leurs têtes l'hélicoptère du Medevac – l'évacuation médicale d'urgence. Lorsqu'on avait remonté sur le site un engin de chantier à la structure tordue, aux vitres explosées, à la tôle constellée d'éclats métalliques et de traces de sang, chacun avait deviné que l'heure était grave.

— Messieurs, ce matin, vers 9 h 30, un de nos véhicules a par malchance déclenché une charge explosive – une mine sans doute héritée de la guerre de libération de 1997. Notre chauffeur a été grièvement blessé. Il a été pris en charge par hélicoptère et transporté à l'hôpital de Bukavu. Je ne vais pas vous mentir, son état est critique…

Une vague de commentaires parcourut l'assemblée.

— L'accident s'est produit près du hameau de Bugumia.

Nouveaux murmures.

— Et comme vous l'avez sans doute vu, il a frappé un engin de terrassement. L'explosion ne s'est pas produite sur une piste balisée, mais sur un nouveau site de défrichement. J'insiste, j'in…

— Monsieur le directeur, protesta une voix rauque, c'est la troisième fois en cinq mois que nous vivons des incidents à Bugumia !

— J'insiste pour que, désormais, aucune exploration, aucun défrichement ne soit effectué sans reconnaissance préalable aux détecteurs de métaux. Nous nous sommes habitués au calme de ces dernières années, nous devons à présent renforcer notre niveau de sécurité. Ceci n'a rien à voir avec les incidents précédents, ce n'est pas un jet de pierre. Je demande donc à la logistique de mettre à disposition chaque matin des détecteurs de métaux à pleine charge, et de rendre obligatoire leur usage. Chaque équipe de sortie doit emporter impérativement ce matériel et signer un registre des détecteurs. Et ce chaque matin. Est-ce bien compris ?

Le directeur contempla l'assemblée, en quête d'un message positif, une dernière touche de solidarité avant de clôturer la réunion.

— Ceci nous rappelle l'importance de nos collectes de sang, reprit-il, inspiré. Nous sommes une seule équipe, n'hésitez pas à y participer.

Puis il se retourna vers le plus proche des assistants et poursuivit à voix basse :

— Trouvez-moi le jeune ingénieur français, M. Moresmo. Dites-lui que nous tenons une réunion des cadres dans mon bureau.

— Deux portes de véhicules frac…

Au moment où Lucas se joignit à la réunion, un accent de l'Ontario nappait l'assistance et se mêlait à la fumée des cigarettes. Le chef de la sécurité énumérait la succession d'incidents plus ou moins sérieux qui avaient frappé Baron Mines. Lucas s'assit, l'homme poursuivit :

— Deux portes de véhicules fracturées à Namoya pour y dérober un téléphone satellite et une radio. Une bagarre à Kamituga dans un « QG », c'est-à-dire dans une maison de passe, ce qui nous a valu deux ouvriers blessés et la plainte d'une des filles. Une équipe de géomètres molestée à Cinjira lors des repérages pour la construction de l'école. Des jets de pierre répétés à Bugumia, notamment par un villageois exalté nommé Ark-ang' Bou-gir', précisa-t-il en massacrant ce dernier nom de son accent anglais.

Un fou rire s'empara des cadres locaux.

— La bonne nouvelle : aucun accrochage avec les postes de contrôle de l'armée régulière, pas même une inspection de véhicule. Mais quelques difficultés à Luhwinja ces derniers jours, soupira le Canadien. Pas mal d'actes de malveillance. Plusieurs pneus crevés à la machette ou au couteau. Des pistes obstruées. De la terre dans les réservoirs d'huile et gasoil. Rien de dangereux mais des dégâts parfois coûteux et beaucoup de temps perdu. Et, pour mémoire, une munition militaire tirée la semaine dernière sur l'un de nos camions de charge. On a retrouvé la balle dans la cabine, une ogive de calibre 7.5 Prvi Partizan.

— Balle perdue, Bill ?

— Possible. La portée du 7.5 est de quatre kilomètres. Cependant, on nous a rapporté des menaces colportées dans les bars de Kamituga avant qu'un de nos camions soit pris pour cible. C'est d'autant plus étonnant que tout cela se passe au Sud, dans une zone où nous sommes plutôt conciliants, où, je le rappelle, nous laissons les creuseurs artisanaux explorer nos terres en toute illégalité.

Avec un geste agacé, le directeur répliqua.

— Merci pour ce rapport, Bill. Nous leur abandonnons le Sud, c'est vrai, mais tu sais que la paix avec les populations locales est à ce prix.

— Un tuyau encore, patron. Nous continuons à enquêter sur le tir de cette munition de 7.5. Les villageois commencent à nous parler de l'arrivée dans le maquis d'un chef de guerre venant du Sud, des villages de Kalemie ou de Kabalo. Le « commandant Juju ». Difficile de savoir s'il s'agit d'un sobriquet. Nos informateurs dans l'armée confirment qu'il se serait déplacé sur nos terres du Sud.

— Juju… Comme la « médecine juju », la médecine magique ?

— Exactement. Un jeune type, d'une trentaine d'années semble-t-il. On ne lui connaît pas de village d'origine, les quelques militaires de l'armée régulière qui parlent à nos gars racontent qu'il ne fait pas dans la dentelle, qu'il n'a pas de cœur, qu'il taille à la machette. Certains évoquent même un « mort debout », le genre de créature qui n'a littéralement plus de cœur, vous voyez, dont les veines ne battent plus. Bref, la légende va bon train. On enquête. Il serait à la tête d'une centaine d'hommes.

— Le calibre 7.5, ce serait lui ?

— C'est notre meilleure piste pour le petit sabotage. Mais je peine à imaginer une bande armée, venue de nulle part, qui soit équipée de fusils-mitrailleurs de précision.

— Autre chose ?

— Oui, patron, et ça ne va pas vous plaire. Nous nous sommes rendus ce matin sur les lieux de l'accident. Ce n'est pas une mine antipersonnel qui a explosé. Plutôt une mine antichar, moitié TNT moitié RDX. De fabrication chinoise, ça c'est certain. Du coup, les détecteurs de métaux ne seront d'aucune utilité pour repérer ce genre d'engin, la coque étant en plastique. Désormais, il faudra débroussailler, procéder à un contrôle visuel avant d'engager le moindre véhicule de chantier. Il faut prévenir la logistique, j'ai bien peur que votre idée de détecteur soit mort-née.

L'œil du directeur s'assombrit. À présent, la détonation du matin gagnait l'intérieur de sa boîte crânienne. Entre Bill et lui, un regard suffisait généralement pour se comprendre. Ils devenaient alors avares de leurs mots, discrets pour ne pas alerter les autres. Une mine antichar chinoise, version indétectable, placée hors piste en forêt, ça n'avait pas de sens. Une mine qui nécessite trois cents kilos de pression pour se déclencher n'a rien à voir avec un engin de guérilla qu'on pose dans une sente. Ce n'était pas un héritage de la guerre. Quelqu'un attendait Baron Mines, espérait piéger ses véhicules. Quelqu'un de bien équipé et de bien documenté.

— Merci encore, Bill. Passons maintenant aux bonnes nouvelles. Messieurs, je vous présente Lucas. Il nous vient de France.

Le directeur fit l'éloge de son parcours, master en géologie, premier de sa promotion à l'École des mines, master spécialisé Ceseco.

— Un excellent élément, conclut-il. Un géologue devenu technicien des opérations minières.

Tous les regards se tournèrent avec respect vers Lucas. Et pour détendre l'atmosphère, le directeur insista sur les origines burundaises de la recrue qui, associées à l'intitulé de son diplôme, lui avaient valu à Paris le surnom idiot de « Mobutu ». Mobutu Ceseco.

Ce n'était pas sans intérêt. Selon le directeur, le passé du jeune homme avait eu un impact sur ses dispositions d'esprit et justifié son embauche. Il se plut alors à raconter comment Lucas avait imposé à l'entreprise de se déplacer par la piste pour découvrir le Burundi et l'Afrique en général avant de prendre ses fonctions. À bien scruter l'œil du directeur, Lucas put voir que, dans ce camp au moins, l'initiative avait été appréciée.

— Voilà donc, messieurs, qui est Lucas Moresmo. Lucas, personne ne vous a tiré dessus, j'espère ?

Ce dernier tendit le cou, salua l'assemblée d'un mouvement de tête.

— Je croise les doigts, patron. On ne m'a pas tiré dessus.

Oups. Le mot « patron » lui avait échappé par mimétisme, sans en mesurer la coloration coloniale. Il se reprit :

— À la demande de Toronto, j'ai entrepris l'exploration de terres à l'Ouest pour lesquelles nous avons un permis mais que nous n'avions jamais prospectées.

Lucas déplia sur la table sa carte de travail.

Du doigt, il indiqua divers hameaux de l'Ouest.

— L'endroit est très prometteur, précisa-t-il. Probablement un nouveau gisement majeur de coltan.

Il jeta un dernier coup d'œil à ses relevés, puis décida de mettre la barre au plus haut.

— Peut-être même le plus grand gisement jamais découvert, si mes chiffres sont corrects. En trois semaines, nous avons déjà géolocalisé et cartographié soixante-quatre points d'affleurement.

Le directeur tendit la main pour obtenir la copie des relevés.

— Et pas d'artisan creuseur sur le site ? Pas de rebelles ni d'hommes en armes ? Nous pourrions nous y déployer ?

— Pas âme qui vive, monsieur. Sur ces trois semaines, nous avons bivouaqué dix-sept nuits. Et en dehors de quelques villageois, nous n'avons croisé personne.

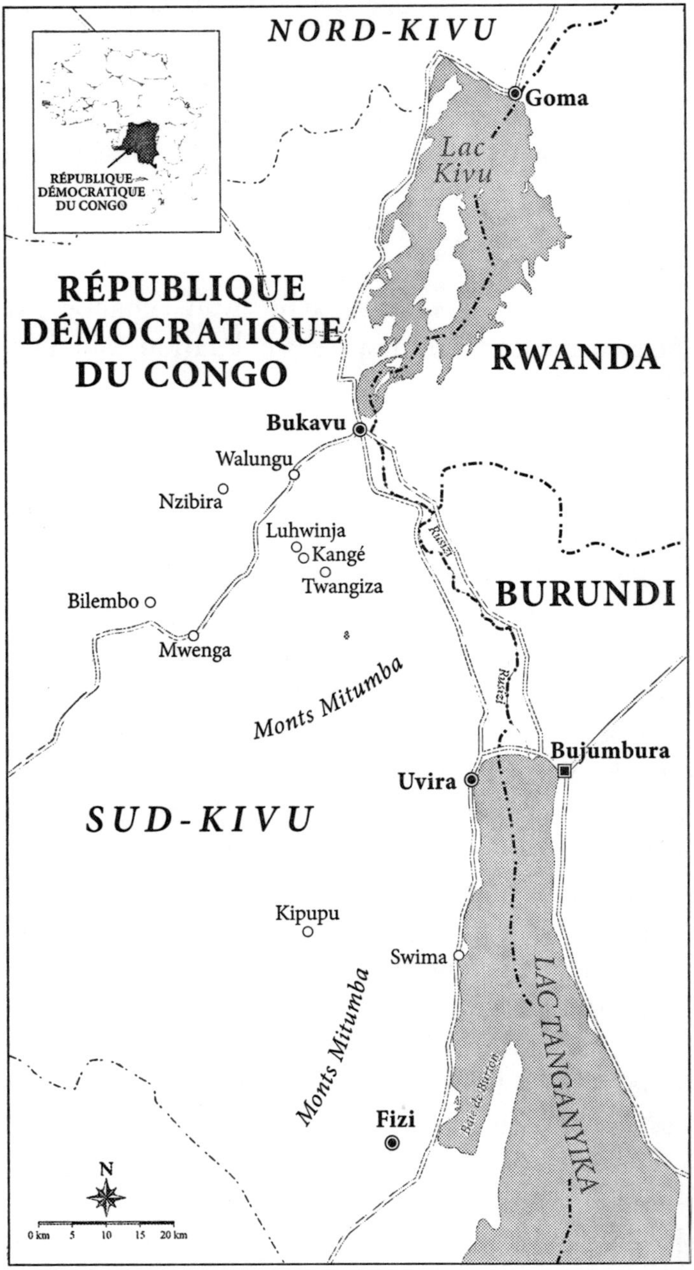
NORD-KIVU
RÉPUBLIQUE
DÉMOCRATIQUE
DU CONGO
Goma
Lac
Kivu
RÉPUBLIQUE
DÉMOCRATIQUE
DU CONGO
RWANDA
Bukavu
Walungu
Nzibira
Luhwinja
Kangé
Twangiza
Bilembo
Mwenga
BURUNDI
Ruzizi
Monts Mitumba
Bujumbura
Uvira
SUD-KIVU
Kipupu
Swima
Monts Mitumba
LAC TANGANYIKA
Baie de Burton
Fizi
N
0 km 5 10 15 20 km

Le visage du jeune Français s'éclaira de telle sorte que certains auraient pu l'interpréter comme de l'autosatisfaction ou de l'arrogance due à sa jeunesse. Mais en réalité l'esprit de Lucas était ailleurs. Il était encore bouleversé par toutes ces nouvelles images, par le souvenir de cette forêt qu'il avait sillonnée de l'aube jusqu'à la nuit, lorsque s'élèvent des massifs de grands arbres noirs des cris inédits, presque hallucinés, et par le parfum des eucalyptus, des résineux tropicaux auquel se mêlait la pestilence des fleurs et végétaux morts avec le jour. C'était exactement ce qu'il avait espéré. Durant trois semaines passées en extérieur, à se lever à la fraîche, à guetter en bord de ruisseau les volatiles curieux de votre bain, son Afrique rêvée était devenue bien réelle.

Submergé par toutes ces sensations, Lucas fut brutalement ramené à la table de travail par Bill, le chef de la sécurité.

— Vous aviez un garde armé, au moins ? De quoi vous défendre ?

Lucas en resta sans voix. *Bien sûr, j'aurais dû.*

— Je... Nous avions une balise, un positionnement GPS automatique, toutes les heures. Je n'ai pas pensé que c'était nécessaire. Non, je n'avais pas d'arme.

— Merci, Lucas.

Le directeur reposa les notes de relevés miniers compilées par le Français.

— Bon travail, Lucas. Mais Bill a raison, les tensions de ces dernières semaines, le tir à balle de guerre contre l'un de nos camions et ce matin l'explosion d'une mine, tout cela m'oblige à adapter les procédures de sécurité. Plus question de circuler hors du siège central sans escorte. Et chaque membre du personnel expatrié rentre impérativement au camp avant la tombée de la nuit. C'est compris ?

Les portes du bonheur africain se refermaient.

— Monsieur, cela va contrarier les prospections dont vous m'avez chargé. Obtenir une escorte, revenir au siège chaque soir va me faire perdre la moitié de mon temps. Or ce que vous avez sous les yeux, c'est presque une mine à ciel ouvert, pour un matériau dont le prix est quatre à cinq fois supérieur à l'or.

Il y eut un silence. Le directeur, qui savait lui aussi compter, se retint d'humilier un ingénieur trop enthousiaste.

— Lucas, prenez-le comme une mesure temporaire. Le mieux serait de réduire vos explorations, de travailler à l'analyse de vos relevés. Avec de pareils résultats, on ne va pas vous oublier, croyez-moi.

Le directeur leva la séance et s'approcha de Lucas.

— Si vous avez vraiment besoin de sortir, jeune homme, dit-il à voix basse, prévenez-moi et nous aviserons.

Lucas crut un instant que son supérieur lui avait adressé un clin d'œil, mais il chassa cette impression. Il allait quitter la salle lorsque son téléphone vibra. C'était le poste de garde.

— Monsieur Moresmo, quelqu'un vous attend à l'entrée du camp, c'est urgent, annonça le préposé.

Au même moment, il découvrit la notification d'un appel manqué sur son téléphone satellite : ++24381.

Un appel de Bukavu.

9.

Ciel de Méditerranée, septembre 2016

Le jet privé avait atteint son altitude de croisière, le Russe cherchait un contact visuel avec son ami kirghize, mais Boris n'était pas pressé de parler. Il ne quittait pas des yeux l'écran encastré dans le noyer de sa table de travail. Depuis le décollage de Zurich-Kloten, il se focalisait sur la retransmission des débats électoraux américains et ne quittait pas du regard les traits fatigués de la candidate démocrate. Tombera, tombera pas ? Face à lui, Musa Chalamov achevait de consulter la documentation de bord et le plan de vol remis par le steward. Trois hommes d'équipage, deux gardes du corps, deux VIP, sept personnes en tout et pourtant l'avion semblait vide. L'appareil effectuerait ses six mille kilomètres d'une traite, sans ravitaillement. Durant les neuf heures de vol vers Kinshasa, les deux hommes auraient le temps de s'expliquer.

Le moniteur de télévision continuait d'émettre son chant acidulé. « Je vais conclure ma campagne en me focalisant sur les enfants et l'équité pour les familles, poursuivait la voix de la candidate. C'est la cause de ma vie, ce sera la passion de ma présidence. Nous offrons des idées, pas des insultes. Comme vous le savez, mon adversaire mène une campagne très différente. »

Musa fit mine de s'intéresser au programme d'actualités. Il alluma à son tour l'écran, mais la candidate s'était tue. Une première question fusait déjà dans les rangs de la presse, réduisant le débat aux commentaires de vestiaire. Les deux passagers du jet échangèrent un sourire dépité.

— Parfois, je me demande si leur démocratie ne se détruit pas elle-même, gloussa Musa. Toi et moi courrons après nos cotations, la reconnaissance de Londres et New York, mais dans quelques années ils se seront peut-être noyés dans leur propre bêtise.

— Possible, répondit Boris en éteignant le moniteur. Pour la bêtise, tu as plus de nez que moi. Mais qu'importe la démocratie. Moi, ce que j'envie, c'est leur liberté. La liberté absolue de tout dire et de tout faire, même le pire.

Un souvenir désagréable lui traversa l'esprit. Celui de menottes et de leurs morsures, d'un cachot dans les sous-sols de Frounzé. Une image chassant l'autre, Boris se rappela une descente aux enfers à Kinshasa, quelques heures après l'assassinat du père Kabila, la visite des geôles secrètes de Mobutu récupérées par ses successeurs.

Autre hémisphère, mais même fer. Le même genre d'ordure. Jamais mes petits-enfants ne connaîtront cela. J'en fais le serment !

Le visage d'Alexander lui vint en mémoire, il se détendit. Boris se cala sur les yeux de Musa.

— Nous avons rendez-vous demain à 10 heures à la Présidence, annonça-t-il. Une demi-heure, c'est le mieux que j'ai pu obtenir. Mais c'est déjà beaucoup. Si tu commençais par tenter de me convaincre, moi ?

Musa sortit sa tablette et la brancha aux moniteurs de l'avion.

— Je t'ai parlé d'une possible découverte. Une zone qui se trouve à l'extrême sud de la principale concession d'or de Baron Mines, à une soixantaine de kilomètres de la frontière burundaise. Mi-forêt mi-savane. Regarde ces images satellites...

La documentation rassemblée par le Russe défila sur les écrans : des vagues de couleurs jade et émeraude, forêts et plaines. Aucune route, ni piste assez large pour le passage de camions lourds. Boris dut admettre que Musa ne lui avait pas menti. Il s'agissait bel et bien d'un bout de jungle délaissé par Baron Mines, et livré aux creuseurs illégaux qui s'y déplaçaient à pied.

— Au mieux, expliqua Musa, les Canadiens peuvent y engager une chenillette bulldozer. Rien d'autre. C'est pourtant à cet endroit qu'une mission d'exploration a été discrètement menée par des géologues, sous couvert de coopération militaire. Et elle a abouti à une découverte étonnante.

— Du diamant ? l'interrompit Boris. Moi aussi, j'ai travaillé mes dossiers, tu sais...

Il fit glisser sur la table une dépêche déjà ancienne de Radio Okapi : la destruction du village de Mborero.

« C'est le chef de l'État lui-même, Joseph Kabila, qui assure être propriétaire. Le 30 janvier dernier, les habitants de ce terrain ont donc été expulsés et plusieurs maisons détruites par les forces de l'ordre. En tout, une cinquantaine de familles sont à la rue, selon maître Ephrem qui défend un plaignant : “Il y a eu un assaut de 250 militaires dans le village. Ces militaires sans mandat ni document officiel ont démoli des habitations. Les familles survivent sans abri. Personne n'a jamais accédé à l'acte de propriété. On ne sait pas quand il a été signé.” »

— Pas joli-joli, n'est-ce pas, Musa ?

Ce dernier hocha la tête, Boris l'avait percé à jour et lui volait l'effet de surprise.

— Tu avais une chance sur cent de trouver, mais je m'incline, répondit le Russe. C'est du diamant. Cependant, il y a quelques obstacles.

Il se tourna vers le hublot, espérant trouver du courage dans l'azur. Puis il se cala sur son fauteuil, face au Kirghize.

— Le diamant, reprit-il, est un marché très pointu, contrôlé uniquement par les Indiens, les Libanais, les Russes et quelques Belges. Si notre découverte est révélée trop tôt, elle nous passera sous le nez.

Même à Moscou, Musa ne pourrait rien contre les puissants diamantaires yakoutes, bien trop riches, trop indépendants du Kremlin. Heureusement, ces terres congolaises produisaient un peu d'or – peu de géologues penseraient qu'elles recèlent aussi du diamant car ce voisinage était rare. Ils allaient devoir jouer la désinformation, et laisser penser qu'ils avaient trouvé autre chose que du diamant... Du cobalt, du tantale, de l'uranium, peu importait !

Musa s'emballait. Il rappela à Boris la dernière crise financière et la façon dont le cours du diamant avait suivi celui de l'or. Il espérait offrir à son ami un trésor qui leur assurerait une richesse durable pour eux-mêmes et leurs descendants.

Dans un premier temps, Boris fut conquis. L'Asie centrale ne disposait pas de mine de diamant, ses commanditaires kazakhs seraient aux anges. Pourtant une ombre assombrit son visage – il s'agissait de diamants, Kabila allait vouloir en croquer. Si le nouveau gisement tenait ses promesses, il aurait sans nul doute la même pureté que ceux du Kasaï et d'Angola.

— Mais exploiter un nouveau gisement d'une telle qualité risque de faire plonger les cours, non ? fit remarquer Boris.

— On peut tout à fait le geler. Le temps de rassembler nos équipes. Qui te parle de mettre ce diamant tout de suite sur le marché ? Nous pourrions faire autre chose de cette concession : une réserve naturelle, ou n'importe quel machin dans lequel l'opinion publique aura envie de croire. Pendant ce temps, nous nous en emparons, nous chassons les locaux et préparons le terrain, loin des regards curieux. Et lorsqu'il faudra produire, un coup de baguette magique et nous surprendrons tout le monde. Tu n'aurais pas envie de léguer à ton petit-fils un trésor enfoui ?

Le cynisme de Musa ne cessait de surprendre Boris.

Alexander, roi du diamant dans vingt ans !

— Et pour convaincre Baron Mines de se laisser dribbler sur sa propre concession d'or, tu fais quoi, répondit Boris ? Tu les bombardes ? Tu les irradies ?

— Tu leur tords le bras. Tu les prends par leurs points faibles, tout le monde en a un. Eux, ils en ont plusieurs.

D'un glissement du majeur et du pouce, Musa referma les images satellites, puis sélectionna un autre dossier de photos.

— Qui leur a ouvert les portes du Congo, Boris ? Tu t'en souviens ?

Sur l'écran apparut une série de clichés, un hippodrome sous le soleil d'Afrique, quelques chemises bariolées avec, au centre, le visage rond et rubicond de l'Européen le plus célèbre à l'est du Congo. Le roi de Lubumbashi.

10.

Camp de Baron Mines, Sud-Kivu, avril 2017

En quelques semaines, Lucas s'était accoutumé au poste de garde qui marquait l'entrée du camp de Twangiza. La barrière ne l'empêchait plus de contempler les tourbillons couleur malachite de la forêt et les reflets turquoise du vaste ciel d'Afrique. Ce jour-là pourtant, une tache blanche arrêta son regard : un tout-terrain stationnait entre le poste de garde et la forêt, arborant le sigle de l'ONG Justice et Paix. Ce logo rappela à Lucas un tee-shirt, une silhouette, un bruissement de perles.

Voilà pourquoi ils m'ont fait venir… Le début des ennuis.

Des ennuis ou autre chose, se surprit-il à penser avec un soupir d'aise. En entrant dans le bureau des vigiles, Lucas ne fut pas étonné d'y trouver le visage au front haut, encadré de cheveux frisés, qu'il n'avait pas oublié. Le large sourire qu'elle adressait aux gardiens était assorti d'un parfum d'agrume et d'une pointe de tension aisément palpable. Xahra remercia les employés et, après avoir salué Lucas, glissa une main sous son bras pour l'emmener hors du baraquement.

— Lucas, nous avons un problème vous et moi, un œuf à peler.

Une fois à distance des oreilles indiscrètes, Xahra se recula jusqu'à s'appuyer sur son 4 × 4. Redoutant la confrontation, Lucas se raidit.

— Je ne comprends pas, dit-il. Je ne comprends rien à ce que vous me racontez.

Elle leva le menton vers lui.

— Je suis venue vous parler de vos prospections, Lucas. Celles dont vous m'avez parlé le mois dernier. Ce n'est pas très malin, ce déploiement d'hommes en armes sur les terres du Sud. Vous effrayez les creuseurs. Ils ont peur qu'un de vos mercenaires ne leur vole leur minerai.

— Du Sud ?

— Oui. Kangé, Kadumwa, tout cela. Si votre objectif est de faire fuir les villageois, ça ne marchera pas. Ils se cachent, ils limitent leurs déplacements. Mais la mine est leur gagne-pain, ils ne vont rien lâcher.

— Baron Mines n'est pas présente à cet endroit. Moi, je prospecte à l'Ouest.

— Arrêtez… Les villageois voient passer des gens armés qu'ils ne connaissent pas, ils entendent des tirs. Des explosions même.

— Vous voulez dire des tirs de mine ?

Xahra hocha la tête. Il s'agissait bien d'explosions en surface. Et puisque Baron Mines était la seule à disposer d'hommes en armes dans cette partie de la province, elle ne pouvait douter des témoignages des habitants. Lucas eut beau protester, elle lui répliqua que l'entreprise ne parviendrait pas à reprendre de cette manière le contrôle des terres.

— Des terres que Baron Mines s'était d'ailleurs engagée à leur laisser, rappela-t-elle. Priver les creuseurs de travail, cela revient à les priver de pain, et les plus jeunes iront se soûler dans les bars. Les rumeurs et les bagarres seront inévitables, ce qui ne sera bon pour personne. Ni pour les villages ni pour Baron Mines. Vous comprenez ce qui est en jeu ?

C'était tranchant comme un harpon. En d'autres circonstances, Lucas aurait apprécié. Mais pour l'heure, cette querelle le contrariait. Pourtant, elle lui laissait entrevoir une opportunité qu'il ne parvenait pas encore à identifier. Était-ce l'occasion inattendue de découvrir ce Sud qui lui était interdit ?

— Depuis que je suis arrivé, je n'ai jamais mis les pieds au Sud. J'explore l'Ouest, tout le monde le sait. Mon truc, c'est le coltan. Voilà, c'est dit. Nous ne sommes pas intéressés par les mines d'or des artisans creuseurs. Vous me croyez ?

— Mais pourquoi les villageois parleraient-ils d'uniformes neufs, d'armes jamais vues, d'hommes très mobiles ?

— Je peux vous affirmer que les nôtres ne quittent pas les entrepôts.

Lucas songea aux vigiles privés engagés par Baron Mines. S'étaient-ils écartés de leur mission ? Il chassa aussitôt cette éventualité. Tous portaient un uniforme noir, avec la mention visible de leur société de gardiennage. La population les aurait reconnus.

— Xahra, l'un des creuseurs a-t-il mentionné le nom d'un « commandant Juju » ?

La jeune femme plissa les paupières.

— Vous connaissez le commandant Juju ? s'étonna-t-elle. Qui vous en a parlé ?

— Qu'importe. Est-ce que ce nom vous dit quelque chose ?

Le Français crut déceler comme un aveu dans les yeux de Xahra, avant que leur conversation ne fût brusquement emportée par le grondement d'un camion-remorque qui approchait du poste de garde. Au vacarme du diesel se mêlaient à présent les volutes de gasoil et un relent de cambouis. Lucas voulut parler, mais ses mots furent avalés par les soupirs hydrauliques du camion et le double appel de son avertisseur. Un gardien arrivait au pas de course.

— Xahra, reprit Lucas tandis que la barrière se levait pour laisser sortir le poids lourd, dites-moi si un « commandant Juju » de votre connaissance serait capable de faire cela.

Il pointa du doigt la compression de tôles qui passait devant eux. Sur sa remorque, le camion emportait les restes du bulldozer détruit le matin même.

L'inquiétude de Xahra offrit à Lucas un billet de sortie inespéré. Dès le lendemain à l'aube, le 4 × 4 de Justice et Paix l'attendait. La piste était encore lourde des fines pluies de la nuit. En broussarde, Xahra roulait à bonne allure et, sur le siège passager, Lucas, bercé par le mouvement du tout-terrain, se laissait enivrer par le paysage. Bien avant son arrivée et plus encore désormais, cette forêt l'exaltait. Il avait tant rêvé de véhicule lancé sur les gués à travers des cours d'eau furieux, où le 4 × 4 se pencherait sous la pression des flots, irait peut-être jusqu'à glisser sur le lit de graviers, alors que dans le ciel une nuée d'oiseaux échassiers, ibis falcinelles et ombrettes, mettrait l'azur en mouvement. Lucas pensait que, si un tel cadeau lui était fait, l'Afrique l'emporterait sans doute, le submergerait de sa vitalité. Son imagination galopait sur la piste, allait plus vite encore que la voiture. Il jouissait de cette escapade inespérée, sans savoir ce que serait sa réaction dans l'épreuve, puisque la nature ou les hommes lui en réserveraient à coup sûr. N'était-il pas là pour cela ? Pour se frotter à de grands périls et découvrir de quelle roche il était taillé ? Comment vivrait-il ce moment d'abandon où chacun se découvre insignifiant, trop petit pour l'Afrique ?

Il inspecta la cabine. Pas de radio, juste une trousse de secours. Quelques effets personnels, deux bouteilles d'eau et les macarons de l'ONG. Aucune arme à bord – pourtant, hier encore, on lui reprochait son insouciance. Il se félicita d'avoir su convaincre le directeur de circuler dans ce véhicule. Derrière le volant, Xahra se concentrait sur la route. Seules les perles de son bracelet rompaient le silence qui s'était installé dans l'habitacle. Lucas fit mine de s'y intéresser.

— Cadeau de mon père, précisa Xahra. Un tasbih en terre cuite, la terre sainte de Kerbala, en Irak.

— Pas commun, en Afrique. C'est une sorte de chapelet, n'est-ce pas ?

— Pour les chiites, Kerbala c'est presque La Mecque. Pour moi ce bracelet n'est qu'un gri-gri. Sympa, non ?

Xahra sourit, le Français y vit un encouragement pour poursuivre :

— Excusez mon ignorance, mais vous ne travaillez pas pour une ONG catholique ?

Les religions du Congo lui étaient aussi impénétrables que le pays lui-même. Et visiblement, Xahra incarnait les contrastes du Kivu.

— J'ai été formée à l'Évêché, expliqua-t-elle, comme bien des cadres du gouvernement local. Voilà pourquoi les ministres me considèrent parfois comme l'une des leurs. Certaines Excellences m'ont même « galantisée » en cour de récréation, pendant que d'autres me tiraient les cheveux. C'est cette complicité qui m'a ouvert leurs portes.

— Et votre père est musulman, c'est cela ?

— Musulman chiite. Il existe une vingtaine de mosquées à Bukavu, vous les avez vues ?

— J'en ai aperçu quelques-unes. Vous, vous êtes chiite ?

— C'est ce que mon père aurait souhaité, mais non. Je suis comme le pays, je n'arrête pas de courir après mon indépendance. Vous ne m'enfermerez dans aucune religion, et encore moins dans une cuisine, coincée entre les marmots, le crucifix ou le tapis de prière.

Xahra allait évoquer sa mère lorsqu'elle pila devant un jeune animal fauve strié de lignes claires.

En un coup de frein, la végétation se figea autour de la créature, et cet arrêt sur image renforça la solennité de la forêt. Lucas crut qu'il s'agissait d'un faon effrayé. Il eut l'impression de se reconnaître dans cette fragilité, cette innocence désarmée.

— Une jeune antilope égarée, déclara Xahra. Nous approchons du cours d'eau. Si vous n'avez jamais vu d'antilope sitatunga, ouvrez grands vos yeux…

Xahra attendit patiemment que l'animal passe, puis démarra en douceur.

— Elle cherche sans doute sa mère. La mienne est née en même temps que l'indépendance, et elle l'attend toujours. Moi, je suis comme cette jeune antilope, je me suis émancipée. Il est hors de question que je me déplace en permanence avec un grand frère. Même si le monde est dangereux !

Sous les arbres, l'air, encore frais à cette heure, diffusait une odeur de résine mêlée de vanille, une pointe de térébenthine à l'approche des fruitiers. Lorsque le véhicule ralentit, que l'essieu avant plongea dans les eaux boueuses de la vaste rivière Ulindi sous le regard étonné de hérons garde-bœufs, Lucas ne put réprimer un sourire.

La voilà, mon aventure. Elle commence.

Et son sourire se mua en un rire silencieux lorsque le 4 × 4 dériva en douceur sous la poussée inexorable des eaux. Sous ses yeux, un nuage de volatiles s'envola vers le ciel pour y caqueter sa joie. Le Français aurait voulu s'y hisser lui aussi, crier aux cieux son plaisir. Il y avait à cet instant dans ses yeux des lumières de fêtes foraines et la sincérité de l'enfance, la naïveté des cours de récréation, quelque chose comme une loyauté sans calcul.

À la sortie du gué, craignant de s'être montré ridicule, Lucas attrapa le GPS et se plongea dans ses cartes. Il s'efforça de retrouver le sérieux et le professionnalisme de l'ingénieur qui soupèse la terre d'Afrique au mètre cube, l'évalue à sa densité minérale. Il demanda à Xahra de rejoindre le lieu-dit de Bugumia, où le bulldozer de Baron Mines avait explosé.

— Celui que vous avez vu hier, sur la remorque du camion.

— Jamais vu un bulldozer dans cet état. Comment est-ce arrivé ?

— Une mine. Environ six kilos de TNT, d'après la sécurité.

— Je n'ai aucune idée de ce que cela représente. Ce n'est pas mon monde. Mon Afrique à moi, nous y sommes. Regardez…

Dilatée par le charroi continu de Baron Mines, une piste trop large, presque une route, plongeait à la naissance de la vallée, rebondissait sur la colline opposée et se perdait à l'horizon d'une forêt mystérieuse, nimbée çà et là du filet de traîne lancé par le brouillard. Une seule habitation bordait la piste et semblait résister au charroi – une cabane de branchages et torchis entourée d'un potager que les remblais industriels tentaient de prendre en tenaille et d'étouffer par l'arrière du jardin. Sur le seuil, un homme maigre en singlet, jean et bottes de chantier rouges défiait la vallée et l'entreprise.

Xahra désigna du doigt l'étrange apparition.

— Archange Bugiri. Vous ne le connaissez pas encore, mais ça ne saurait tarder. Vous lui avez exproprié sa maison.

— Pas moi, Xahra.

— Pas vous, d'accord. Baron Mines l'a exproprié pour accroître les excavations industrielles. Elle a acquis de force sa case au prix des matériaux utilisés pour la construire – bois de chauffage, boue et paille. Du pur cynisme.

Xahra éteignit le moteur du 4 × 4 et sa voix emplit la cabine.

— C'est dans ce lopin de terre qu'Archange Bugiri a enterré son épouse. C'est là qu'il rend le culte dû aux ancêtres. Pour rien au monde il ne quittera son potager et cet assemblage de planches et de grumes qu'il appelle sa maison.

La jeune femme expliqua ensuite que l'homme avait été emprisonné pendant dix-huit mois. Peut-être aurait-il écopé d'une moindre peine s'il n'avait secoué au passage le député Malibu. L'« outrage à un dépositaire de l'autorité publique » s'était ajouté aux autres charges. Durant ces longs mois, Archange avait été soutenu par son fils. Chaque semaine, le garçon s'était rendu à la prison centrale de Bukavu avec dans les bras la récolte du moment, dans la poche son salaire. Archange en était sorti plus fort qu'avant. Revenu au village, il avait eu la surprise d'y découvrir sa cabane, intacte malgré l'expropriation. La population s'étant mobilisée pour la sauver, les camionneurs contournaient temporairement la paillote – un ordre venu d'en haut, avaient-ils dit.

— Cette cabane, précisa-t-elle en souriant, il en demande aujourd'hui 70 000 dollars, le prix d'une belle échoppe à Kinshasa.

Xahra relâcha le frein du 4 × 4, laissa glisser le véhicule dans le pli de la vallée où se trouvaient l'un des dépôts logistiques de Baron Mines et ses nombreux engins de chantier.

Lucas salua l'enfant qui montait la garde, puis le vigile qui le rejoignit. Ce dernier était presque en uniforme – casquette, bottes et chemise à épaulettes dont les pans sortaient du short. L'homme et l'enfant leur montrèrent cinq véhicules étrangement bas, comme affaissés dans la boue. Trois camions de mine MAZ et deux excavatrices, dont les pneumatiques avaient été lacérés. Lucas estima qu'il faudrait trois semaines au moins pour en obtenir de nouveaux, les acheminer ici, les monter sur jantes puis les remettre à pression. Il remarqua qu'une lame de machette était restée coincée entre l'un des pneus et sa jante.

Du sabotage simple, mais efficace.

Pendant que Xahra parlait avec le gardien, Lucas fit le tour des mastodontes miniers. Les trappes d'accès aux réservoirs de gasoil avaient été vandalisées. Son expédition prenait une tournure déplaisante.

— Et Dieu sait ce qu'on retrouvera dans les réservoirs ! lança-t-il à Xahra. Vous comprenez qu'on place des gardiens pour protéger nos véhicules ? Et pas des cerbères, avouez : un enfant et un vigile, à peine capable de courir sans en perdre ses bottes…

— Moi, je vous parle d'hommes armés, Lucas. Et votre gardien en a vu lui aussi, n'est-ce pas ?

Le vigile dévisagea Xahra, revint à Lucas puis hocha la tête.

— Quant à vos véhicules détruits par des explosifs militaires, admettez que vous exagérez un peu. Ce que je vois, c'est la manifestation de la colère de villageois agressés par vos camions. Il y a douze mille artisans creuseurs dans cette vallée, et l'industrie Baron Mines vole leur pain, voilà ce que je vois. Une simple vengeance à la machette. Pas besoin d'un commandant Juju pour expliquer cela.

— Donc, vous restez sur votre scénario, n'est-ce pas ? Venez, allons vérifier sur place.

L'explosion du bulldozer s'était produite en contrebas, à moins de six cents mètres. Guidés par le vigile et l'enfant, ils suivirent une piste secondaire qui menait à une subite trouée de verdure. Si les branches alentour étaient brisées, le défrichage était peu profond. Un ruban rouge et blanc barrait la route. Au pied d'un bouquet d'arbres carbonisés, la terre semblait avoir été labourée par des griffes de métal. Une bâche étendue sur le sol indiquait que Baron Mines avait entamé ici son travail d'enquête. La quinzaine d'éclats de plastique couleur olive qui avaient été rassemblés sur la bâche formait un cercle comparable à un couvercle de poubelle à peine plus grand qu'un frisbee, et percé en son centre.

Des lignes blanches, un chiffre et des caractères chinois étaient nettement visibles. Le vigile désigna la mine du doigt.

— Voilà la signature, dit Lucas. Moi je n'y connais rien, mais notre sécurité parle d'un matériel militaire peu courant, placé à un curieux endroit. Ce n'est pas une arme provenant des dernières guerres. C'est pour ça que nous craignons une attaque délibérée.

La forêt se refermait autour d'eux, les enveloppait dans un bruissement végétal que les rayons du soleil commençaient à transformer en parfums. S'y ajoutait à présent l'odeur de la peur. Encouragé par le gardien, l'enfant s'approcha de Lucas et lui prit la main. Surpris, celui-ci se laissa emmener au-delà du ruban plastique, en périmètre interdit, là où la végétation encore dense conservait un peu de la fraîcheur de la nuit écoulée. Dans les derniers mètres, le garçon s'avança prudemment pendant que le gardien retenait Lucas, l'empêchant de continuer. Le vigile indiqua du doigt des protubérances végétales à la base des arbres. L'enfant se retourna, leur fit signe de ne plus bouger puis se mit lentement à genoux et balaya le sol d'une main légère. Du bout des doigts, il effleura ensuite les saillies camouflées au pied des arbres. Enfin, sans quitter des yeux l'objet de son attention, l'enfant recula en cherchant à tâtons le contact avec le groupe d'adultes.

Au sol, il venait de mettre au jour deux autres cercles couverts de traits blancs : d'autres mines antichars. Et au pied des arbres apparaissaient à présent des rectangles bombés couverts de caractères noirs, tueurs bien connus de toutes les guerres d'Afrique. Des mines antipersonnel Claymore, prêtes à piéger les secours.

11.

Bruxelles, avril 2017

Avant de s'emparer de son vélo et de gagner le haut de la ville, Hugo frappa à la fenêtre du numéro 7. La Caron était là, bien coiffée, avec la même coupe carrée qu'il y a un demi-siècle. Comme chaque vendredi, elle attendait Hugo, mais ce n'était plus de pied ferme. Les jambes qui arpentaient autrefois les classes de primaire ne répondaient plus à l'appel. Et désormais, c'est elle qui était punie, condamnée au coin, à l'angle de sa fenêtre.

— Ma'me Caron, c'est vendredi, le jour des poubelles. Un coup de main ?

Bien sûr. Hugo savait que la porte était ouverte. Il gagna l'arrière-cuisine, empoigna les sacs préparés par l'institutrice et les déposa sur le trottoir. Il en profita pour relever le courrier, les avis de mutuelle, les décomptes de l'aide sociale.

— Alors, Hugo, raconte à la Caron. Tu travailles sur quoi maintenant ?

La Caron. Tous les anciens de la communale l'appelaient ainsi, elle s'épinglait elle-même ce surnom telle une médaille. Il brossa un vague tableau de son enquête, le Congo, les paradis financiers, le soleil et les palmiers. Il savait qu'il ne parviendrait pas à la leurrer.

— Tu n'utilises plus tes jambes ? Tu ne cours plus le monde ?

— Les ordinateurs, ma'me Caron. Il n'y a plus que cela pour attraper les mauvais élèves...

Avec méthode, suivant une liste mentale qu'il avait constituée au fil des mois, Hugo jeta un œil à l'appartement. La vaisselle sale dans l'évier – *Elle a mangé* –, la position des cannes et du déambulateur. Le téléphone. La bouteille d'eau à portée de main.

— Si j'avais ton âge, je quitterais mon bureau, je m'envolerais pour Matadi. Rencontrer les gens, décrire la vraie vie. Tu écrivais si bien quand tu étais au bout du monde ! Tu te souviens des orphelins d'Afrique que tu as sauvés ? Ça, c'était du boulot.

— Ma'me Caron, c'est vous qui m'avez appris les livres.

— Les livres, c'est bien. Mais marcher dans le monde... « Des villes, et encore des villes, j'ai des souvenirs de villes comme on a des souvenirs d'amour... »

— Valery Larbaud. Vous me conseillez de voyager et vous me citez un livre. Vous êtes incorrigible. Prenez celle-ci, tenez : « Les liaisons commencent dans le champagne et finissent dans la camomille. » Pas mal, n'est-ce pas ?

L'institutrice pouffa. C'était leur routine. Ils parlèrent ensuite d'avril et d'une rue trop étroite pour voir le ciel du rez-de-chaussée, de l'envie tenace de danser le tango ou revoir Damas et Colombo. De déambuler en Haute-Volta. Ces quelques minutes permettaient à Hugo d'apprécier ensuite le trajet à vélo qui ouvrait sa journée. Les sourires de la Caron neutralisaient les tensions de la circulation routière, la rage des automobilistes embouteillés entre porte d'Anderlecht et Sainctelette.

Ce matin-là, la route était particulièrement embouteillée et il s'efforça de garder à l'esprit le sourire de la Caron pour avancer en toute courtoisie.

Arrivé au journal, il rangea son vélo au sous-sol, et s'empara à l'accueil d'un exemplaire du quotidien qui le faisait vivre. Un condensé d'actualité sans trop d'effets de style, des phrases courtes, pas de point d'interrogation car tout le monde connaît les questions et le journal ne veut apporter que des réponses. Un journal aussi dense, tendu et congestionné que la circulation au centre-ville, la recette parfaite de l'AVC.

Hugo se mit au travail. Il repartit à pied en direction de la zone neutre, cœur de l'État belge. Des locaux du *Soir* jusqu'à l'entrée du Parlement belge, il y a quatre cents pas en pointure 44, trois cent vingt-huit mètres. Hugo en connaissait chaque parfum, les bouquets de fleurs de la rue Royale, l'odeur écœurante des pizzas au premier feu de circulation, immédiatement gommée par des effluves de pains au chocolat, parfois un relent de soupe venu de la rue de l'Enseignement. Et puis plus rien, hormis un mélange de laurier et girofle, lorsque le soleil de printemps faisait remonter des vapeurs de chlorophylle échappées de la place Royale. Hugo avait arpenté ces pavés durant vingt ans, sa silhouette traquant la bonne info auprès des députés, sénateurs et huissiers, agents de contrôle du renseignement, centres de crise, cabinet du ministre de l'Intérieur, cabinet du Premier.

Ainsi, quatre cents pas seulement menaient d'une rédaction bourdonnante à un monde alternatif et feutré au centre de Bruxelles, moins de onze hectares de pouvoir hérités d'un autre siècle, où la sécurité demeurait gérée par un général au placard et son détachement d'élite à gants blancs. C'était à cet endroit, où se concentraient micros, caméras et doubles portes à badge de sécurité, soit la plus haute densité au mètre carré en documents piégés, photocopieuses mouchards et murs-qui-ont-des-oreilles, au beau milieu du nid de frelons, que l'homme le plus discret du pays acceptait de rencontrer le journaliste. Pourquoi ?

Lorsqu'il eut poussé la porte de la tribune publique surplombant la salle parlementaire Yourcenar et la trentaine de députés qui s'y apostrophaient sur le parterre, Hugo comprit. Philippe Fondroy était là, seul bien entendu, et malgré les éclats de voix qui montaient de l'arène, la tribune était déserte. Personne n'assiste aux commissions parlementaires. Jamais. Pourtant, la tribune est hors champ des caméras, elle assure une invisibilité parfaite au cœur du pouvoir, une immobilité apparente dans l'œil du cyclone. Avec le visage fermé d'un grand marabout, chef sorcier en argent gris et magie noire, isolé dans ces fauteuils inutilisés, Fondroy ne perdait pas un mot du procès public qui lui était fait. En contrebas, quelques députés menaient la palabre, instruisaient à grand bruit le Kazakhgate – une possible corruption d'élus belges et français par des intérêts venus d'Asie centrale. Homme de l'ombre, grand argentier du parti libéral belge et administrateur de quelques paravents d'État, Fondroy était l'une des cibles de ce tir aux pigeons mais s'en amusait. Il salua le journaliste. À soixante-neuf ans, l'éminence grise virait au blanc mais l'œil, lui, restait noir.

— Écoutez-les, les élus du peuple. Ils veulent tellement y croire, à leur grand complot ! Pourquoi nous mettrions-nous à genoux devant un corrupteur – qu'il soit kirghize ou kazakh, je m'y perds – pour quelques centaines de milliers d'euros ? Vous, les journalistes, vous nous prenez tous pour des fous ! Kerimov, tout le monde connaît. Qui irait manger dans la main du diable ? Cela, tu peux l'écrire dans ton canard, Hugo. J'espère que ce n'est pas pour ça que tu voulais me voir ?

Goguenard, Hugo ne fit même pas semblant de s'intéresser au débat. De sa poche intérieure, il extirpa une dizaine de pages choisies. Avec ses relais au Luxembourg et au Liechtenstein, sa longue expérience des coulisses de Bois de rose SA et d'Éric Malta, peut-être le financier du parti libéral pourrait-il valider l'un ou l'autre montage ?

— Vous me connaissez, Philippe. Je n'ai jamais publié d'information bancale sur votre compte. Tout ce que je signe est bétonné. Et nous savons tous les deux comment Malta vous sauve la mise aux lendemains d'élections manquées, lorsque vos dotations s'effondrent. C'est lui qui reprend sur son *payroll* vos députés malheureux. Mais j'ai ici un exemple un peu particulier. Un député français...

Hugo lui tendit les documents – mouvements de fonds de Bois de rose SA vers EM Invest, ordre de transfert EM Invest vers les Bahamas, enfin la signature d'Olivier Tron. Il n'en montra pas davantage. Le vieux libéral chaussa ses lunettes de lecture.

— Du bon travail, Hugo. Pas mal. Les papiers à entête ont l'air authentiques, la signature... à toi de voir. En tout cas, les dates correspondent avec le passage de Tron dans l'entreprise d'Éric Malta.

Le vieil homme leva un œil amusé vers Hugo.

— Mon salaud, on va à nouveau danser la gigue avec tes documents fuités !

— Olivier Tron, employé par Bois de rose SA, c'est correct ?

— Bien sûr. Un « pantouflage » demandé aux amis belges par l'Élysée, lors de la déroute de 2012. Nous l'avons gardé plus de trois ans avant qu'il se remette en selle et monte à la Commission européenne. C'était à charge de revanche, j'espère bien que les Français ne nous oublieront pas si nous devons placer un de nos ministres au Conseil de l'Europe ou à l'OCDE !

Hugo sortit son carnet et un stylo-plume plus fatigué que lui.

— Alors, vrai, une confirmation ?

— Ne t'emballe pas. Au moins un de tes documents me semble faux. Cet ordre de transfert vers les Bahamas, signé par Tron, là... C'est probablement un faux.

Fondroy retira ses lunettes et regarda le journaliste droit dans les yeux.

— Je peux te l'assurer pour une simple raison – et je m'étonne que tu n'y aies pas toi-même pensé. Lorsque nous plaçons nos gens au sein de sociétés amies, nous ne nous occupons jamais de transactions offshore. Jamais ! Nous ne sommes pas fous à ce point. Nous plaçons notre personnel excédentaire et, de temps en temps, c'est vrai, Éric Malta nous sauve du naufrage. Mais en toute légalité, jamais en nous faisant jouer avec de l'argent gris.

— Ça, c'est la théorie. Il est possible qu'en pratique… Un jour ou l'autre…

— Jamais ! C'est bien plus que la théorie. Réfléchis ! Jamais Tron n'aurait pu signer un ordre de transfert vers une société offshore. Et même si cela avait été le cas, jamais le service comptable ne l'aurait laissé se fourvoyer. En France, il a été secrétaire d'État.

— Et ?

— C'est un « PEP » !

— *Politically Exposed Person…*

— Voilà ! Tu connais la musique presque mieux que nous… En tant que « personne politiquement exposée », il est automatiquement sur liste rouge. Selon les dispositions internationales, le retrouver en offshore constituerait un indice légal de corruption. Aucune banque, aucun intermédiaire offshore n'accepterait d'avaliser une opération financière qu'il aurait ordonnée. L'enfance de l'art. Pour le reste, démarche Malta toi-même, il te fait confiance. À toi, il dira ce qu'il sait, non ?

— J'y ai pensé. Mais je voulais d'abord vous voir.

— Voilà qui est fait.

Un nouvel éclat de voix et quelques applaudissements retentirent en contrebas de la tribune. La commission parlementaire s'achevait, les députés levaient le camp pour le week-end, Philippe Fondroy se leva à son tour et serra chaleureusement la main de Hugo. Son visage affichait le sourire de ses rares apparitions télévisées, mauvais signe.

— Au fait, tu comptes publier ? Parce que, tu sais, tous les « leaks » que tu distilles depuis cinq ans dans ton journal, tous ces *scrapings* de données glanées sur le Net et vos petites enquêtes cryptées, le parti pourrait un jour leur déclarer la guerre. Il suffirait d'un bout de loi qui interdise le cryptage au nom de la lutte antiterroriste… Qu'en penses-tu ?

Fondroy se dirigeait déjà vers la porte, mais il se retourna.

— En tout cas, ce que tu as là en main, je pense que c'est du bidon. Mais c'est bien documenté, bravo. De magnifiques faux.

12.

Bugumia, Sud-Kivu, avril 2017

Confronté aux nouveaux dangers que lui avait révélés l'enfant, Lucas trouva soudain une saveur aigre à l'Afrique. Deux nouvelles mines antichars, autant de mines antipersonnel : une déclaration de guerre. Lucas alerta la sécurité par téléphone satellite, mais il devait à tout prix s'enfoncer davantage dans cette forêt avant que quelqu'un ne le rappelle au camp.

Sans dire un mot, ils remontèrent dans le 4 × 4. Lucas aurait été incapable de donner un cap précis à la suite de leur expédition. Le village, oui. Mais quel village, dans quelle commune et dans quelle case ? Pour parler à qui ? Xahra ne demanda rien, elle semblait savoir. Sous sa conduite, le 4 × 4 emprunta la piste secondaire. Il existait donc une destination, songea Lucas qui se surprit à approuver ce choix sans rien en connaître. À bien y réfléchir, il comprit qu'ils brûlaient désormais de la même rage. Il n'était plus l'ingénieur accommodant ouvert à une expédition instructive. Ce qu'ils avaient découvert ensemble les avait rapprochés.

À présent, Xahra conduisait avec colère, brutale envers le pédalier et le pommeau de levier de vitesse. Lucas, en revanche, s'efforçait de se calmer pour réunir les quelques éléments de puzzle dont il disposait. Mines, combattants, plan de bataille… Les mots se bousculaient dans son esprit sans franchir le seuil de ses lèvres. Ce n'était plus le Congo dont il rêvait. Il évitait de regarder la jeune femme car il ignorait s'il aurait le cran d'affronter un insurgé ou quelqu'un qui ressemblerait au commandant Juju ou à sa troupe. Lucas n'était pas certain d'évaluer correctement le conflit qui s'était engagé sur ces terres.

Pour masquer son trouble, Lucas se mit à faire des phrases, rappelant à voix haute que la pose de mines était un crime – pire, un crime de guerre – et que les villageois étaient complices… Complice : le mot lui revenait sous un autre jour, ramenant le fil de ses pensées à la relation nouvelle qu'il nouait avec Xahra. Il se tut et évita de justesse le ridicule. Il en savait bien trop peu.

Il faut m'expliquer à quoi ils jouent. Il faut que je comprenne, Xahra…

Le scénario du groupe minier sans scrupule accaparant la terre de pauvres creuseurs ne tenait pas debout, Lucas en était convaincu. On ne réécrit pas l'Histoire. Ces mineurs étaient d'abord des cultivateurs, éleveurs et petits commerçants qui avaient abandonné les champs à l'arrivée des camions et engins de chantier.

C'est eux, appâtés par l'or, qui sont venus sur les terres de Baron Mines, pas l'inverse.

Lucas s'agitait sur son siège tandis qu'il déroulait les arguments de ses employeurs. Pour maintenir la paix sociale, Baron Mines avait ouvert des dispensaires, des écoles, des marchés, installé des captages d'eau, offert des bourses aux étudiants et employé certains d'entre eux. Baron Mines avait nettoyé la région des militaires démobilisés et corrompus qui, après la guerre, taxaient et volaient les mineurs, exploitaient jusqu'aux femmes enceintes.

Le regard de Xahra restait rivé sur la route. Le chemin devenait plus régulier, la piste gagnait en hauteur. Sa conduite s'apaisa à mesure que l'horizon et le ciel se dégageaient. Au même moment, la colère quittait le cœur de Lucas pour laisser la place à des sentiments contradictoires. Aux seuls arguments exprimés par l'écoulement du temps, le souffle de la forêt et les reprises du moteur, Xahra gagnait son combat dans le cœur du jeune homme. Seule la guerre pouvait expliquer pourquoi des agriculteurs avaient abandonné leurs champs. Pour planter et récolter, il faut du temps, de l'espoir, de la stabilité, tout ce que la guerre détruit. Ces gens n'avaient peut-être pas eu d'autre choix que de devenir creuseurs. Percer des mines de fortune. Jouer sa chance sur une journée de travail. Ces champs désertés, Baron Mines les avait rachetés pour s'agrandir. Des documents avaient été signés et échangés, mais qui pouvait croire à un tel marché, si peu équitable ?

Lorsque le 4 × 4 plongea dans un massif végétal plus dense aux odeurs sucrées, Lucas comprit que son cœur contredisait sa tête. Pris à revers, il se sentit idiot. Il était non seulement capable d'imaginer les arguments de l'autre camp, mais il les assimilait sans peine. S'il les adoptait, il risquait d'y perdre son cap, ses projets d'ingénieur.

— Je ne sais pas si vous êtes prêt à entendre autre chose que le discours de votre employeur, risqua enfin Xahra.

— Dites toujours.

La densité soudaine de la forêt continuait de l'intriguer.

— Pour les villageois, et quelle que soit la richesse apportée par une mine d'or industrielle, Baron Mines est l'ennemi qui les réunit et donne un sens à leur vie. C'est un fait, vous allez devoir vivre avec cela.

Elle expliqua comment les excavatrices avaient détruit non seulement les villages mais aussi les cimetières et lieux de culte des ancêtres. Comment Baron Mines avait relogé les familles dans des cases où, pratique sacrilège, garçons et filles devaient dormir ensemble. Xahra compléta le tableau en évoquant les sources d'eau potable empoisonnées, souillées au cyanure par la mine industrielle. Pour être certain que plus rien ne demeure de ces villages, les populations déplacées avaient été relogées sur des collines délibérément trop hautes, trop froides, éloignées des dieux et des marchés agricoles.

— Un ethnocide, vous comprenez ?

À peine eut-elle lâché le mot que la conductrice jeta un coup d'œil à Lucas, renouant le dialogue du cœur. À la périphérie de son champ de vision, le Français perçut ces appels, mais il se sentait trop hésitant pour y répondre. Il craignait de se compromettre, ressentait le besoin de digérer cette violence. Il se tourna pour contempler les ombres du dehors et son Afrique rêvée.

— Écoute. Laissons nos tensions de côté. Ça te dit, une pause ?

Elle m'a tutoyé…

— Je ne connais pas ce commandant Juju, Lucas. J'en ai juste entendu parler. Je ne pourrais pas t'amener à lui. Même si c'était le cas, je ne suis pas certaine que ce serait une bonne idée. Il est dans la zone, c'est sûr, poursuivit Xahra. Je suis même convaincue qu'il y a été appelé par des villageois. Mais je ne sais rien d'autre. Tu me crois ?

Tout s'embrouillait dans la tête de Lucas. La colère avait cédé la place à une interrogation morale. Et maintenant ce tutoiement. Il resta silencieux. Selon Xahra, Juju n'avait rien à voir avec les mines découvertes. Ce n'est pas lui dont les villageois avaient peur. Quelque chose d'autre était à l'œuvre dans la forêt.

Lucas aurait tant voulu retrouver la magie naïve du matin, son émoi lors du passage de la rivière. Hélas, l'enchantement s'était dissipé. Le véhicule renoua avec la lumière, la forêt s'éclaircit. À présent, Lucas voyait défiler des champs en déshérence, des bananeraies à l'abandon, des villages en ruine. Son regard s'accoutumait à la complexité du paysage, aux indices de misère glissés sous la canopée. L'héritage tenace de guerres pourtant lointaines. La découverte de ces blessures infligées à l'Afrique l'empêchait de goûter à la complicité nouvelle que lui offrait Xahra.

Peu à peu, le chemin se réduisit à un ruban de terre rouge. La piste rebondit en un mur escarpé, et un panneau routier artisanal, qui reproduisait un changement de vitesse, annonça : « *Low gear now*, Mettez en première. »

— Tu connais Peter Pan, le royaume des enfants perdus ?

Xahra arrêta le véhicule sur le bas-côté, au milieu d'une demi-douzaine de cases et boutiques qui formaient à peine un village. Le hameau de Kangé. Interloqué, Lucas ouvrit sa portière. Venu des campagnes, un flot de musique afrotrap et coupé-décalé lui monta aux oreilles.

— Suis-moi, tu vas comprendre, lui lança la jeune femme.

La silhouette de Xahra disparut sous la ramure d'un arbuste *kisima*, entre un étal de légumes racines et une cabane à boissons. De là, une sente, glissante en cette saison, descendait vers une vallée plus basse, un effondrement de terre rouge, une plaie vive au flanc de la colline. À chaque pas, le pied glissait au plus profond de la chaussure alors que la main cherchait un appui. Bientôt, Lucas aperçut des jeunes gens qui remontaient des profondeurs de cette excavation, portant de lourds sacs de jute sur la tête. En apercevant des intrus en descente, ils se campaient sur leurs jambes, empoignaient leur bâton de peine en le brandissant dans leur direction. Lucas fut pris d'un doute.

— Continue, la rassura Xahra. Il n'y a pas de mal. Ils veulent juste être certains qu'en cas de glissade tu ne les emportes pas dans ta chute.

Le Français reprit sa descente en s'écartant du sillon tracé par les portefaix et les sourires revinrent sur les visages. Bientôt la vallée offrit au regard une multitude de petites alvéoles de boue, autant de bassins de décantation, guère plus grands qu'une baignoire, dans lesquels s'affairaient des taches de rouge, bleu, jaune ou blanc, les couleurs des tee-shirts et chemises des enfants creuseurs occupés à trier le minerai d'or dans leurs batées. Lucas songea aux tanneries à ciel ouvert, ce même fourmillement bigarré écrasé de soleil. Mais la rudesse du travail appelait des images de salines, d'un or qui vous mange la peau. Une pluie de basses et de percussions se déversait sur cette multitude de très jeunes silhouettes qui dansaient tout en travaillant. Lucas était stupéfait. Une Fée Clochette venait de lui révéler l'entrée d'un atelier de lutins fouillant le ventre de la terre, le royaume d'enfants perdus par la guerre et la fièvre de l'or.

L'ingénieur analysa l'amont du ruisseau, l'astucieux système de distribution de l'eau qui cascadait dans chacun des bassins de rétention, les digues de planches et de grumes, le tout façonné dans une boue sèche – la moindre inondation emporterait tout, bois, corps et âmes. En lisière, côté colline, quelques baraques vendaient des bières et sodas, ainsi que des sucreries. Une Primus en bac à glace se négociait cinq dollars – trois fois le prix de Bukavu. Intrigué, Lucas passa la tête dans la cabane-à-musique. Un adolescent lui sourit. DJ Luis mixait des musiques enregistrées sur des cartes mémoires de téléphone et il avait déniché, Dieu sait comment, un ampli et des enceintes Bose à faire pleurer d'envie tous les clubs de Lagos et Gaborone. Sur le mur de planches, des dizaines de téléphones se rechargeaient, rappelant à l'ingénieur ce qu'il cherchait à comprendre. D'où venait l'électricité ? Du plafond pendait un câble nu, attaché par de la toile isolante jaune-verte à un bloc multiprises à ce point énorme qu'il aurait pu servir de canne à ce gamin-roi de la musique. Et le câble…

Lucas sortit la tête de la cabane, suivit des yeux les courbes de la gaine électrique. Portée par de longues perches fichées en terre, elle remontait sur des centaines de mètres jusqu'à Kangé. Voilà comment DJ Luis pouvait faire tourner ses platines au fin fond des mines alors qu'en ville un ministre – des Mines, justement – n'était pas fichu d'allumer un plafonnier pour éclairer son ministère.

J'aime vraiment ce pays.

Pourtant, s'il avait prolongé son regard jusqu'à la fin ultime de ce câble, Lucas aurait pu voir, en lisière de mine, deux cercles noirs vaguement inquiétants : le contour de puissantes lentilles qui l'observaient à distance. Les mains du rebelle posèrent les jumelles avant de les confier à l'adolescent posté à son côté. Intrigué, Jean de Dieu s'en saisit, détailla à son tour la longue silhouette de l'intrus qui circulait dans la mine.

— Non, dit-il, je n'ai jamais vu cet homme ici.

Incarnait-il la menace dont parlait son père ? Jean-Jean scruta le visage, le grava dans sa mémoire. En revanche, la femme qui évoluait à ses côtés ne lui était pas inconnue. Avant de restituer les jumelles au combattant, l'adolescent prit soin de bien mémoriser ses traits, de se les graver à même le cœur.

13.

Hambourg, avril 2017

— Tu ne m'avais pas vue ?

Laura se tenait devant lui, sourire aux lèvres. Les passagers inondaient le hall des arrivées, égayant de leur brouhaha une rotonde pleine de lumières artificielles et de fauteuils en faux cuir noir. Parmi cette foule semblable à n'importe quelle houle de voyageurs d'une petite aube d'avril, Hugo n'avait pas su la repérer. Maintenant qu'elle le regardait, à ce point radieuse qu'elle en devenait intimidante, il ne voyait qu'elle.

Il se reprit et l'interrogea sur son voyage, sa correspondance difficile à Francfort, puis lui ouvrit la voie vers la plateforme de trains. Avant de plonger sous terre, il lui proposa de prendre un café. Le ton était celui d'une proposition de pure politesse mais, lorsqu'elle accepta, il se rendit compte qu'il en avait très envie. Ils seraient en retard, certes, mais cela leur donnait un peu de temps pour parler de leur enquête en tête à tête avant la grande réunion prévue dans les locaux du *Spiegel*.

Si Laura avait bien avancé, il ne pouvait en dire autant. L'heure était venue de se coordonner plus étroitement. Dans l'odeur des bretzels, des hotdogs moutarde et du café torréfié, Hugo s'efforçait de se concentrer sur leur travail commun, mais il devait admettre que son regard restait vissé sur la table qu'ils s'étaient choisie, sur les mouvements de leurs mains et des cuillers dans les tasses, bref l'écume de la conversation. Comme si, ce matin-là, il se refusait à entrer dans l'enquête ou redoutait ce qu'il pourrait y découvrir. Était-il possible que sa passion pour le métier se soit émoussée, qu'elle se soit ensablée dans la lassitude ?

L'heure avançait, il en tira prétexte pour empoigner le bagage de Laura et l'entraîner vers le train puis le métro. Son trouble se dissipa dans la cohue souterraine et lorsqu'ils sortirent ensemble du métro Meßberg, Hugo sentit qu'il avait retrouvé toute son énergie. Une fois franchies les voies rapides Willy Brandt, il eut un choc. Amarré aux quais de la ville portuaire, l'immeuble blanc du *Spiegel* leur apparut comme une voile corsaire descendue du Nord, prête à remonter l'Elbe pour conquérir l'Europe. D'un pas décidé, Laura s'engagea la première dans l'immeuble de béton et de verre, et Hugo se laissa emporter.

Passé le portail de sécurité, Hugo était écrasé par les dimensions surréelles de l'atrium, comme s'il flottait en réalité virtuelle dans un jeu mal calibré pour l'œil humain. Trente mille mètres carrés de bureaux, onze cents employés, des centaines de journalistes encadrés par quatre-vingts *fact checkers* chargés de vérifier chaque chiffre, chacun des mots qui seraient le *Miroir* de la nation. Seule la colonne d'ascenseurs touchait encore le sol.

— Troisième étage, précisa Hugo en appuyant sur le bouton d'appel.

— Nous sommes en retard, non ? Ça va jaser.

— Ce sera notre secret. Si on t'interroge, tu diras que tu as dû aider le doyen à se déplacer. Vieilles blessures de guerre…

Laura pouffa. Cette légèreté lui convenait. Au troisième cependant, passé la porte du local de réunion, lorsqu'ils retrouvèrent la trentaine de journalistes du réseau, leur insouciance disparut. Zoé et Mario, Jürgen et tous les autres étaient assemblés, trente têtes cette fois et trente claviers réunis. Il y avait là Alex le Roumain, Andrej venu de Slovénie, Drago de Serbie… Dans tous les esprits continuaient à peser ces soixante-neuf millions de fichiers à parcourir et la malédiction de se trouver systématiquement confinés dans des bureaux trop petits. Laura et Hugo se glissèrent près de Hilde – *Hallo !* – et s'excusèrent d'un regard auprès de Jürgen. Zoé suspendit sa conversation avec Mario et sembla lui glisser un mot concernant le retard partagé du Belge et de son amie madrilène. À cette heure-ci ce n'était sans doute pas un retard d'avion, plutôt un petit déjeuner trop appuyé, pris dans un même hall de gare. Zoé ne sut jamais à quel point elle avait visé juste. Laura la salua d'un mouvement de tête puis se tourna vers Hugo, déjà plongé dans ses notes. Laura eut la désagréable sensation de ne plus exister. Pourtant, en cet instant le Flamand ne songeait qu'à elle, à l'heure qu'ils venaient de passer ensemble, aux questions qu'il ne lui avait pas posées.

Le journaliste du *Spiegel* ouvrit la séance.

— Les Danois ne nous rejoignent pas aujourd'hui, commença Jürgen. Avec les derniers arrivés, je pense que nous sommes enfin au complet. Merci Bruxelles, dit-il en français, lançant un clin d'œil à Hugo. Peut-être pouvons-nous passer en revue les principales découvertes de chacun ? Nous garderons un peu de temps cet après-midi pour nous accorder sur une date de publication. Qui veut commencer ? Mario, peut-être…

— *Bene.*

Fébrile, le Suisse se lança dans une description des comptes bancaires et de curieux ordres de transferts que Zoé et lui-même avaient épinglés. S'y retrouvaient mentionnés quelques militaires du Zimbabwe liés au diamant, des trafiquants d'armes slovaques financés par un mouvement insurgé du Sud-Soudan, le versement par les Émirats de commissions faramineuses à Djibouti. Les Italiens lancèrent quelques commentaires élogieux, et les Allemands renchérirent. Par ailleurs, reprit Mario, ils avaient identifié et rassemblé plusieurs dizaines de milliers de fiches bancaires reprenant les noms de clients, leurs adresses africaine et européenne, leurs profils professionnels. C'était un travail de fourmi. Jürgen les interrogea sur la fiche bancaire de Kabila, mais ils n'avaient pas pu reconstituer cette fiche en particulier. Ni Kabila ni ses ministres.

— Ni Éric Malta, compléta Zoé. Pourtant, nous l'avons traqué.

Mario craignit un instant que quelqu'un exige davantage d'informations sur l'identité du lanceur d'alerte serbe ou demande à le rencontrer avant publication. Le Suisse le savait, c'était son angle mort. Depuis bientôt deux mois, Jérémie ne répondait plus à ses messages, sans doute un problème technique ou l'urgence d'autres dossiers à traiter. Ce silence commençait à lui peser.

Heureusement, la piste Kabila mobilisait toute l'attention. Jürgen se tourna vers Hugo.

— Du nouveau de ce côté-là ?

Hugo leva enfin la tête et sortit de son silence. Pour son plus grand trouble cependant, son regard se déportait régulièrement vers Laura.

— C'est assez prometteur, à vrai dire. Quatre documents établissent le versement d'une commission de treize millions d'euros de Malta vers Kabila, via une offshore panaméenne. Or – Laura va vous en parler – le versement coïncide avec une nouvelle concession minière obtenue au Congo par Malta.

À cet instant, Hugo et Laura n'eurent aucun besoin d'échanger de regard, la parole passa de l'un à l'autre avec une étonnante fluidité. Ils s'accordaient l'un l'autre leur juste place, se permettaient de briller sans s'aventurer sur le terrain de la séduction. Laura expliqua les découvertes de Gibraltar, la nouvelle concession de l'Ouest accordée à Malta. Lorsqu'elle détailla les dernières informations reçues d'Afrique, elle sut que leur valeur dramatique l'emporterait sur ses émotions et elle osa enfin fixer

Hugo. Des ONG congolaises lui avaient parlé de troubles récents dans la zone de Bukavu, des sabotages, des hommes armés, des tirs isolés. Tout cela avait commencé au début du mois. Les villageois avaient pris peur, sans bien comprendre ce qui leur arrivait. Laura se demandait s'il n'existait pas un lien entre la nouvelle concession accordée à Malta et les troubles rapportés par la population. Comme si quelqu'un tentait de les effrayer pour nettoyer la place.

— S'il existe un lien, nous sommes sur une actualité brûlante, conclut-elle.

Hugo était béat.

Elle m'épate. Comment fait-elle pour tout relier, l'info de terrain et les abstractions, les documents et la vie ?

La conversation s'emballait, mais Hugo refroidit les esprits. Il y avait cette objection soulevée par l'argentier du parti libéral belge, Philippe Fondroy : Olivier Tron étant un « PEP », une personne politiquement exposée, aucune société offshore n'oserait conclure d'affaires avec lui. L'argument fit mouche, tous ces journalistes avaient vu un jour ou l'autre les officines exotiques les plus douteuses renoncer à traiter les opérations de « PEP ». Tout le monde se tut.

— Et tu proposes ?

Hugo regarda Zoé. Avec cette simple question, la Française le mettait sur le gril. Voilà ce dont il aurait dû parler avec Laura, bien sûr. Quelle allait être leur prochaine étape ? C'était peut-être de là que provenait son malaise. D'une impuissance à se projeter dans le futur, à envisager la manière dont devrait se poursuivre leur enquête commune. Sa capacité d'imagination lui semblait aussi blanche que les murs du bureau, sa créativité aussi plate que les tables de cette salle de réunion.

Pourtant, Hugo s'entendit répondre du tac au tac.

— Je propose de rencontrer Malta à Lubumbashi, au Congo. Carnet de notes en main, à l'ancienne, et lui demander des comptes en direct. Du journalisme de terrain, comme nous le pratiquons toujours, Laura et moi. C'est une grosse dépense, mais sans son témoignage, nous sommes un peu devant un mur, non ? Nous n'avons guère que quelques documents. Du papier. Pas de l'humain. En tout cas, rien qu'il ne puisse réfuter.

Zoé se montra sceptique.

— Pour une fois que son nom apparaît dans une fuite, tu le couvrirais ? Tu te doutes qu'il ne te dira rien.

Hugo encaissa. Pouvait-il répondre qu'il comptait sur son ascendant, presque sa bonne étoile, et qu'il pensait s'en sortir dans un *mano a mano*, un combat d'homme à homme ? Et puis quoi ?

— Si l'histoire n'est pas confirmée par des témoignages, trancha Laura, on la rentre dans notre pantalon, point barre. Le contrat de Gibraltar est étrangement régulier. Moi non plus, je ne crois pas qu'on puisse attaquer avec seulement quatre documents en main !

Hugo sentit que Laura le soutenait ; il en aurait presque conclu qu'il avait raison puisqu'elle était du même avis. Jürgen était moins enthousiaste, il sentait lui échapper son scoop sur Kabila – pas de certitude, pas de publication. Ne calerait-on pas au moins une date de publication théorique, afin que tout le monde reste mobilisé ?

— Que proposez-vous ? demanda Jürgen. Où est le plan B ?

— Si vous êtes prêts avec vos autres révélations, se risqua Hugo, je propose une *task force* sur Kabila. Donnez-nous cinq à six semaines pour épuiser toutes les pistes. Et nous pourrons publier début juin, avec ou sans Kabila, d'accord ?

Hugo se passait la corde au cou, mais il se prit à y croire. Avec un peu d'aide, ils pourraient en trente ou quarante jours extirper tout ce qui pouvait l'être de cette masse de documents… Il fallait désormais se réunir autour d'une même table, quelque part en Europe, travailler ensemble d'arrache-pied, que ce soit en Belgique, en France ou en Espagne. Fini les conférences par écran interposé. La salle opinait, le Belge eut l'impression d'avoir gagné. Il comprit que son enthousiasme de journalisme était intact.

Il pourrait appeler Malta et, s'il le fallait, aurait carte blanche pour le rencontrer au Congo. Ce serait un retour sur les pistes d'Afrique, Hugo était bien vivant, il le sentait. Les années n'avaient pas de prise sur lui.

À la pause cigarette cependant, il n'était plus vraiment certain de pouvoir concilier les énergies de chacun et de chacune. Il le fut encore moins lorsque Laura s'approcha de lui. Ils allaient désormais travailler à distance de peau, il devrait s'y faire. À peine le Belge l'eut-il compris que son esprit s'attarda sur l'observation de leurs mains qui s'épiaient, leurs regards qui se frôlaient. Hugo se rassura : sur le plan professionnel, en tout cas, il n'y aurait aucun problème.

— Alors, on l'installe où, cette *task force* ? murmura Laura. Chez toi à Molenbeek ou chez moi à Madrid ? Moi, ma valise est déjà prête…

Sa valise ?

Le Belge jeta un œil au bagage de sa collègue. Il avait tiré la valise de Laura depuis l'aéroport et n'y avait pas prêté attention. À l'évidence pourtant, elle était bien trop grande pour un simple aller-retour à Hambourg.

14.

Mine de Kadumwa, Sud-Kivu, avril 2017

Lucas contemplait la plaie béante de la mine, établie au cœur de la forêt.

— Qui a le pouvoir ici ?

Xahra désigna deux adolescents plus âgés, postés à l'ombre des cabanes. Ils assuraient l'ordre, collectaient les dessous-de-table ainsi que les vingt pour cent de commission du député local Oscar Malibu.

— Viens, je vais te montrer le pire des endroits.

Se frayant un chemin entre les orpailleurs étonnés, Xahra s'engagea sur les murets de pisé qui séparent les bassins. Pour attirer leur attention, les adolescents singeaient leurs contorsions d'adultes. Passé les épreuves d'équilibriste, tous deux arrivèrent en bordure de puits aveugles d'où émergeaient des échelles de bambou. Les trous de mine avaient la largeur de deux hommes, et exhalaient l'haleine chaude d'une terre vivante, grosse de corps adolescents.

— Ceux qui entrent ici délaissent la rivière et creusent la terre. À la houe et au seau, sans aucune protection. Sans rien.

Une fois franchie la semelle sur laquelle était appuyée l'échelle d'accès, les mines n'avaient ni renfort ni étai, pas le moindre boisage – de la terre nue, prête à s'effondrer. Aucun circuit d'aération. Lucas se glissa dans l'entrée de la mine, devina un boyau qui partait en pente douce puis, à cinquante ou soixante mètres, une première lampe frontale. Cet enfant-là, à moins qu'il s'agisse d'un adolescent de petite taille, tentait de reprendre son souffle, d'absorber une précieuse bouffée d'air frais pendant qu'un autre, soixante mètres plus loin, avait pris la relève. La panique s'empara de Lucas. Il remonta en surface, s'extirpa du trou. Il était en nage.

À trois mètres de lui, à l'ombre de la colline, un très jeune enfant mangeait une demi-mangue dont le jus lui dégoulinait dans le cou et sur la poitrine. Lucas n'aurait pu dire pourquoi mais l'image l'émut, elle en appelait d'autres, à l'ombre et dans la senteur des fruits. Le souvenir lui revint d'un très jeune enfant à couvert sous un arbre aux larges fleurs rouges. Un enfant qui était peut-être lui ou celui d'une Afrique fantasmée, mais dont il ne savait rien.

— Et ces enfants, il n'y a personne pour les adopter ?

— Les proposer à l'adoption ? Je ne suis pas certaine qu'ils aient besoin de cette pitié. Le village est solidaire. Sous des motifs vertueux, des couples étrangers s'offrent parfois un enfant. Et, pour l'éternité, des jeunes mères africaines regrettent l'abandon de leur gosse. Parce que quelqu'un leur a dit que l'enfant irait à l'école, puis reviendrait ici à sa majorité. Et qu'elles l'ont cru.

— Tu exagères un peu, non ? Moi, quand mes parents ont été assassinés, il s'est trouvé quelqu'un pour m'adopter. J'ai un père, une mère. Pour ces enfants aussi, ça pourrait être le cas.

Xahra haussa les épaules.

— Ils ont presque tous des parents, Lucas. Tu veux les rencontrer ?

Dans les mains du Français, le GPS produisait un galimatias convenu – 2°50'11,4" Sud 28°43'34,3" Est. Derrière cette suite de chiffres, l'ingénieur ne distinguait qu'un croisement de pistes perdues en forêt, un vague rond-point de terre perdu sous un ciel muet. Au mieux, l'endroit permettait aux véhicules de changer d'avis et, après une manœuvre laborieuse, de repartir d'où ils venaient. Le bout du chemin, un cul-de-sac, la fin de l'Histoire.

— Où sommes-nous ?

— Luhwinja, le village d'origine, répondit Xahra. C'est là que les familles des enfants vivent vraiment. Kangé n'est qu'un hameau champignon, au plus près des puits. À Luhwinja, ils ont leurs racines, un peu de terre, du bétail. Ils y sont nés. Chaque famille a son creuseur, chaque enfant a sa famille. Je te montre.

Il ne s'agissait pas d'un village à proprement parler. Ou alors ils étaient bien loin du centre, songea Lucas. Çà et là apparaissaient quelques grappes de cases dans lesquelles vivaient des familles, chacune régnant sur son pli de terrain, son promontoire, sa clairière. Un potager entourait la plupart des maisons, et leurs murs se couvraient alors de fruits et floraisons, entourés de maïs et plantains, manioc, piments, poivrons, quelques haricots. Un deuxième cercle délimitait leur royaume, l'enclos de quelques volailles abritées sous les théiers.

— Je voudrais te présenter au chef de village, qui est aussi le maître d'école, expliqua Xahra. Il peut convoquer les témoins et les faire défiler devant toi. C'est ce que tu voulais, non ?

Ils remontèrent à pied le long d'un étang calme dont le bétail demeurait à l'écart. Une clôture en bambous effilés empêchait le troupeau de s'y abreuver. Xahra montra à Lucas les taches de couleur qui flottaient à la surface de l'eau et les attribua à des infiltrations de cyanure. À en croire les éleveurs, ils avaient perdu deux vaches à cause du ruissellement des eaux de la mine canadienne et les poissons avaient disparu.

Une douzaine d'enfants aux cheveux souples et noirs quittait la classe. Pas trace de famine, remarqua Lucas. Xahra s'avança vers l'instituteur, un homme de petite taille dont le regard lumineux semblait regarder à travers ses écoliers comme s'il contemplait déjà leur futur. Pouvait-il les aider ? Il salua la jeune femme, serra la main de Lucas, sonda les yeux de l'étranger ainsi qu'il le faisait avec ses élèves, comme s'il pouvait lire ce qui se trouve derrière les pupilles. Lucas sentit une faille s'ouvrir en lui : l'instituteur avait perçu son manque de confiance, son obsession à vouloir donner le change. Il ne dirait rien de cette faiblesse – ce serait leur secret. Oui, reprit le maître, il pouvait les aider, bien sûr Xahra. En écartant ses bras maigres, l'homme rappela à la jeune femme qu'il était à la fois tout-puissant et totalement désarmé. Mais s'il n'est question que de bonne volonté, alors asseyez-vous. L'instituteur leur désigna l'un des bancs de l'école.

Ils patientèrent dans l'ombre fraîche de la classe, face à l'unique table, quelques chaises et le tableau noir sur lequel étaient dessinées à la craie blanche des vagues de lumière, un savoir en lettres cursives. Durant les premières minutes, quelques enfants curieux passèrent une tête à l'entrée de la pièce, avant de se retirer en pouffant. Mais peu à peu, les rires remontèrent vers leurs cases respectives et bientôt le silence tomba sur la salle.

Ce silence devint bavard, comme toujours lorsque deux personnes tentent de ne rien se dire et que leurs corps parlent malgré eux. Penché sur ses notes, quelques pages griffonnées depuis le matin, Lucas prenait un air affairé et sérieux. Il avait parlé enfant et adoption, et les mots lui étaient venus avec naturel.

Pas trop professionnel, ça.

Le maître d'école avait perçu une faille, pourtant l'adoption de Lucas avait été heureuse et il n'était pas en quête de racines. Même pas ici, en Afrique. Il redressa la tête et inspecta la classe.

Reste ma peur maladive de l'abandon. Cette crainte diffuse lorsqu'on m'ouvre les bras…

Lucas n'avait aucun souvenir d'une scolarité africaine. Il se plut à imaginer Xahra dans un endroit pareil à celui-ci. Il se leva, s'approcha du tableau noir. Xahra avait dû être une bonne élève, « galantisée » par les garçons, avait-elle dit. L'école était peut-être le lieu où elle s'était révélée. Sur le tableau,

Lucas suivit du doigt les pleins et déliés dessinés patiemment du plat de la craie, comme si dans cette pièce le monde s'écrivait encore à la plume d'oie sur papier ligné. La mondialisation s'était emparée de ce coin d'Afrique, les sociétés minières du bout du monde y avaient débarqué pour exploiter de l'or qu'elles revendaient à l'autre bout du monde. L'instituteur, lui, semblait figé au milieu du siècle.

À l'aune de la destruction planétaire en cours, le désordre de l'Afrique est déjà un futur, songea Lucas. Le continent est presque en avance, premier d'une course qui nous mène droit dans le mur.

Il sentit l'émotion le gagner devant ce passé calligraphié à l'ancienne qui résumait si bien les paradoxes de ce pays, un pays assez vaste pour tout contenir, hier et demain. Si le monde venait un jour à basculer, l'effondrement global, l'Afrique ne serait-elle pas la meilleure copie de sauvegarde pour un redémarrage de la planète ? Un reboot complet sur écran noir, couleur de l'Afrique.

Le silence finit par se dissiper. Un groupe d'hommes entra dans la classe, derrière l'instituteur. Quelques bonjours timides fusèrent, comme on frappe deux silex pour explorer la possibilité d'une étincelle. Les villageois s'installèrent d'abord sur les bancs du fond, à distance respectueuse du tableau. Lorsqu'ils reconnurent le visage de Xahra, les sourires s'allumèrent, et le cercle se resserra, plus intime. La voix de l'ancien creuseur Mateso fut la première à s'élever, telle la fumée d'un feu naissant.

— J'ai vu six hommes patrouiller derrière nos jardins. Des uniformes délavés, comme ceux de l'armée mais plus anciens. Pas menaçants, non, ils m'ont salué. C'était il y a deux semaines. Je ne les connais pas, ni ce commandant Juju.

Silence.

Xahra triomphait, les villageois osaient parler.

André, un autre creuseur, évoqua « quatre soldats de Baron Mines », vêtus d'uniformes neufs, qui se cachaient derrière l'étang, dans les champs abandonnés. Lucas se garda de le contredire.

— Avaient-ils un signe distinctif ? Un écusson, un logo ?

— Non, répondit André, mais je sais qu'ils étaient de Baron Mines.

André dut le reconnaître, ces « soldats » n'étaient pas en uniforme noir. Mais à part Baron Mines…

La parole s'était libérée. Mushaba, cultivateur, n'avait vu que deux hommes. C'était avant-hier.

— André a raison, leurs uniformes étaient neufs. Mais ce n'était pas des hommes de la mine. On aurait dit les soldats d'une armée étrangère, très bien équipés.

Le feu des témoignages crépitait. Ils s'appelaient Donation, Castro, Gervais, tous avaient vu un bout d'uniforme, un semblant de patrouille. L'un évoqua même un pick-up Toyota. Lucas noircissait des pages de notes. Quelque chose se produisait mais il ne parvenait pas à en dégager une image cohérente. Des hommes en armes, des uniformes neufs, d'autres anciens. Curieux. Quoi d'autre ? Lucas fit un geste, imposa le silence.

— Quelqu'un a-t-il entendu parler d'un commandant Juju ?

En soufflant ce nom, la flamme reprit au quart de tour. Certains juraient lui avoir serré la main, d'autres évoquaient un lien familial. Mateso réaffirma qu'il ne connaissait pas Juju, que c'était peut-être même un mythe, une « créature de la forêt ». Les témoignages ne cessaient de s'étoffer et de se contredire. Xahra elle-même découvrait de nouveaux détails sur le village et ses relations aux combattants de l'ombre.

Quelle cacophonie, songea Lucas. Je ne suis même pas sûr d'être à ma place, de remplir mon job. Il consulta sa montre, l'heure de se signaler par GPS.

Xahra et Lucas s'étaient levés, remerciaient – vraiment, merci pour chaque détail. Ils serraient encore les mains lorsqu'apparut à la fenêtre un visage d'adolescent aux traits durs, fermés, qui scrutait les visiteurs. Lucas y perçut un mélange d'hostilité et de désespoir.

— Qui est-ce ? demanda Lucas.

— C'est le fils Bugiri. Un des jeunes creuseurs. Un brave gosse. Malin comme un chien sauvage, mais un cas malheureux. Il ne vient jamais dans ma classe. Sa mère est morte, son père s'accroche à une cabane en torchis proche du charroi.

— Je t'en ai parlé, dit Xahra. Archange Bugiri. Voilà son fils Jean de Dieu.

— Le père a mon âge, précisa l'instituteur, il semble avoir déclaré une guerre très personnelle à Baron Mines. Pourtant elle se fiche de sa cabane, les camions la contournent, la mine va bientôt l'étrangler. Pendant ce temps, le gamin reste loyal à son père et c'est lui qui écope. Un cas malheureux, je vous le dis.

Lucas se retourna vers la fenêtre.

Jean de Dieu avait disparu.

15.

Bruxelles, avril 2017

Depuis le début de leur collaboration, Hugo avait souvent emmené Laura dans des endroits qui lui étaient personnels. Les hôtels des trafiquants d'armes à la Barrière de Saint-Gilles, le quartier diamantaire anversois, le monde brutal des dockers et, dans les ruelles d'Ostende, ces restaurants qui ne servaient que des moules marinières – sa seule fierté jaune et noire, sans le moindre nationalisme flamand.

Laura avait mis un point d'honneur à ne pas être en reste. Elle l'avait invité à enquêter à bord des bateaux de pêcheurs trafiquants de Galice, dans les coulisses glauques du football madrilène et, en fin de reportage, rendait hommage à son *flamenco* de Bruxelles en le régalant de paellas elles aussi jaunes et noires dégustées à la terrasse du Café de Oriente. Elle y avait ajouté sa touche particulière, le pourpre du drapeau madrilène et du rioja.

Ce jour-là cependant, Hugo s'apprêtait simplement à partager avec elle ce qu'il appelait son

« journal intime », l'univers de sa rédaction. L'ascenseur s'ouvrit au deuxième étage.

— Mon port d'attache, quand je ne suis pas dans mon appartement de Molenbeek.

Laura s'approcha des premières tables de la salle de rédaction. Elle n'aurait pas dû être surprise, c'était une réplique d'*El Mundo*, une salle de presse aussi glorieuse et pas moins triste. Par un mimétisme malheureux, les rédactions sont le parfait miroir du chaos du monde qu'elles sont censées restituer. *Le Soir* de Bruxelles n'échappait pas à la règle. Chaque service ressemblait à un continent en repli, une position assiégée qui peinait à gérer l'instant, ne le traitait que parce qu'il évacuait d'autres instantanés jamais analysés en profondeur. Qu'importe d'ailleurs, puisque ces moments incarneraient bientôt le passé.

Hugo encouragea Laura, à avancer jusqu'au cœur du chaudron. Il lui désigna le désordre d'un bureau en particulier, le sien. Laura fit la grimace. À côté du clavier, une tasse salle, des sachets de thé usagés, des notes en désordre. Et tout autour, des monceaux de documents formaient de dangereux murs prêts à s'écrouler.

Bientôt, dans la tête de Laura, les images cédèrent le pas à un torrent de signaux sonores. Ce bruit de l'information était celui d'un monde tournant trop vite, la grande roue des hamsters de l'actualité. D'un bureau à l'autre, ce n'étaient que des voix recouvrant les gestes, des cris de courtiers du scoop, tout le bruit du monde condensé en un seul endroit.

Laura se tourna vers Hugo.

— On ne va pas bosser ici. *Si* ?

— Non, pas sur ce projet. Je voulais juste te montrer mon journal, t'offrir un peu de nostalgie. Le journalisme à l'ancienne. Tout ce que nous aimions avant nos investigations au long cours, la fureur et le bruit, les tensions internationales, les veilles de conflit où chacun retient son souffle. L'échappée fulgurante de l'outsider, c'est notre défonce partagée, non ? Dis-moi que tu ne t'es jamais soûlée d'une balle rasante à Wimbledon, ou de la vedette suspendue en attendant les résultats du test antidopage ?

Dope. Le mot était lâché, Laura en vit l'écho dans le regard passionné de Hugo. Tous deux avaient vingt ans de métier, vingt ans de traitement à l'adrénaline. S'ils affirmaient avoir pris du recul comme on jure avoir arrêté de fumer, ils demeuraient addicts aux news. L'info immédiate est une drogue dure, un bong de crack qui explose le cerveau de 7,55 milliards d'humains. Dans cette fumerie, les journalistes sont les petits Chinois qui s'activent à chauffer la prochaine boulette d'opium. Laura connaissait trop bien ce métier pour le mépriser. L'info est le ciment de la planète, et si elle nous tourne la tête c'est que nous en consommons trop ou que nous l'achetons frelatée. Face aux trafiquants de la com', dealers de réputations reliftées et fourgueurs de désinformations, elle savait que les journalistes à l'ancienne étaient des résistants, presque des artistes. Achetez un journal, et votre cerveau vous remerciera.

Hugo lui prit le bras et l'entraîna vers une pièce isolée, à l'écart du bruit.

— Notre *war room*, la salle de guerre où nous traitons les fuites délicates et documents secrets.

À première vue, il ne s'agissait que d'un bureau comme un autre, peut-être un peu mieux équipé. Deux tables, trois fauteuils, un accès internet, quelques ordinateurs – le local qui leur serait réservé n'avait rien de très séduisant. Mais Hugo détrompa Laura. La connexion internet était intraçable, elle ne remontait pas à l'adresse du journal. Les ordinateurs étaient chiffrés, ils ne s'activaient que sur mots de passe. Les murs autour d'eux comportaient une gaine de cuivre. Aucun signal électronique ne pouvait sortir de là, un parfait trou noir. Pour finir, Hugo montra à Laura un énorme bouton-poussoir.

— En cas de perquisition, il coupe l'alimentation électrique. Les ordinateurs s'éteignent, les données sont cryptées en un claquement de doigts. Un minimum, mais très efficace. Ici, tu peux déployer tous tes dossiers sans crainte.

Le local était étriqué mais Laura ne s'en plaindrait pas, ils bosseraient épaule contre épaule.

— Pourrais-je accéder aux archives ? Je voudrais vérifier cette histoire de double identité de Kabila, l'enfant mystérieux du Sud-Kivu devenu président. C'est toujours sous un pseudonyme que nous avons la seule trace offshore de Kabila, *no* ? Sur l'Afrique et le Congo de Mobutu, les archives du *Soir* pourraient se révéler être une mine d'or.

— Pas faux. Mais je te préviens, c'est un peu la pêche au canard, des archives lacunaires, façon gruyère. Il faut voir ce qui nous reste.

Les deux journalistes empruntèrent un tourbillon d'escaliers de béton jusqu'à descendre sous le niveau du sol, sous les commerces de la rue Royale. Laura découvrit un vaste local technique aveugle, avec pour ciel une canopée de gaines électriques et tubes d'air conditionné. Jusqu'à plus de trois mètres de haut, tout l'espace était empli d'épais volumes au dos relié de toile noire. Elle eut l'impression de voyager dans un roman fantastique de Carlos Ruiz Zafón. Ce cimetière oublié renfermait les collections complètes du journal, toutes éditions et toutes dates, cent trente années d'histoire condensées sur quelques dizaines de mètres de rayonnage.

— Si Maigret et Hercule Poirot étaient envoyés ici, ils seraient capables de se perdre dans ce désordre belge. Et d'y disparaître.

Les premiers numéros du *Soir* étaient bien antérieurs à l'existence du Congo belge, au rapport Casement et au scandale des mains coupées. Ses archives se prolongeaient après l'assassinat de Laurent-Désiré Kabila, la succession de Joseph présenté comme son fils, et leur confiscation du pouvoir. Le journal qui employait Laura n'avait même pas trente ans, et elle découvrait étonnée l'histoire de ce pays minuscule concentrée dans quelques centaines de mètres cubes. Les collections de photos sur plaque de verre témoignaient encore de la chute mortelle d'un roi, de la prestation de serment chahutée d'un autre, les tirages noirs et blancs gardaient la mémoire de désastres miniers ou de l'incendie d'un grand magasin. Laura tomba sur une liasse d'imprimés administratifs bleus. Confisqué par les Allemands en 1940, le journal avait gardé les laissez-passer de nuit des journalistes collabos, signés du *Polizeichef* et de l'*Oberfeldkommandantur 672*.

Hugo l'entraîna plus loin encore dans son domaine réservé, sa termitière. Jusqu'aux comptes rendus des explorations minières belges au Congo, bien avant l'indépendance. Au bout du dédale, la poussière devenait de plus en plus irritante.

— Nous y sommes. Voici cinq classeurs qui pourraient t'intéresser. J'ai planqué ici ma première enquête en zone de guerre. J'avais vingt ans, j'étais un chien fou. Je me suis retrouvé en pleine guerre du Congo, alors Zaïre, à dévoiler un trafic d'enfants au Sud-Kivu. De faux orphelins, un classique, comme la Belgique en trafique toujours aujourd'hui. Ceux-là sont adultes maintenant, mais je pense avoir conservé les listes de tous les intermédiaires, les trafiquants, les lieux où ils entreposaient les enfants. Le pays était en débâcle, mais quelques jours avant le renversement du régime, l'un des derniers employés d'état civil de Bukavu m'avait montré l'étendue du trafic qu'il avait été obligé de couvrir. Je m'étais aussi procuré certains tableaux reprenant les identités d'origine des gamins en regard de leurs nouveaux patronymes. Très utile. Regarde…

République du Zaïre, attestation
d'État d'orphelin

« Nom de l'enfant (), prénoms (), fils de (), donne tout pouvoir à () de choisir un pays d'accueil en Europe en vue de son adoption. Signé (une empreinte du pouce). »

Hugo tournait les pages des classeurs et remontait ainsi le fil de ses années de guerre.

— Si je me souviens bien, il n'y a rien de pertinent pour Kabila. Il est né en 1971, bien avant ces trafics. Mais à l'époque, je ne pouvais pas connaître son existence, encore moins son pseudo. Je suis peut-être passé à côté de son nom.

— Ça me donnera en tout cas des pistes, des noms, des réseaux. Je me rappelle un pays très organisé, même en pleine guerre, non ?

— Pas faux. C'est fou ce que le pays a conservé des réflexes de l'ancienne administration coloniale. En pleine brousse, chaque vie laisse derrière elle un sillage de documents. Mais ils ont eu tellement de morts…

Laura éternua. Les poussières du passé venaient de lui irriter le nez. Ces classeurs n'avaient pas autant d'attrait qu'un retour sur les terres d'Afrique, mais pister les trafiquants d'enfants était bien plus excitant qu'éplucher des extraits bancaires.

— Dis-moi, *flamenco*, on commence notre enquête de haut vol, ou on reste dans les caves ?

16.

Brousse de Luhwinja, avril 2017

Derrière la buée des larmes, la savane n'était plus qu'un tableau délavé, une aquarelle mouillée. Jean de Dieu courait plein sud à longue foulée, le pied souple et léger même s'il martelait chaque pas un peu plus que nécessaire. Surtout ne pas tomber, ne pas trébucher de colère. Il ressentait le besoin d'exprimer physiquement sa rage, de l'épuiser par ses mouvements mais sans en perdre le feu. Surtout ne pas décolérer, ne pas perdre l'énergie, mais la canaliser, se concentrer en un point brûlant, une flèche en fusion. Et frapper cet homme venu dérober ses diamants.

Il ne serait pas trahi comme son père. Non. Les hommes venus d'ailleurs l'avaient mis en prison, mais la cabane d'Archange était toujours là, têtue comme la vérité, éternelle comme la solidarité du village. Sa détermination devait lui servir d'exemple. Il était le fils certain de ce géniteur obstiné, les pieds bien sur terre, campés sur sa colline, son histoire, la mine et le diamant, son passé et son futur.

Je sais d'où je viens, alors je sais où je vais.

Rien de ce qui se trouvait dans les livres ne pourrait effacer ce qu'il avait dans la tête. La seule image gravée dans son esprit était celle de ce Noir d'un autre village, habillé comme un étranger, venu s'introduire dans sa mine et désormais dans son village. Pour sûr, cet homme avait percé son secret. La grande entreprise savait désormais qu'il y avait du diamant dans le puits, elle était venue pour le voler. Et cette femme qui accompagnait l'étranger était le signe certain d'une trahison – un sous-marin de Bukavu ou même de Kinshasa. Baron Mines dans notre village. Comment ont-ils su ? Qui a parlé ? Pas Sim', pas Juju. Le maître d'école ? Qui d'autre ?

Le sentier défilait au rythme d'un cœur en colère. Sans ralentir sa course, Jean de Dieu sécha ses paupières aux manches de son sweat-shirt. Il devait prévenir Siméon et Juju. Le danger devenait pressant. Il fallait prendre les armes, se débarrasser de l'intrus. Le faire disparaître, couper la communication. L'effacer, comme ils disent à la télé. *Kill, kill.*

C'était bien du travail pour de si petites jambes. Vivre sans mère, s'occuper de papa Archange, c'était déjà beaucoup. Mobiliser Siméon et ses compagnons, jamais il ne s'en serait cru capable. Pourtant il l'avait fait. Ils étaient venus. Cette fois, c'était plus sérieux encore. Il ne s'agissait plus de mobiliser et surveiller, il fallait passer aux actes, se défendre, convoquer la guerre.

La guerre ?

Jean-Jean suspendit sa course, il sentait un poids trop lourd sur ses épaules. La buée des yeux se condensait en larmes, une pluie de chagrin qui lui étreignait la poitrine et remontait du fond de l'enfance. Il perdait un temps peut-être précieux, hésitait à repartir, mais s'il tombait, que se passerait-il ? Loin des amis, écrasé de responsabilités, Jean-Jean maudit un instant le diamant. Méchant cadeau. Il déroula sa peine, pleura en silence puis il se redressa, réprima un dernier sanglot. À travers ses larmes, il vit bouger un animal. Non, un combattant ! Il était sauvé. La troupe de Juju avait bien avancé. Jean de Dieu reprit sa course, le décor de la brousse défilait à nouveau autour de lui. Jamais plus il ne pleurerait comme un enfant.

La guerre était déclarée.

17.

Kinshasa, septembre 2016

Une veine infime s'était mise à pulser à la tempe de Musa, faisant naître dans sa tête un élancement presque agréable. Dans la moiteur odorante annonçant la grande saison des pluies, les chiffres qui tournaient dans son cerveau s'aggloméraient d'humidité, emportant le Russe dans un vertige. Musa fumait peu mais ne tarda pas à retrouver dans le désordre de son porte-documents un paquet de Java Zolotaya. 10 mg de goudron promis aux poumons. La cigarette commença à rougeoyer dans les couloirs de la Présidence avant même que les deux hommes renouent avec cet autre accablement, 38° Celsius, le soleil de midi qui inondait Kinshasa et son Palais de la Nation.

Kinshasa. Latitude sud 4°30'28,94". Longitude est 15°28'02,23". Chiffres et billets verts virevoltaient, monopolisant le lobe frontal du Russe. L'entretien avec le cabinet Kabila avait été franc, mais il n'était pas sûr que le résultat plairait au Kremlin. Musa, tension 16/9, tendit le paquet à

Boris, tension 18/10, qui refusa avant de se raviser et d'accepter sa première cigarette depuis bien des années.

L'entretien n'avait été ni un succès ni un désastre, mais Boris avait envie de cogner – d'où la cigarette. Tout en se dirigeant vers leur limousine, 608 chevaux moteur V8, les deux hommes se jaugeaient l'un l'autre du regard. 80 kilos contre 92. Musa lui non plus n'était pas certain de sa lecture de l'entretien. Victoire ou échec ? Et pour qui ?

Le directeur de cabinet n'avait posé aucune question. Il s'était contenté d'écouter les deux hommes, jetant de temps à autre un regard vers son adjoint. La présidence n'avait jamais été déçue par les propositions du Kirghize, Boris en était persuadé. Alors pourquoi le directeur de cabinet avait-il gardé aussi longtemps le silence aujourd'hui ? Pensait-il pouvoir obtenir davantage ? Les hommes de Kabila se méfiaient-ils ? Il y a bien longtemps que les Russes n'avaient plus proposé de coup à ce point tordu – et aujourd'hui Boris leur sortait Musa de son chapeau. Au moins, la proposition ne concernait ni le cobalt ni le tantale, aucun composant de téléphone ou de batterie. Les ONG ne mèneraient pas campagne. La découverte de diamant risquait d'entraîner des émeutes, mais Moscou l'avait compris : il faudrait opérer avec discrétion.

— Je me réjouis que vous ne nous parliez pas d'or, avait-il fini par dire. Comprenez que, face aux Canadiens, notre président aura besoin d'une échappatoire juridique. Le père du président les avait expropriés en son temps, cela lui a valu de se retrouver devant des instances d'arbitrage internationales. Le fils n'a pas oublié.

Soit. Peu avant le terme de l'audience, le directeur avait acquiescé, la commission serait somptueuse. Fin de l'histoire en ce qui concernait ce cabinet. L'important est que l'entourage du président fasse fortune avant la fin de la décennie. Combien de temps encore le peuple supportera-t-il les privations ?

L'accord était presque officiel, la présidence avait accepté la carambouille. Un bon point. Puisque Baron Mines laissait en jachère l'extrême sud de sa concession, elle serait vendue une seconde fois à M. Kerimov au nom des peuples à disposer librement de leurs sous-sols « et des présidents de disposer à l'aise de leurs pouvoirs et fortunes subséquentes ». Le directeur avait ri de son bon mot, avant de se tourner vers son adjoint pour exiger qu'il en rie lui aussi.

Mais au moment de régler les détails de la « commission » présidentielle, il s'était physiquement grandi, avait lissé d'un revers de main le bas du col de son veston, refermé le bouton supérieur, s'était redressé sur son fauteuil d'une pression des talons.

— Messieurs, au nom du président, je veux bien vous vendre une nouvelle fois une même concession, nous l'avons déjà fait pour les lots pétroliers du lac Albert. M. Kerimov s'en souvient, n'est-ce pas ?

L'adjoint avait appuyé d'un sourire le discours de son directeur de cabinet. Boris l'avait ignoré avec superbe – il savait tout cela. Ensuite, le directeur s'était dit convaincu que les Canadiens n'oseraient pas bouger puisque le président leur avait accordé une exemption fiscale absolue à concurrence de trois mille tonnes d'or annuelles. Ils ne pouvaient donc que leur manger dans la main – du moins était-ce ce qu'il pensait. Mais le reste du discours avait été moins convenu, moins agréable aussi. Il avait qualifié le montage offshore proposé de « montage d'un autre temps » et, de toute évidence, avait pris plaisir à inventorier le nombre de fois où Boris avait été crucifié par la presse pour ce type de montage : Offshore Leaks, SwissLeaks, Panama Papers, Boris apparaissait dans tous ces scandales. Il incarnait une sorte d'horizon indépassable de l'acharnement médiatique.

— Vous étiez presque dans toutes, non ? Mon ami Gertler s'est fait incendier lui aussi. Et mes banquiers, les frères Singh ? À plusieurs reprises désormais…

Le directeur avait lancé un regard plein de morgue à Musa.

— Votre Poutine… Il a lui aussi eu les honneurs des Panama Papers, non ? Notre président, jamais ! Il n'a jamais été éclaboussé. Une nouvelle présidente sera probablement élue dans deux mois aux États-Unis, et nous savons déjà qu'elle va faire le grand ménage aux Caraïbes ainsi que dans les confettis d'empire du Pacifique. Même en Floride et au Delaware. Les Nations unies nous ont prévenus. Or le Congo a besoin des territoires offshore pour héberger des financements délicats…

mais légaux. Pas besoin d'épicer tout cela avec du « Panama Pepper » !

À contretemps, l'adjoint avait ri du jeu de mots, alors que le silence étouffait déjà le huis clos.

— En clair, faire transiter la commission du président par le Panama, c'est fini, Boris. Est-ce trop vous demander que d'être plus… créatif ?

La réussite de cette rencontre reposait sur les épaules du Kirghize. Le mépris soudain du fonctionnaire l'avait désarçonné, l'argument des fuites médiatiques avait porté. Il aurait tant aimé qu'un autre que le valet de Kabila lui tende ce miroir – et si possible sans témoin. Il avait pourtant osé refiler la patate chaude à l'Excellence : quelle aurait été son idée, sa piste de solution « créative » ?

— Soyez plus africain, Boris, tout simplement. Ce que vous avez monté sous couverture de jeux de hasard congolais pour financer les politiciens amis d'Europe de l'Ouest, ça c'est intelligent. Alors cette fois-ci aussi, nous allons être inventifs. Nous parlons de diamants, n'est-ce pas ?

Boris n'appréciait pas la tournure que prenait cette discussion. La présidence allait exiger un pourcentage sur la production. Ce serait la porte ouverte aux abus quotidiens, aux intermédiaires qui se servent dans la caisse. Inacceptable.

— J'ai peur de ne pas vous suivre, osa Boris. Une participation de la présidence, ce n'est pas…

— Non ! Si nous devenions actionnaires à vos côtés, nous aurions l'opposition à dos. Je vous parle de tout autre chose : Alpha Diamonds, à Anvers, vous connaissez ? C'est eux qui ont inventé le circuit. Je vous l'explique…

Le directeur s'était assis puis avait projeté son corps en avant vers ses interlocuteurs, l'œil gourmand, comme s'il allait proposer à des amis d'enfance un chapardage de boîte à tartines pendant la récréation. Il imaginait glisser la commission dans une transaction réelle de diamants entre Kinshasa et l'Europe. En toute légalité, avait-il insisté : les Russes achèteraient au triple de leur prix réel un lot de diamants que le gouvernement aurait confié « à titre exceptionnel » à la régie d'État. Ces pierres n'appartiendraient pas au président, son nom n'y serait jamais lié. Mais l'énorme bénéfice de cette vente de diamants surévalués serait blanchi – « lavé par équivalence » – sous forme d'autres lots de diamants que la Régie achèterait à la même période. Ceux-là seraient cette fois ouvertement attribués au président. Plus question de dissimuler le nom de Kabila, il serait juste question de retarder l'apparition du compte bancaire présidentiel dans les livres de compte.

Boris en accepta le principe, jugeant l'opération aussi simple qu'ingénieuse, mais il s'interrogeait sur la capacité du directeur de contraindre la Régie au silence. Puisque celui-ci affirmait avoir toute confiance dans cette administration, Musa lui demanda ensuite comment les Russes pourraient à leur tour couvrir la fraude : un lot de diamants à ce point surévalué alerterait les réviseurs du Kremlin, le principe d'un dessous-de-table se devinerait en creux. Le scandale menacerait.

— C'est là que réside le génie des Anversois, souligna le directeur.

Le fonctionnaire ne niait pas la difficulté. Sans un peu de maquillage, Musa aurait donné l'impression d'acheter cher et vilain de la marchandise africaine, ce ne manquerait pas d'être suspect. Cependant, si les pierres étaient exportées de Kinshasa vers Dubaï, elles pouvaient être mélangées à d'autres lots de pierres. Lors de la réexportation vers l'Europe et les États-Unis, la perte ne serait plus visible. Les pierres congolaises seraient noyées sous un certificat Kimberley d'« origine mixte », et la commission escamotée sous la forme d'un manque à gagner impossible à retracer.

— Imparable, tout simplement imparable, mes amis. Partenaires ?

Le fonctionnaire s'enthousiasmait de sa propre idée. Il dévisagea les deux hommes en leur donnant déjà congé, comme si l'affaire était conclue.

— Dites-moi que vous êtes preneur, Boris ?

Température 38 °C, humidité relative 68 %. Il allait bientôt pleuvoir, c'était de saison. Les chiffres continuaient à tourner dans la tête des deux complices. À peine Boris eut-il écrasé son mégot qu'il sentit un manque entre son majeur et l'index.

— Donne-moi une autre cigarette, Musa.

Ils ne pouvaient s'empêcher de compter. Pour sa part, Boris connaissait sur le bout des doigts les tarifs du président et le cours des pierres africaines. Disons dix millions de dollars. Dix millions camouflés en transaction sur le diamant, ceci supposait trois à quatre millions en pierres authentiques. Quinze à vingt-cinq mille carats. Boris ne disposait pas de tant de diamants, Musa devrait les avancer. Les Russes pourraient-ils masquer une telle fraude dans leurs stocks de diamants ? Musa n'était pas un spécialiste, il pouvait cependant évaluer le chiffre d'affaires des diamantaires yakoutes. Quatre à cinq kilos de diamants achetés trop cher, à écouler dans la production russe, ce serait une goutte d'eau. Mais s'ils commençaient à s'intéresser aux raisons véritables de ce dessous-de-table en diamants, les Yakoutes ne feraient pas de cadeau. Ils réclameraient leur part du butin… Tout serait tellement plus simple avec une commission versée sur un compte offshore !

Boris fit signe au chauffeur de les suivre. Les deux hommes allaient passer leur rage dans le parc présidentiel qui borde le fleuve Congo. Loin des oreilles indiscrètes, ils ne seraient bientôt plus que deux taches blanches dans un tableau pointilliste vert et bleu.

— Je ne peux même pas protester, Musa, le coquin a raison. Ces fouille-merde des « leaks » sont en train de saccager mes réseaux offshore. Même Kinshasa n'en veut plus.

— Tu t'en fiches, tu es riche, non ? Poutine en personne s'est fait épingler, comme ce type a eu l'amabilité de nous le rappeler. Et alors ? Zéro ! Penses-tu que ces révélations lui aient coûté le moindre Sébastopol ? Rien, pas un rouble. « Ne jamais s'excuser, les faits sont un bruit de fond.

Seule l'émotion gouverne. » La post-vérité, il n'y a plus que ça de vrai, Boris.

— Pas faux. Mais pour mes filles, mon petit-fils, pour les générations montantes ? Ma vie est faite, mais à quoi va ressembler la leur ? Dans la finance, l'image c'est de l'argent.

— L'image, c'est de l'argent ! On jurerait un Russe blanc qui me ressort les photos argentiques du dernier tsar. Tu te rappelles 2010, comment on a fait disparaître les traces de cette soirée à putes sur le yacht du Premier ministre italien ? La presse n'y a rien vu. Nous avons fait enterrer la majorité des archives web. Toi et moi avons totalement blanchi nos pages Wikipédia. Nos avocats de Londres ont fait pression sur les plus grands journaux pour qu'ils modifient les titres de leurs articles dans leurs versions digitales. Alors notre image, Boris… Elle se construit et elle s'achète.

Musa retint le Kirghize par le bras.

— À l'heure du numérique, il n'y a plus que deux touches qui comptent sur un clavier, mon ami, les deux mêmes touches dans toutes les langues. *Escape* et *Delete*.

Le fleuve Congo étendait son indolence feinte. Sous les arbres du parc remontait un souffle presque liquide, parfumé de dégénérescences végétales. Combien de vies, combien de corps emportés par les eaux ? Boris en avait une petite idée, il avait visité les geôles de Mobutu remises en service par le régime Kabila. Comme on passe ses documents compromettants à la broyeuse, Mobutu confiait au fleuve ses encombrants, corps sans vie d'opposants et de curieux – ce qu'il appelait ses « documents humains ». Sous le père Kabila, les hommes de la Sécurité intérieure avaient pris la relève. Parfois un cadavre remontait à la surface, et le scandale éclatait post-mortem. Les faits sont têtus, les méfaits ne le sont pas moins. Même en flottant dans les eaux du fleuve, un corps de lanceur d'alerte hurle encore l'alerte.

Les yeux de Boris se posèrent sans raison sur l'un des remous du fleuve, où il se plut à imaginer le corps du directeur de cabinet.

Qu'est-ce que je fiche ici, qu'est-ce que je chasse ? Deux cents, deux cent cinquante millions de dollars en plus ? Qu'est-ce qu'Alexander va retirer de ces millions supplémentaires ? Alexander en sera-t-il davantage libre, sans tache, sans scandale ?

Du coin de l'œil, il dévisagea Musa.

— Tu oublies qu'en retombant, les scandales de presse se déposent en sédiments sur les archives web. Impossible de tout rectifier. C'est une vase dans laquelle je m'embourbe, Musa. Des enfants de salauds me font la morale, à moi qui suis presque un enfant de chœur. À mourir de rire.

Boris examina son second mégot puis, dégoûté, il l'éjecta d'un mouvement du majeur.

— Et maintenant j'ai ce directeur de cabinet qui, lui aussi, refuse d'entrer dans un montage offshore ? Ceci dit, son plan est excellent. Aucune trace.

Boris se déplaça jusqu'au mégot, l'écrasa sans y réfléchir.

— Il va falloir que j'agisse.

— Des procès contre des journalistes ? Tu vas perdre ta fortune, Boris. Et tu n'arrêteras rien de ce qui déferlera sur le Wild Wild Web. Tu vas même le rallumer. Fais plutôt le dos rond.

Silence.

Boris trouva Musa étonnement raisonnable. Jusqu'à ce que celui-ci lui murmure :

— Ou on règle le problème pour toi, si tu veux.

Boris planta son regard dans celui du Russe.

C'était quoi, cette énormité ? Il se doutait bien qu'il y aurait une saloperie. Au sol, à la silhouette de Musa se superposait l'ombre de Moscou.

— Qu'est-ce qui flingue un journaliste sérieux, Boris ? Le dérapage. La grosse embrouille qu'il n'a pas vu venir. Ce que l'équipe de Nixon appelait *ratfucking*, l'enc… age de rat, notre bon vieux *kompromat*. Tu les attires sur une piste alléchante, un « pot de miel ». Quand ils ont la main dedans, l'appétit leur fait baisser la garde. Et ils ingèrent notre poison, sans rechigner.

Boris sourit, il venait de comprendre. Déjà, ses yeux reflétaient l'or de la prochaine récolte de miel.

Escape.

Delete.

18.

Bruxelles, avril 2017

Aux côtés de Hugo affairé au téléphone, Laura s'était installée dans la minuscule salle de guerre du *Soir*, déployant dans son périmètre retranché le désordre particulier des enquêtes qui décollent. Autour d'elle s'entassaient une dizaine de cartons de documents, collections de presse, dossiers photos et les cinq larges classeurs que Hugo avait constitués sur les trafics d'orphelins. Des sous-dossiers bleus, roses, jaunes fleurissaient sur les tables grises, contenant chacun le récit administratif d'une demi-douzaine d'orphelins. Une pouponnière de papiers. Elle pensait en avoir pour trois à quatre jours de lecture soutenue, la poussière aurait le temps de retomber.

Même sans la présence des archives, il aurait été impossible de se tenir à plus de deux mètres du corps de l'autre dans cette pièce. Souffles et parfums se mêlaient, les rythmes respiratoires s'accordaient. Hugo observait discrètement Laura et se délectait de sa présence. À défaut de résultats concrets, les recherches avançaient, leur enquête était sur les rails. Le Belge s'en réjouit, sans être bien certain de tracer l'origine exacte de son plaisir. Souhaitait-elle un café, de l'eau, un sandwich ? N'en fait pas trop, laisse-la travailler, se dit-il. C'est pourtant Laura qui ouvrit le feu.

— Nous nous sommes engagés à livrer des résultats dans un délai de cinq semaines, c'est bien cela ? Je vais m'établir une petite semaine, ici à Bruxelles. Tu aurais un hôtel à me recommander ? J'en ai repéré un, adossé au journal.

— Tu plaisantes ? Viens t'installer chez moi, maintenant que la rénovation de mon appartement est terminée. C'est trop petit pour y travailler à deux, mais bien assez grand pour se le partager une semaine. Je te file mon lit, je prends le canapé. Sous les toits, tu seras aux premières loges pour entendre la Belgique gémir sous le vent et la pluie d'avril. Je te présenterai ma voisine, ma'me Caron. Toute la couleur locale de Molenbeek !

— Un bonheur, dis-moi. Maintenant que Molenbeek est célèbre dans le monde entier, tu devrais ouvrir une table d'hôtes…

Laura aurait voulu proposer de partager les courses, le loyer – sans en faire trop, surtout garder ses distances. Mais une tonalité lointaine se fit entendre dans le combiné, mobilisant l'attention de Hugo. Il posa un doigt sur ses lèvres. Il s'était mis à pêcher et Lubumbashi était au bout de sa ligne. Après une étrange modulation, il entendit une voix qu'il reconnut aussitôt.

— Séraphin ? Hugo De Bock, du journal *Le Soir*. *Karibu* à vous. Ça doit faire une bonne paire d'années maintenant, non ? Je ne voulais pas déranger M. Malta en direct, c'est pourquoi je vous appelle. Non-non. Si. Bien sûr. Mais j'aurais aimé le rencontrer. Oui, descendre à Lubumbashi. À moins qu'il ne voyage prochainement à Kinshasa, ce qui serait plus facile pour moi. Non, je ne peux pas vous le dire au téléphone. Confidentiel, oui. Je vous demande de me faire confiance. Vous dites ? Non, pas très urgent, mais je voudrais boucler cela avant la fin avril, disons dans les deux prochaines semaines. À Paris, dites-vous ? Disponible ? Formidable. Vous pouvez nous arranger ça ? Oui. Quand ? Demain, à Paris ? Parfait !

Hugo leva le pouce. La rencontre était dans la poche.

— Encore une chose, Séraphin. J'aurais aimé être accompagné de journalistes amis… Je pensais à Zoé Debout, de Mediapart. Trop proche de l'Élysée ? Je vais le lui dire, ça la fera se tordre de rire. Dites plutôt que vous en avez peur. D'accord. En face à face, personne d'autre. J'ai besoin d'une heure. Une heure d'interview. Merci. Merci, Séraphin.

Hugo raccrocha, regarda Laura en haussant les épaules, mains écartées.

— Un miracle africain ! Demain, je saute dans le train !

19.

Paris, avril 2017

Avant de gagner le fauteuil Louis XVI qu'il s'était réservé, Éric Malta se contempla dans le miroir du salon. Se composer un masque n'était que la moitié de l'exercice. Tomber les joues, s'anesthésier le regard est à portée de tous, et la fatigue qu'il endurait depuis son retour en Europe serait la meilleure de ses alliées. Le véritable souci était de réprimer une possible trahison des pommettes, entre regard et sourire, là où les amateurs se pensent osseux et oublient de se maîtriser. Malta prit le temps d'ajouter à ce masque juste l'ombre d'un sourire, pas davantage, une pointe de bienveillance dans le port de tête. Voilà. Admirable. Il s'assit et commença à attendre. Les avant-bras posés – surtout contrôler les bras, ne pas se trahir d'une ouverture des mains.

Lorsque le journaliste entra, Malta atteignait la quasi-perfection. Un sphinx. Il ne cilla pas lorsque Hugo exhiba une dizaine de pages agrafées – la copie du contrat minier récupéré à Gibraltar. Pas plus que les lustres du salon Marie-Antoinette,

Malta n'avait tremblé. Il souhaita tout de même se donner une contenance, éprouver son autorité. Sans bouger les coudes écrasés sur la toile de Jouy des accoudoirs, il leva deux doigts pour appeler l'un des majordomes du Crillon. Le journaliste n'enregistra qu'un infime mouvement d'humeur dans les sourcils broussailleux du septuagénaire, des filaments de neige qui contrastaient avec sa chevelure de jais. Le roi de Lubumbashi s'abstenait de les teindre afin de rappeler à ses interlocuteurs africains à quel point il était sage. Sage de ne pas entrer en conflit avec lui.

Éric Malta jeta un bref coup d'œil au journaliste puis se replongea dans le document. Hugo demeurait fasciné par ce regard à la fois bonhomme et profond, dont l'apparente douceur n'était qu'une des facettes de son autorité. Lorsque le chef de rang fut arrivé à sa hauteur, le roi d'Afrique chuchota sa commande, forçant le majordome à se courber en épingle pour entendre l'ordre qui lui était intimé. Un plateau suivit, blinis et poivrons, et l'inévitable *cucumber collins* – gin, jus de citron et concombre.

Hugo commençait à comprendre, Malta allait jouer le jeu. Ils ne s'étaient retrouvés ni au bar des Ambassadeurs, ni en brasserie d'Aumont. L'industriel tenait salon grand siècle, réservé pour eux seuls.

— Bien lu, monsieur De Bock. Qu'attendez-vous de moi ? Quelles conclusions tirez-vous de ce document ?

Malta n'avait pas posé la question que Hugo redoutait. Il n'y avait ni surprise ni colère dans sa voix. Pas la moindre nuance de déni. Le journaliste vérifia une nouvelle fois que sa copie ne permettait pas d'identifier la source.

Pourquoi ne m'interroge-t-il pas sur l'origine du document ?

— Vous le connaissez ? Vous reconnaissez le document ?

— Bien entendu. Ce qui m'intéresse, c'est de comprendre pourquoi vous souhaitez m'interroger sur ce contrat.

— On y apprend que vous avez obtenu une nouvelle concession minière en République démocratique du Congo.

— Oui, c'est ce que ce titre minier stipule. À l'évidence. Il s'agit d'exploration de possibles gisements de coltan, un peu à l'ouest des lots que je possède déjà au Sud-Kivu, et je peux même vous déclarer que j'espère développer nos capacités de raffinage du tantale. Une excellente affaire, qui m'a été accordée à un prix fort intéressant. *So what ?*

— Un prix très intéressant, quelques millions sous le tarif pratiqué pour ce genre de concession. Puis ce contrat a été utilisé comme garantie collatérale pour obtenir un prêt bancaire à Gibraltar. Curieux, non ? Pourquoi pas Londres ou Toronto ?

— Une opération tout à fait légale. Optimalisée fiscalement, c'est vrai, mais ce n'est même pas un euphémisme. Rien ne m'oblige à déclarer en Europe une acquisition qui n'est qu'un droit d'exploration, pas même la promesse d'un revenu. Non ?

— Alors, je voudrais que vous examiniez aussi ceci, monsieur Malta.

Tout en fixant des yeux le septuagénaire, Hugo sortit de sa poche intérieure, soigneusement plié en quatre, l'ordre de transfert de EM Invest sarl vers la panaméenne HKM Ltd. La commission versée sur l'offshore de Kabila.

— Je ne connais pas cette opération, finit par déclarer l'industriel. Remarquez que je suis prudent, je vous dis que je ne la connais pas. Cependant, faites-moi l'honneur de penser que je serais au courant de la sortie de treize millions d'euros de ma société holding. Je suis âgé, pas gâteux. Qui serait derrière cette panaméenne ?

— Un certain Hippolyte Kabange Mtwale, autrement dit le président Kabila. Plutôt fortiche, non ?

Le visage de Malta s'éclaira, sa bouche forma un large sourire.

— Nous y voilà ! Mon ami Fondroy m'avait prévenu que vous pêchiez dans ces eaux-là. À votre santé, monsieur De Bock, goûtez votre gin…

L'industriel entama son cocktail de bon cœur, avant de poser le verre et de reprendre :

— Je n'ai jamais versé la moindre somme d'argent à Kabila ou à l'un de ses paravents personnels. Je n'ai rien à voir avec ces mafieux russes qui, après la Côte d'Azur, s'approprient le Congo et la Centrafrique désormais.

D'un geste nerveux, Malta s'empara d'un blini qu'il goba avec la célérité d'un prédateur.

— Mais maintenant que je vous vois devant moi, avec dans vos mains ces documents dont j'ignore l'origine, je commence à comprendre ce que vous vous êtes imaginé. Une nouvelle concession, accordée bien en dessous du prix du marché. Et vous en concluez que le vieux Malta a versé la différence au président Kabila via une offshore. Un dessous-de-table et passez muscade…

Il s'interrompit et scruta le journaliste, mais Hugo demeurait aussi impassible que le salon royal. Soudain accablé, Malta reposa les documents, puis se pencha vers le journaliste en voûtant le dos.

— Il n'en est rien, je n'ai pas versé de dessous-de-table. Savez-vous ce qu'a écrit avant son exécution la Marie-Antoinette qui a donné son nom à ce salon ? « Je pardonne à tous mes ennemis le mal qu'ils m'ont fait. » Je vais vous le donner votre scoop, souffla Malta, mais *deep background…* Juste pour votre information. Pas question de publier, même en masquant mon nom. Nous sommes d'accord ?

Hugo acquiesça.

Malta se détendit et commença son récit. Couplées à son regard noir et aux brumes d'histoires attachées à sa personne, ses confidences prenaient les dimensions épiques d'une fable africaine. Sur ce continent, la rumeur n'était-elle pas parente de la vérité ? C'est à cela que songeait Hugo lorsque l'industriel leva le rideau. Ainsi, selon ce que Malta confia, Kabila lui aurait vendu cette concession située à l'ouest du Sud-Kivu sans réclamer le moindre dessous-de-table. Mais le chef de l'État avait posé une étrange condition que l'homme d'affaires se délectait à raconter. En contrepartie de ce contrat avantageux, Malta était invité à se laisser voler comme dans un bois et à « fermer sa gueule » – à l'en croire, c'étaient les mots exacts du président.

À ce stade de l'histoire, Malta rappela au journaliste que les Canadiens étaient ses partenaires. Malta possédait en son nom des concessions aurifères au Sud-Kivu, anciens gisements dont le père du président avait exproprié les Canadiens. Devenu leur nouveau titulaire, Malta les refilait en douce à Toronto sans que l'actuel président soit obligé de désavouer les nationalisations du père. Aujourd'hui cependant, à la demande des Russes, Kabila envisageait de vendre une seconde fois ces mêmes concessions du Sud. C'est ce méchant coup en douce, monté contre Baron Mines, que le président lui demandait de taire. Malta y perdrait une belle commission, c'est elle que le président lui proposait de compenser. Les Canadiens, eux, y perdraient une concession qui recelait encore de l'or, bien qu'en quantité négligeable. En achetant son silence, le président ne lui demandait rien moins qu'une trahison.

L'affaire ainsi résumée, Malta se déclara bien en peine d'éclairer le journaliste sur les finalités de la manœuvre russe. Il ignorait ce que ces terres recelaient de si précieux à leurs yeux. Il avait juste compris – du moins l'avait-il glané auprès de quelques généraux de l'état-major congolais – que les Russes comptaient y déployer des mercenaires appuyés par quelques éléments de l'armée.

— C'est ainsi que mes amis de Baron Mines vont perdre les concessions d'or qu'ils ont jusqu'ici abandonnées aux mineurs artisans pour garantir la paix sociale. Je me tairai jusqu'au débarquement des troupes et je compte moi aussi sur votre silence.

La ruse ainsi exposée avait mis l'industriel en appétit.

— Très bon, ces blinis ! Vous avez tort de ne pas y goûter, monsieur De Bock.

Éric Malta s'essuya les doigts, puis la commissure des lèvres – une manière très personnelle de se laver les mains du dossier congolais. Lorsque la concession sud aurait changé d'occupant, son rôle se bornerait à amadouer Baron Mines en les aidant à rebondir sur la nouvelle concession ouest, qui renfermait probablement du coltan. De quoi, selon Kabila, « faire fortune » grâce aux conditions d'exploitation fort généreuses qu'il octroyait à l'industriel belge – et indirectement à ses partenaires de Baron Mines.

Malta se redressa pour se caler dans son fauteuil. Il reprit une voix normale, ce qui permit à Hugo de l'interrompre.

— C'est là tout votre intérêt ? Perdre une concession « or » pour y gagner un droit d'exploration du coltan ? Je vous ai connu plus entreprenant.

Malta leva les mains tels deux ailerons de squale. Il adopta la mine d'un requin échoué.

— La plantureuse rentabilité qui nous est promise, je n'y crois pas une seconde. C'est un lot de consolation, sans plus. Nous allons en vivre convenablement. La concession sud était déjà perdue pour nous, abandonnée aux creuseurs artisans. Le tantale, c'est un énorme business, plus lucratif que l'or au cours actuel. Mais sans plus.

Cette fois c'est Malta qui cherchait à river ses yeux à ceux du journaliste.

— Mon intérêt réel ? reprit-il. Je vais vous le dire, De Bock. Je vous appelle De Bock car je suis certain qu'entre vous, journalistes, vous m'appelez Malta. Dans ce dossier, je fais semblant de n'être au courant de rien, en contrepartie de quoi la concession de l'ouest est signée avec moi, pas avec Baron Mines. Et malgré les frictions qui ne manqueront pas de naître avec des Russes dont je ne veux rien savoir, je reste en selle au Congo pour les dix prochaines années. Je serai toujours indispensable aux Canadiens. À mon âge, et face à des truands comme Kerimov ou Gertler, ce n'est pas rien, croyez-moi. Le Congo belge est bien loin.

Séraphin, le secrétaire particulier de Malta, fit une entrée discrète dans le salon. Hugo en prit acte d'un hochement de tête : l'entretien touchait à sa fin. Impubliable, mais très intéressant. Malta avait joué le jeu. L'info ne figurerait dans aucun carnet de notes, elle flotta un instant dans l'air de ce salon avant de se dissiper.

Le préposé au vestiaire apporta au roi de Lubumbashi l'imperméable qu'exigeait Paris en avril, et les trois hommes gagnèrent ensemble la sortie. Arrivé au dallage noir et blanc du lobby, l'industriel agacé grommela à voix basse :

— Je n'ai rien versé comme pot-de-vin à Kabila, votre document sur l'offshore Kabila, c'est du pipeau. La véritable ruée vers l'or, elle se passe au sud de Bukavu, pas à l'ouest. Songez-y avant de vous prendre pour Robespierre.

Hugo se rappela ce qu'avait dit Laura à Hambourg. Les communiqués humanitaires parlaient de troubles récents, de sabotages, d'hommes en armes, des tirs isolés survenus dans cette zone. Même des explosions.

Malta reprit :

— J'entends à nouveau parler d'une découverte de diamants, ce qui serait une surprise incroyable, une hérésie géologique. J'enrage, je n'ai plus la main sur la présidence. Les aventuriers comme moi n'ont plus le monopole du palais, Kabila traite avec des semi-mafieux désormais. Et moi aussi, je dois me plier à leurs ukases.

Les deux hommes se serrèrent la main, avec les apparences d'une intelligence parfaite. Peut-être trop parfaite, songea Hugo.

Ce qu'il vient de me confier, c'est la parole d'un homme contre quatre documents, pas moins.

Seul sur le dallage de marbre noir-blanc-noir du lobby, le journaliste se demanda s'il était davantage qu'un simple pion, et quelle pièce il devait jouer à présent pour ne pas être mis en échec.

20.

Brousse de Luhwinja, avril 2017

Quand Lucas revint à lui, l'ensorcellement végétal de la forêt s'était dissipé. La canopée avait cédé la place à un ciel de tente militaire et une odeur de moisissure et de toile graissée lui imprégnait les sinus. Écrasée par le poids de son corps, son épaule droite le lançait. Il comprit qu'il lui était impossible de se relever ou de s'allonger sur le dos, ses poignets se blessaient à un lien noué à hauteur des reins. Lucas fut pris de nausée. Une autre douleur, sourde cette fois, lui montait dans la nuque et pulsait jusqu'aux tempes. Sa tête cognait dur, ravivant les souvenirs des derniers instants de lucidité, le départ de l'école, une visite rapide du village puis le retour au 4 × 4, la balise GPS.

— Et maintenant ? avait-il demandé à Xahra.

Avant qu'elle puisse répondre, des hommes armés étaient descendus d'une sente de traverse. Lucas se rappelait sa surprise devant ces combattants surgis des ombres de la forêt en uniformes dépareillés. « L'homme de Baron Mines ! » avaient-ils crié en kiswahili. Il était sorti du véhicule, les mains dégagées, avant qu'un objet lourd ne s'abatte à la base de son crâne. Lucas avait cru entendre exploser ses cervicales. Déconnecté, il s'était effondré sur les genoux, les mains s'agrippant à la portière ouverte. Puis le grand rien, le néant, et maintenant ce mal de crâne.

Où est Xahra ?

Il se mit à douter de la connivence qu'il pensait avoir vu naître entre eux deux. Jouait-elle dans l'autre camp ? Pourquoi n'avait-elle pas relancé le moteur ? Peut-être Lucas était-il tombé dans un traquenard. Il comprit avec quelle naïveté il s'était laissé mener au lieu exact où il avait été enlevé. Il venait tout juste de confirmer sa position aux services de sécurité, personne ne le chercherait plus avant plusieurs heures.

Sa douleur à l'épaule se muait en crampe dans l'avant-bras lorsqu'il entendit un léger frôlement de toile. Une haute silhouette musculeuse bâtie en X fit irruption dans la tente. Lucas sentit monter une tension qui aurait dû accroître l'élancement, l'inconfort du sol. Au contraire, cette mobilisation animale bâillonna la souffrance. Lucas tenta d'identifier l'intrus. Mais l'homme ne se donnait même pas la peine d'établir un contact visuel avec son prisonnier. Il le saisit par le col de chemise et la ceinture puis, d'un mouvement de balancier, le remit sur ses pieds, aussi facilement que s'il s'agissait d'un tendoir à linge. Ce n'est qu'à ce moment, lorsque leurs deux regards furent à la même hauteur, que la silhouette se présenta.

— Capitaine Siméon, bras droit du commandant « Juju » Kabange. Je vous mène jusqu'à lui, monsieur.

De l'arrière de son ceinturon, Siméon sortit une lame d'acier avec laquelle il trancha les liens de Lucas. Le sang se remit à circuler librement dans ses poignets, les extrémités de ses doigts retrouvèrent leur chaleur. Lucas en oublia presque son épaule endolorie. Il lui était reconnaissant, quelles que soient les intentions de ce Siméon. Lorsque le capitaine le poussa hors la tente, la lumière du jour offrit une vision surexposée de la forêt avant que ses yeux ne s'ajustent et lui dévoilent un campement qu'il estima à une trentaine d'hommes environ, un pick-up Toyota ruiné et, au point le plus élevé du camp, un ensemble de cases solides qui avaient dû être avant-guerre une ferme modeste. Un campement pas si furtif que ça, songea Lucas en découvrant un bivouac sans doute visible du ciel. Cette maison devait avoir une histoire, être liée à un nom de famille. Une partie du village savait, devait savoir. Lucas réalisa que certains villageois qu'il avait interrogés avaient dû se moquer de lui. Ils devaient connaître ce camp, ne lui avaient rien dit.

Il plissa les yeux pour mieux observer. Le bivouac respirait le mouvement, la transhumance. Deux hommes s'activaient à installer une cuisine, il n'y avait au sol ni cendres ni trace de feu ancien. Ils venaient d'arriver, et ce nouveau voisinage n'était peut-être pas connu de tous les villageois. Un troisième homme semblait s'activer sur une arme mais, à bien y regarder, il s'agissait d'un piège de chasse. Il en dégagea un animal de petite taille, le posa près des cuisines. Plus loin, d'autres combattants aménageaient les réserves d'eau. L'œil de Lucas aperçut un jeune homme qui arrivait en traînant les premières réserves de bois. Bien plus jeune que tous les autres, il peinait à la tâche et laissait derrière lui un sillon d'herbes retournées par les branches mortes.

Lucas crut le reconnaître, peut-être était-ce l'adolescent triste aperçu au village. Oui. Bien sûr c'est lui ! C'est lui, c'est ce Jean de Dieu qui les avait trahis. Lucas fulminait mais n'en éprouvait aucune peine, au contraire. Cette simple observation signifiait que Xahra n'était pour rien dans ses déboires.

Mais alors, qu'est-elle devenue ?

Le capitaine pressait Lucas, les autres tentes conserveraient leur secret.

— Je vous en prie.

Si la puissance musculaire de Siméon décourageait toute tentative de rébellion, sa courtoisie était particulièrement désarmante. Il guidait Lucas avec civilité vers la plus large des cases puis, à la gauche d'un mur exposé au soleil, vers une porte métallique que Lucas devinait brûlante. Le capitaine ouvrit le battant, et le pria d'entrer. Dans ce clair-obscur, le grand jeu commença.

L'homme qui attendait le prisonnier dans l'obscurité moite de la pièce était assis dos à la fenêtre, en contre-jour. Il inspectait un passeport bordeaux presque neuf, frappé aux armoiries de la République française. Mon passeport, songea Lucas. Les murs autrefois chaulés étaient d'un autre âge, la table, de simple bois blanc. Un automatique Glock était négligemment posé sur cette table, un téléphone satellite Thuraya agrafé sur la poitrine de l'homme. La mise en scène était parfaite. Un message un peu binaire mais limpide, songea Lucas : je te rappelle que je peux tuer et commander. Ou commander de te tuer, c'est comme tu le souhaites. Il ne manquait plus qu'un cône de lumière tombé d'un ciel flamboyant, une auréole qui aurait ceint le rebelle et fait rayonner alentour ses poussières de gloire. L'humour est l'arme qui manque le plus aux militaires. Cette pensée l'aida à s'asseoir et à trouver un peu d'assurance.

Les deux hommes se dévisagèrent. Ils étaient tous deux jeunes, le rebelle ne semblait guère plus âgé que Lucas, difficile à dire. Juju devait avoir la trentaine mais sans doute guère plus.

Lucas était intrigué par ce visage dur, mais aussi par une fine scarification – ou une cicatrice mal soignée ? – sous le sourcil de l'œil droit. Pourquoi cette cicatrice qui aurait pu l'effrayer lui semblat-elle presque sympathique ? La chair éclatée du sourcil lui rappelait un fruit.

Le commandant était tout aussi intrigué par son interlocuteur.

— Ainsi, c'est vous le nouveau visage de Baron Mines… Les villageois nous ont alertés.

— Il n'y a pourtant pas de grand péril. Je m'informais sur leurs conditions de vie, vous n'allez pas reprocher ça à Baron Mines. Si ?

— C'est vrai, ça ne fait pas partie de vos méthodes. C'est bien pour cela que je m'en inquiète. Certains villageois aussi, c'est pour ça qu'ils nous ont appelés. Si vous commencez à entrer dans les villages, à y développer votre propagande, on ne va pas être amis. Nous, on est du côté du peuple, on les défend. On fait sauter les barrages de l'armée qui leur soutire des dessous-de-table. On fait peur aux lâches indicateurs du député Malibu. Mais vous, qu'est-ce que vous cherchez ? La guerre ? Nous pourrions vous y mener…

Lucas songea aux sabotages de véhicules et aux mines antichars, mais il n'eut pas le temps de questionner à son tour. Le commandant rebelle était visiblement pressé de l'interroger.

Bon militaire peut-être, mais piètre inquisiteur.

— Je vais vous dire ce qui vous amène ici, monsieur…

Le rebelle consulta à nouveau le passeport.

— … monsieur Moresmo. Vous pensez qu'ici aussi il y a du diamant. Vous avez lu nos journaux. Vous avez appris ce qui s'est passé à Mborero, la découverte de pierres incroyables. Vous pensez que dans cette vallée aussi, il est possible que vous trouviez des pierres. Je lis à travers vous.

Lucas se frotta les poignets. Les chairs étaient éveillées, ses blessures l'irritaient désormais. Ce bref mutisme serait interprété comme un aveu, qu'importe. L'accusation était ridicule. Y croyait-il vraiment ou était-ce une feinte ?

— Ridicule, commandant. Il n'y a aucun diamant dans cette vallée, ni sur tout ce territoire. Nous le saurions.

Juju s'était aventuré sur les terres d'expertise de Lucas et c'était une aubaine. Le jeune ingénieur n'avait plus qu'à piocher et enterrer le soupçon grossier sous un tombereau de données techniques – contexte géologique, examen des affleurements rocheux et des blocs erratiques, travaux d'échantillonnage, description des minéralisations, etc. Lucas faisait jouer les grandes orgues de sa science, mesurant sa progression à la lassitude qui gagnait les globes oculaires du rebelle.

— Ici, même l'or est rare, conclut Lucas. Alors, le diamant, je ne vous dis pas. Tout à fait improbable. Par contre, nous avons bien trouvé vos mines.

Le rebelle était piqué. Il se redressa et joignit devant lui l'extrémité de ses doigts. Le Français parlait-il des mines d'or ? Baron Mines connaît ces mines, en quoi pouvaient-elles l'intéresser ?

— Vos mines antichars, précisa Lucas, les mines antipersonnel, tout ce matériel chinois que vous avez posé en forêt.

Le Français reprit son souffle, avant de se lancer dans une longue explication juridique : contexte civil, crime de guerre, tribunal pénal. Le commandant voulait-il rejoindre à La Haye la cellule de Jean-Pierre Bemba ?

Juju sembla intrigué. Il jura que jamais ses hommes n'avaient manipulé pareilles armes. Et si cela avait été le cas, il était convaincu qu'ils y auraient laissé un bras, ou se seraient fait exploser par maladresse. Il questionna le Français sur la localisation exacte de ces mines. Il disposait bien sûr d'une carte, Lucas pourrait y pointer la parcelle visitée le matin même.

Avant que Lucas ne puisse répondre, la porte métallique s'ouvrit à nouveau derrière lui, laissant entrer la silhouette de Siméon et, à ses côtés, une ombre plus effilée. Lucas soupira. Sans même se retourner, il avait reconnu le parfum poivré de Xahra, la musique des perles de terre sacrée entourant son poignet. Au cours de « Chimie 2 – Liaisons et molécules », Lucas aurait appelé cela un précipité. Il avait suffi que Xahra entre dans la pièce, qu'elle y amène son sel pour que l'atmosphère se modifie, que l'air se cristallise. L'échange devint à la fois plus subtil et plus épicé, comme si, lui semblait-il, elle ajoutait au défi que devait relever le commandant Juju. À l'évidence la présence de la jeune femme flattait le rebelle. Lucas commença à se détendre – si un jeu de séduction s'engageait, qui se soucierait encore d'un explorateur de cailloux ?

Ainsi que l'expliqua Xahra au commandant Juju, Lucas était l'otage et le trophée, celui qu'il ne faut ni blesser ni menacer. Le rebelle plaida sa bonne foi, déclara que telle n'était pas son intention. Puis il interrogea la jeune femme sur son identité, et elle répondit de bonne grâce. Elle lui expliqua encore pourquoi cet homme n'était pas un ennemi, et comment il tentait de comprendre à ses côtés ce qui se passait dans ce village, pourquoi ces hommes en armes. Et elle, était-elle prisonnière ? Juju la rassura, lui offrit de s'asseoir, en fit son invitée. Un ballet de séduction se déployait entre elle et lui, le commandant et Xahra y dansaient à la perfection.

Juju en avait oublié la carte et l'emplacement des mines. Les traits détendus à présent, presque désinvoltes, il jeta un œil différent au passeport.

— Français. De Strasbourg ?

— D'origine burundaise, répondit Lucas. Adopté à la naissance. Même en Alsace, ce ne sont pas toujours les cigognes qui font le boulot.

— Né à Bujumbura en février 1989. Votre date de naissance est intéressante, vous savez ?

Lucas leva la tête. Comment cet homme en avait-il eu l'intuition ? À son tour, le Français était intrigué. Le Kivu est l'un des grands cimetières de 14-18, rien d'étonnant à ce que l'Alsace-Lorraine y ait marqué les esprits. Mais par quelle magie avait-il relevé la date de naissance ?

Juju poursuivit :

— Un héritage de nos guerres, sans doute. Ceux qui ont traversé le conflit des Grands Lacs ont toujours des documents un peu curieux. Soit. Mais je n'ai jamais vu un Burundais comme vous. Jamais. Pourtant, j'ai un peu vécu au Burundi. Pas vrai, Siméon ?

Le capitaine acquiesça d'un sourire, avant de tourner les talons pour quitter la pièce. Par ce mouvement, l'œil de Lucas capta l'éclat du chargeur de munitions que Siméon portait en bandoulière. Balles 7.5 PPU, Prvi Partizan, semblables à celle qui avait touché un camion de Baron Mines.

Juju fixa son regard sur Lucas.

— Je suis surpris par le nom de famille inscrit sur votre passeport. Moresmo. C'est un nom assez rare, non ?

Rarissime même, aurait pu répondre Lucas. Jamais porté en Alsace. Il choisit pourtant de se taire, de ne pas gaspiller l'avantage que l'entrée de Xahra venait de lui offrir.

Juju prit acte du silence.

— Vous n'êtes pas venu ici pour remonter à vos racines, n'est-ce pas ?

— Non, répondit Lucas. Je ne suis pas d'ici, et je ne connais rien à l'Afrique. Cela devrait vous rassurer.

Ce seraient ses derniers mots. Pourquoi parler davantage ? De son enfance au Burundi, tout ce qu'il se rappelait, c'était d'un arbre sous lequel les orphelins comme lui se rassemblaient à l'abri du soleil. Lucas se réfugia dans cette évocation floue, souvenir réel ou fantasmé, il ne le saurait jamais.

Le silence s'installa, Juju ne l'interrogeait plus. Pour quelques minutes, le rebelle était lui aussi transporté dans un rêve, en 1989, à la fin de février.

21.

Bruxelles, avril 2017

Lorsque Hugo descendit du Thalys, la pluie lavait Bruxelles comme si la métropole n'avait gardé des colonies que la saison des pluies. Il bondit dans le tram 82, et l'averse redoubla pendant les douze minutes du trajet. Des baquets d'eau l'accueillirent à la station Duchesse de Brabant. Il courut se réfugier sous l'auvent du Mini Market, salua le patron et son regard s'attarda un instant de trop au présentoir à cigarettes. La journée avait été moche, comme l'eau du ciel, alors autant renouer avec un cancer. Il revit son père sous assistance respiratoire, goûta mieux l'oxygène, la senteur des fruits, les effluves potagers des tomates. Hugo se contrôla et mit le cap sur les alcools et sucres rapides, cigares aux amandes et cornes de gazelles. Une bouteille de guerrouane de Meknès ferait l'affaire, il la glissa dans le panier.

Arrivé à la caisse, Hugo commençait à oublier son désarroi, il était presque soigné avant même de consommer.

— Monsieur De Bock, vous n'oublierez pas le loyer ?

Le patron avait discrètement glissé la remarque, presque avec délicatesse, à l'image des achats glissés dans le sac papier qu'il tendait à son locataire. Deux mois de loyer en retard, cela pèse dans la vie d'un petit propriétaire, se dit Hugo. Vingt ans de journalisme sans être fichu de régler son loyer avec régularité… Le moral de Hugo était définitivement ruiné. Il se ressaisit une nouvelle fois, promit, tourna les talons, et s'engagea dans la rue de la Princesse. En passant devant le numéro 7, il leva les yeux vers les fenêtres du demi-étage. Noir complet, la Caron dormait.

Son humeur ne s'améliora qu'à hauteur du troisième palier, lorsque Hugo oublia les odeurs de pluie et de betterave mouillée pour entrer dans un nuage de poivre et de chorizo, d'ail et de clous de girofle. Carottes, navets et poireaux, un chou qu'il imaginait coupé en quatre, une odeur de pot-au-feu madrilène. Hugo s'immobilisa devant la porte du cinquième, clés en main. Les images et les sons nous livrent la majorité des informations d'une vie, mais combien de données y avait-il dans ces parfums ? Ce nuage parlait d'un repas, d'un pays, d'une présence. De Laura.

Jamais je n'ai cuisiné pour elle, toujours bistro et carte bleue. Trop tard pour des fleurs ?

Il entra dans la lumière.

Dans un smog d'épices, l'appartement s'était transporté sur la Plaza Isabel II. Hugo retrouvait en visuel et tactile tout le désordre de son appartement, mais son nez le menait à la terrasse de la Taverne royale, avec la voix de Laura chassant les bruits de la pluie. La table principale était encombrée de plus de dossiers que d'ordinaire et d'un ordinateur supplémentaire, mais près de la baie vitrée deux couverts, deux assiettes, deux verres proposaient une histoire dans laquelle le guerrouane était inutile. Ce soir, Laura avait tranché, ce serait rioja – Hugo la complimenta. Il aurait volontiers posé la main sur son épaule s'il n'avait craint de tout gâcher. Retrouver Laura en cuisine était déjà bien assez gênant. Pour donner le change, Hugo s'enquit de son séjour durant son absence. Avait-elle manqué de quelque chose ? Elle le remercia mais non, merci, lui suggéra de s'occuper du vin.

Le rioja était délicieux. À la mi-soirée, la cocotte était encore à moitié pleine, le repas achevé et les appétits éteints. Hugo aurait voulu oublier sa rencontre de l'après-midi, oublier l'impasse de leur enquête. Pourtant il avait dû tout revivre, restituer à Laura le moindre détail, à l'image d'un poison dont il devait rendre la dernière goutte.

— Ce n'est que la version de Malta, fit remarquer Laura. Mais désormais, il faudra en tenir compte, *claro*.

Le Belge laissait son regard se perdre dans les restes du repas, l'esprit tourmenté par un autre dilemme – comment débarrasser la table sans rompre la magie du moment. Il rassembla les assiettes devant lui – la vaisselle serait pour lui ou il pourrait mordre – mais prit une option sur une soirée version longue en emplissant leurs verres du reste de rioja.

— Je n'ai pas perdu mon temps non plus, tu sais ? Tes documents africains sont épatants. J'ai imaginé les pistes de terre rouge, les tout-terrain des anciens coloniaux qui sillonnaient l'Afrique des Grands Lacs à l'aube des guerres, ces villages vidés de leurs enfants. Monstrueux. La dernière trahison des Blancs, plus de trente ans après l'indépendance. On continue à leur voler leurs minerais, et un jour leurs enfants.

Étonnant, c'est vrai.

Hugo lui raconta la guerre du Congo tel qu'il s'en souvenait, les terres grasses gorgées de minerais, la panique dans les villages et pourtant les sourires inattendus d'un peuple mis au bûcher. Ces visages volontaires avaient encouragé l'insouciance du reporter, trop jeune pour ne pas se penser immortel. Chien fou, il avait pris cette guerre pour une belle aventure. Soudain emporté par son récit, Hugo voulut s'assurer que Laura avait tout lu, tout assimilé, y compris le petit jeu d'une compagnie de l'armée belge qui avait pris en charge une vingtaine d'enfants de l'île d'Idjwi. Au nom des bons sentiments et avec la bénédiction de l'Église, elle les avait déportés en Hercules C-130 jusqu'à l'aéroport militaire de Melsbroek, à des milliers de kilomètres de leurs familles. Un véritable trafic d'enfants couvert par l'État et les journaux de l'époque. Mais à vingt ans de distance, semblait conclure Hugo, qui sommes-nous pour juger ?

— À moins de se jauger soi-même, de se poser la seule bonne question. Pourquoi vouloir un enfant ? Jusqu'où serais-je prête à me sacrifier ou me compromettre pour en tenir un dans mes bras ? Il n'y aurait sans doute pas de trafiquants sans couples en détresse.

— Tu oublies l'autre bonne question, Laura. Celle qui a traversé toutes nos correspondances de guerre : si demain un conflit éclatait en Europe de l'Ouest, à quelles conditions donnerait-on nos enfants ? À qui pourrais-je les confier sans crainte ?

Peut-être est-ce le bon moment.

Hugo se sentait au pied du mur. Le cœur était trop lourd, le Belge esquiva.

Une minute encore.

Hugo se leva pour débarrasser.

— Reste assise, je m'en charge.

— Tu as l'air soucieux…

— Les dénégations de Malta. Elles nous barrent la route.

— Sois honnête. Tu l'imagines te disant, entre gin et blinis : « Oui, j'ai payé un pot-de-vin au président Kabila, mon grand ami » ?

Elle avait raison, bien sûr. Et s'il croyait Malta sur parole, les yeux dans les yeux, il était en train de le couvrir à peu de frais.

— Et si on inversait les points de vue, Hugo ?

— Tu veux dire : je te donne mon canapé et tu me rends le lit ?

— N'en rêve même pas ! Sérieux : restons dans la veine Kabila. Jusqu'à présent, nous avons démarché les corrupteurs présumés. Et si nous allions voir les corrompus ? L'un des frères Singh est toujours résident à Uccle, non ?

Hugo resta interdit, il manqua s'étrangler. Bien sûr, les frères Singh. SiBank, la principale banque du Congo. Tous domiciliés offshore, avaient révélé les Panama Papers. Tous sauf un, douillettement logé sur la très chic avenue Molière.

— Tu m'épates, Laura. J'avais oublié ça ! Voilà un retournement de point de vue très intéressant. Vraiment.

— N'est-ce pas ? Quant à ton lit, s'il te manque, il faudra me prendre avec. J'y reste.

Hugo sentit son cœur se décrocher. Une petite musique s'était créée entre eux, qui allait crescendo. Laura avait amorcé l'ouverture, une certaine voix, une inflexion souriante. Hugo caressa à nouveau l'idée de l'interroger sur son enfant.

— Dès demain, je vais rendre visite aux Singh, puis je rentrerai sur Madrid.

— Tu rentres déjà ?

— Ça fait plus d'une semaine, tout de même.

— Bien sûr. Ton enfant est chez son père ?

— Je... Non, il faut que je rentre à la rédaction. Que je m'y montre un peu.

Il vit passer une ombre dans les profondeurs sous-marines du regard de Laura. Une larme se formait aux paupières. Il y eut un point d'orgue.

— Je n'ai pas d'enfant, Hugo. Je n'ai jamais eu la chance d'en avoir un. Tu ne le savais pas ?

— Cet enfant dont tu m'as parlé, celui qui t'a fait perdre ton job de correspondante de guerre ?

Le visage de Laura se ferma. Une seule larme força son passage.

— Tu as une bonne mémoire. Mais je n'ai pas perdu que le job, j'ai aussi perdu l'enfant. Le job qui était ma passion, et l'enfant qui devait être ma nouvelle vie.

— …

— Une naissance prématurée, mal engagée. Puis un décès en couveuse. Ils appellent cela une défaillance respiratoire. Je ne l'ai même jamais tenu vivant dans mes bras.

— Je suis désolé. Je ne savais pas.

— Ne te prends pas la tête, Hugo. Je n'avais pas envie d'en parler. Pas envie de me montrer faible, ou de m'avouer qu'on a tous besoin d'affection. Ce jour-là, j'ai connu un tel malheur que je ne sais même pas à qui en vouloir. La perte d'un enfant, c'est davantage que la mort d'un rêve. On perd une partie de soi, un bras, sa tête, tout à la fois. J'étais comme estropiée, je n'avais pas envie de l'imposer à tous.

Les couloirs de la maternité Gregorio Marañón, la douleur et les larmes, Laura raconta tout à Hugo. Elle évoqua sobrement le doute et l'anesthésie, l'enfant malgré tout, les premières secondes de bonheur. Puis le visage dévasté de l'infirmière, ce coup au ventre, la vie qui sombre et le désespoir. Laura n'avait pas envie que les autres lui renvoient sans cesse l'image de cette mort, le tableau d'une mère inconsolable. Elle s'était bâti une image de femme forte, interdite de tendresse. Et le piège s'était refermé : elle faisait peur aux hommes.

— Avant ça, je voyais les maternités comme tout le monde, en couleurs pastel. Je n'avais aucune envie de gâcher le bonheur des autres, de raconter ce que j'y avais trouvé. Je me suis renfermée.

Laura plongea dans son verre.

Hugo se leva, contourna la table, et vint poser les mains sur les épaules de Laura. Elle s'abandonna, laissa reposer sa tête sur les avant-bras de cet homme, contre la masse rassurante de ce corps ami. Un flux magnétique synchronisait les deux êtres. Elle resta ainsi de longues minutes, avant de se lever et de se tourner vers Hugo. Il ouvrit les bras et elle s'y réfugia. Il y eut un soupir, et se fit entendre la première mesure *largo* de cette petite musique qui était la leur désormais.

22.

Brousse de Luhwinja, avril 2017

Bien après les faits, lorsque le commandant Juju Kabange commença à évoquer cette journée particulière devant ses hommes, la cicatrice qui barrait son sourcil droit se mettait à trembler, signe certain de la vigueur du souvenir. Dès les premiers cris d'alerte de Siméon, tous trois avaient bondi sans hésitation de leurs chaises. Sans doute leur interconnexion était-elle née à cet instant, d'un même élan d'âme, de cette furia vitale qui nous emporte aux heures de drame. Avant même que la porte métallique ne claque, que le capitaine Siméon ne débarque dans la pièce, ils s'étaient déjà inquiétés des cris et du bruit d'une cavalcade au-dehors. Sans se concerter, Siméon, Xahra, Juju et Lucas s'étaient entassés dans le pick-up Toyota, fonçant vers le puits de mine.

Ce qu'ils savaient tenait en peu de mots. Les enfants creuseurs avaient entendu le bruit sourd de la terre qui s'effondrait, puis vu un nuage funèbre monter vers le ciel. L'un d'eux s'était précipité jusqu'au camp rebelle pour donner l'alarme mais, noyé de pleurs, les poumons à vif, il s'était perdu en hoquets en tentant de livrer les premiers détails.

Les cœurs des quatre adultes ne battaient plus qu'au rythme de ces sanglots d'enfant. Le courage leur manquait pour imaginer ce qu'ils allaient trouver au puits et lui donner un nom. Arrivés à Kangé, le véhicule à peine arrêté, ils dévalèrent à larges foulées la sente de boue rouge. Portés par leur élan, ils avaient l'impression de ne plus toucher le sol. L'urgence hurlait à leurs oreilles. Ce n'est que plus tard dans l'après-midi, en démêlant ses souvenirs, que Lucas prit conscience du silence de la mine, le deuil muet que DJ Luis avait imposé à ses enceintes. De la foule d'enfants et adolescents réunie autour des puits ne s'élevait plus qu'un murmure, les sanglots étouffés par des poitrines crispées. Le cercle des enfants creuseurs s'ouvrit au passage du commandant Juju.

— Je descends. Donne-moi ton bras, dit-il au Français.

Les jambes de Juju pendaient déjà dans la fosse quand Lucas lui tendit sa main. Dès cet instant, il choisit de ne plus entendre sa peur, de réprimer tout flottement. Il aida l'homme qui, le matin encore, était son ennemi. Puis Siméon s'avança. Il s'engagea à son tour sur la semelle de la fosse, s'agrippa à l'ingénieur avant de plonger dans la gueule de mine. Il y a quelques heures encore, ces mains l'avaient relevé sans ménagement. Quelque chose d'indicible avait basculé, leurs atomes s'agrégeaient autrement désormais, au point que Lucas aurait voulu les mettre en garde : si le sol avait bougé une première fois, il risquait de bouger encore.

Soudain, il se raidit. De quel droit restait-il en surface ? Ne devait-il pas descendre lui aussi ? Il ramassait ses jambes et se préparait à entrer dans le boyau lorsqu'il perçut un souffle, du mouvement au-dessous de lui. Juju était déjà de retour, mâchoire crispée mais triomphante. Dans ses bras se lovait un enfant, au visage couvert d'une boue déjà ancienne.

De l'eau.

Lucas tendit les bras, saisit l'enfant et, à son poids, mesura toute la misère du gamin. Un de ces gosses mal nourris et pourtant durs à la peine. Il le tira hors du boyau et se retourna vers la foule, son trophée sur le cœur. Xahra repoussa les gamins pour aider Lucas à gagner l'un des bassins de décantation. Arrivée la première, elle sauta à pieds joints dans l'eau boueuse puis tendit les bras vers Lucas pour prendre l'enfant, le laver, lui retirer la boue du nez, de la bouche et des yeux. Ses mains suivaient un ballet raisonné, mais son cœur guettait le souffle de l'enfant. Il respirait ! Elle éclata de rire. Lucas entra à son tour dans le bassin, se trempait d'Afrique jusqu'aux genoux. Lorsque l'enfant ouvrit les yeux, une force joyeuse s'empara de lui et, d'un bond, il regagna le puits.

Hirsute et boueux, Siméon remontait déjà en surface avec un deuxième garçon. Le capitaine exultait, comme si cet enfant était le sien, la plus belle victoire d'une vie de rebelle. Pourtant, l'enfant ne bougeait plus. Lucas le prit dans ses bras et courut auprès de Xahra pour tenter de ranimer ce petit corps sans vie. Arrivé au bassin, il plongea à mi-cuisse dans la nappe boueuse pour y laisser flotter l'enfant. Au contact de l'eau, celui-ci se mit à bouger et à hoqueter. Lucas le fit rapidement pivoter sur le côté pour éviter qu'il s'étouffe, et les mains de Xahra s'activèrent autour du visage. Elle ôta la terre qui obstruait les narines, évacua deux doigts de terre de sa bouche. Puis Lucas aida l'enfant à recracher le surplus, pendant que Xahra lui lavait la figure. L'enfant était blessé au front, une coupure profonde. La jeune femme inspecta la plaie, la nettoya en douceur. Un des adolescents qui s'étaient approchés proposa son foulard.

L'ombre était rare. Xahra repéra une excroissance dans la roche qui permettrait d'abriter les enfants rescapés. Combien y en aurait-il ? Deux creuseurs avaient survécu, mais combien de morts à venir, combien de disparus ? Elle se surprit à calculer le nombre de corps qui pourraient tenir à l'ombre du rocher.

Puis il y eut ce déchirement, un nouveau fracas et un deuxième nuage de poussière vint obscurcir le soleil et le cœur de la jeune femme. Elle vit Siméon dégager du puits de mine un troisième adolescent que lui tendait Juju alors qu'une colonne poudreuse les enveloppait tous les trois. Lucas se précipitait déjà vers eux pour leur prêter main-forte. Elle se sentit survoltée, un arc d'énergie pure. Elle se rua à son tour pour leur porter secours.

Lucas voulut aider Siméon, le décharger de l'enfant. Mais il vit au même moment l'entrée de la mine s'affaisser et le visage de Juju disparaître lentement sous terre, bras tendus en détresse. Il se jeta au sol, attrapa l'une des mains du commandant, puis la seconde. Couché à terre, trempé d'eau et de boue, Lucas sentait son corps glisser, aspiré à son tour par l'effondrement minier. Xahra arrivait à la rescousse mais son premier geste fut pour l'enfant. Elle sortit de son champ visuel. Lucas continuait de glisser, comme si une force incontrôlable l'attirait au cœur de la terre.

D'un coup sec, le mouvement s'interrompit. Il sentit la poigne solide de Siméon retenir ses chevilles et l'arrimer à la vie. Les mains de Juju n'en poursuivaient pas moins leur fuite sous terre. Lucas était au supplice. Comment imaginer qu'il puisse lâcher les mains de ce sauveur d'enfants ? Lucas resserra son emprise sur les mains de Juju. Ces mains à leur tour se refermèrent sur les poignets du jeune homme. Sous terre, Juju bataillait lui aussi pour survivre et remonter à la surface.

Jamais Juju n'a pu expliquer les larmes d'impuissance qu'il versa à cet instant. En grand péril, il pleurait de rage pour trois autres enfants qu'il avait localisés et ne pourrait sauver. Une nouvelle fois cette terre d'Afrique l'empêchait de sauver ses jeunes frères, et ses larmes se changeaient en boue. Jamais le commandant n'oserait avouer cet instant de faiblesse. Son âme en sortait pourtant grandie. Quel genre d'homme pleure la perte d'un autre lorsqu'il est lui-même encore sous terre ? Ses poumons commençaient à le brûler. Des ondes colorées animèrent peu à peu la nuit de ses paupières, des images d'enfance, de paradis perdu, de parents aimants. Soudain, la lumière ! Une trouée se forma, l'air vint l'effleurer. À travers la boue qui recouvrait ses yeux, Juju aperçut, là, au bout de ses mains, le regard victorieux de Lucas.

L'eau de la cascade était fraîche, pinçait le cou, glaçait les épaules, mais elle apaisait les entailles et les contusions. Lorsque Xahra leur céda les lieux, les trois hommes, partagés entre deuil et hilarité, se décrassèrent à leur tour dans le bief de la rivière. Juju et Siméon savouraient d'être toujours vivants, comme un baptême après leur enterrement. Pour Lucas, il s'agissait d'un autre genre de naissance. Au fil de l'épreuve, le doute ne l'avait jamais étreint, l'évidence avait guidé ses gestes. Dans l'adversité, il savait désormais qui il était. Cette révélation avait eu les meilleurs témoins : il n'y avait plus de commandant Kabange, juste Juju, Siméon était à présent le « cousin », et ils formaient presque une famille. Lucas ne l'oubliait pas, il y avait aussi Xahra. C'est avec sa détermination et ses bras, ajoutés à ceux de Siméon, qu'ils étaient parvenus à tirer Lucas, et donc à sauver Juju, le dernier maillon de cette longue chaîne.

Volubile, un sourire noyé sous la cascade, Juju expliqua au Français pourquoi Siméon et lui s'appelaient les « cousins ». Le surnom remontait à une péripétie de l'enfance, lorsqu'ils avaient franchi ensemble la frontière pour devenir malgré eux des trafiquants d'or.

— Trafiquants d'or ? s'étonna Lucas.

— Oui. On n'avait même pas dix ans, on était alors plus jeunes que les enfants de cette mine.

Ces enfants, c'était un peu leurs frères. La famille s'élargissait. Juju et Siméon promirent à Lucas de lui raconter cette histoire, et celui-ci dut s'engager à partager leur repas.

Éreintés, trempés mais nets, les trois hommes retournèrent aux bassins où les jeunes creuseurs entouraient Xahra et les trois survivants. Les adolescents avaient trouvé, on ne savait comment, des bouts de tissu et des épingles pour confectionner des pansements de fortune. Xahra pleurait doucement en soignant le troisième des rescapés. Il ne devait avoir guère plus de sept ans, peut-être huit. Alors qu'il réalisait son très jeune âge, Lucas comprit que ce n'était pas une grande sœur qui le tenait ainsi lové dans ses bras. Il y avait trop d'attention dans ses gestes, trop de partage de la douleur. Les yeux de l'enfant répondaient avec ravissement aux regards que Xahra lui adressait derrière ses larmes. Lucas y décela un amour qui le dépassait, un tableau maternel dont il serait toujours hors cadre. Il posa sa main sur l'épaule de Xahra, dont les larmes redoublèrent. Ainsi réconfortée, la jeune femme put libérer son chagrin, laisser couler ses larmes pour toutes les victimes des guerres de l'or.

Cet enfant-là, au moins, avait survécu. Il grelottait de froid. Lucas retira sa chemise, la tordit pour obtenir un linge sec puis s'assit près du garçon pour l'en revêtir. Tous attendaient en silence et la magie opéra. Les tremblements de l'enfant diminuèrent, ses traits se détendirent et un peu de son bien-être enveloppa l'assemblée. Stimulé par la scène, un autre gamin vint se coller aux épaules nues de Lucas, pour s'y réchauffer à son tour. Convaincu à présent qu'il était à sa place, au lieu exact où il devait être, Lucas le laissa se blottir contre lui.

Combien de temps dura ce silence ? Personne ne s'en souvient mais tous savent qu'il fut doux. Lorsque le Français voulut se relever, l'enfant à moitié endormi s'attachait toujours à lui. L'enfant se recula en gémissant, puis tendit le doigt vers l'épaule de Lucas. Le petit groupe de creuseurs s'approcha avec curiosité. À l'arrière de l'épaule du Français, là où l'enfant s'était blotti, apparaissait une scarification discrète qui ne leur était pas inconnue : cinq bosses infimes reproduisaient la Croix du Sud.

23.

Uccle, avril 2017

— Dites-moi, Mina, pensez-vous que ce soient nos bureaux qui nous valent pareille attention ?

Sans quitter des yeux l'avenue, l'homme invita la secrétaire à le rejoindre en lisière de fenêtre. Sous la voûte des arbres en feuillaison, seules les berlines en stationnement rythmaient l'avenue Molière. Cependant, une touche unique d'élégance animait le trottoir opposé.

Sous le couvert des érables, Laura prenait la mesure de l'hôtel particulier des Singh. Quatre niveaux, trois larges fenêtres en façade, une alternance de pierre bleue et de briques à la flamande. Face à elle se découpait une porte cochère en fer forgé et verre dépoli encadrée de chasse-roues discrets. La pluie s'était retirée avec la nuit, et Bruxelles se la jouait soleil, le ton de la journée était donné. À travers la lumière du dépoli, Laura devinait le couloir qui menait autrefois les équipages bourgeois vers les jardins et, sur le côté, les premières marches de l'escalier d'apparat conduisant aux étages et à ses salons. Elle vérifia une dernière fois ses notes, se rejouait cette scène détestable mais si facile à interpréter où, preuves en main, la journaliste allait se confronter à sa cible, la réduire aux aveux, à la déroute d'un silence embarrassé ou à l'éclat d'une colère soudaine. Banderilles et mise à mort, les Singh ne s'en relèveraient pas. *Olé.* Elle appuya sur la sonnette, la porte s'ouvrit. D'une simplicité presque décevante.

En haut des marches, une secrétaire sans âge, cheveux teints, peau mate, l'attendait. Sans doute indienne, elle aussi, car lorsqu'elle accueillit la visiteuse, le roulement soyeux qu'elle donna à la langue anglaise transporta Laura quelque part entre la Porte de l'Inde et Chor Bazar.

— Laura De la Fuente, du quotidien *El Mundo*. Voici ma carte. J'aimerais parler à *sajjan* Singh. Mushtaqar Singh.

Laura n'attendit pas avant d'abattre son jeu. Si le banquier était dans l'immeuble, il ne résisterait pas à la curiosité de savoir comment une journaliste pouvait être à ce point bien informée.

— C'est à propos d'une société, HKM Ltd. H-K-M Limited…

Carte de visite en main, la secrétaire monta l'escalier, éclipsant les images de Mumbai. D'en bas, Laura n'entendit qu'un échange de sons feutrés, l'un aigu, l'autre grave. Le pas rapide de la secrétaire recommença à rythmer l'escalier glissando, mais il était suivi cette fois d'un pas plus lourd sous lequel le bois des marches travaillait. L'entrée du taureau dans l'arène, Laura avait gagné la partie.

— Madame…

Mushtaqar Singh était petit, carré, portait la moustache en vogue dans la finance indienne, mais l'attribut ne lui rendait guère justice. À mieux l'examiner, l'homme était bien plus jeune que Laura ne l'avait imaginé. Il portait un costume anonyme, sans cravate, et des lunettes teintées qui contrastaient avec les notes claires de sa voix. Sans charisme et pourtant plaisant, il se déplaçait sans jamais tourner la tête vers sa visiteuse, multipliait les pas de courtoisie. Il invita la journaliste à le suivre dans son bureau de travail, puis lui indiqua un fauteuil.

— Thé ? Thé, bien sûr. *Masala chai*, Mina !

— …

— J'étais intrigué par… Comment avez-vous dit ?

— HKM Ltd. Une société basée au Panama. Compte bancaire sur la Royal Bank of Canada, Bahamas.

Laura se mordit la langue. Rien ne justifiait de livrer ce détail bancaire hormis l'orgueil d'une journaliste étalant son savoir. Un secret éventé est un atout sacrifié.

L'Indien la dévisageait, un demi-sourire pour la convivialité, l'autre par amusement sincère, et le paravent des lunettes pour masquer tout étonnement.

— Comprenez-moi bien, madame De la Fuente, j'ai le plus grand respect pour le travail que vous avez accompli au Congo pendant la guerre. Vous voyez, je n'ai pas oublié votre nom, ni vos papiers enflammés aux côtés des rebelles de l'Est. À l'époque, je vivais à Kinshasa. Mais je ne dois rien aux médias, bien au contraire. J'ai encore les Panama Papers bien présents à l'esprit. Alors, pourquoi vous aiderais-je ?

Singh se tut, fit glisser ses mains sur le bois du bureau. Pour quelques minutes encore, la balle était dans le camp de Laura. Il laissa le temps à sa secrétaire d'apporter de larges tasses d'un thé dont le lait formait une pellicule en surface.

— Alors ?

Pour engager la lutte, Laura se résolut au mensonge, et expliqua qu'elle avait vu la signature des Singh au bas de l'acte de constitution, ou plutôt – illumination soudaine – au bas de l'acte de rachat de cette société panaméenne. L'Indien serait-il dupe ? Il pivota vers son ordinateur et le réveilla d'un mouvement de souris. Sur l'écran apparut un tableur dont Laura se prit à rêver qu'il liste les centaines de sociétés prête-noms que le banquier couvrait, leur juridiction et date d'incorporation, leur siège social, la liste des administrateurs. Si Laura avait osé se lever et contourner le bureau pour y regarder de plus près, elle aurait pu lire sous une colonne le nom des bénéficiaires, *Ultimate Beneficial Owners*. Ou plutôt leur nom de code sous la forme d'un nombre à quatre chiffres – les Panama Papers avaient rendu les comptables prudents.

L'Indien se détourna de son écran et plongea ses yeux dans ceux de la journaliste.

— Je vais commencer par vous étonner. Oui, je connais la société dont vous me parlez. Je peux vous confirmer que c'est nous qui en assurons la gestion. Voilà un scoop et je vous autorise même à me citer. Avouez que nous ne pouvons être plus transparents !

L'Indien cédait du terrain, c'était le moment d'avancer, de tenter une percée de ses lignes de défense. Quels intérêts étaient dissimulés derrière cette société, pouvait-il les confirmer ? Le banquier évoqua des hommes de paille, fidèles paravents de la maison, et admit l'existence d'un « personnage très intéressant ».

— Le président Joseph Kabila ?

Le banquier ne se départait pas de son demi-sourire malgré l'enregistreur de Laura posé sur la table.

— Vous pouvez tenter votre chance, je n'en dirai pas davantage. Je pense m'être montré plutôt ouvert jusque-là, non ?

— C'est ce que j'aimerais comprendre. Vous dites ne pas avoir oublié les Panama Papers, mais vous me recevez. Et vous me parlez.

— Ai-je le choix ? Vous êtes si bien renseignée…

Ce compliment exagéré, cette basse défausse… Un signal d'alerte retentit dans la tête de Laura ; ses attaques fendaient le vide. Elle eut soudain la conviction que Mushtaqar Singh plantait ses propres banderilles et se moquait d'elle.

Il se pencha vers une boîte minuscule, triangulaire et ouvragée. Quand il l'ouvrit, un parfum de fenouil, de menthe et d'anis se répandit. Ses doigts prélevèrent une pincée de *pan masala* qu'il porta à la bouche. Il n'en proposa pas à la journaliste. Laura ne put prévenir le contre-pied qu'il allait lui infliger.

— Je me plais à vous parler parce qu'il est trop tard. Derrière HKM Ltd, vous auriez pu trouver un personnage très intéressant de la vie congolaise – vraiment, je vous guide – pour autant que vous soyez venue à temps ! Je ne tombe pas des nues, vous l'aurez remarqué, et depuis quelques semaines je m'attendais à une visite comme celle dont vous m'honorez.

Le banquier se redressa, faisant à présent face à Laura de toute la largeur de ses épaules. Il parla d'abondance, visiblement de mémoire, comme s'il ne vivait que pour ce dossier. La jeune femme en resta étourdie, confondue. Elle savait si peu de choses, en définitive : un nom de société, un compte bancaire, quoi d'autre ? Elle ravala sa fierté. Elle était ici pour compléter ses informations, ce ne serait pas une mise à mort. À moins qu'il ne s'agisse de la sienne ?

— Je voudrais à mon tour bénéficier de notre échange, reprit Singh. Je suis intrigué, c'est vrai. Sans vous demander de dévoiler vos sources, je voudrais connaître le profil de votre informateur. À n'en pas douter, c'est un spécialiste…

Pour toute réponse, Laura joua son dernier atout, déplia la photocopie d'une capture d'écran qu'elle tendit au banquier. On ne pouvait y lire qu'un montant, un donneur d'ordre, le numéro de compte aux Bahamas d'une mystérieuse société HKM Ltd. Le banquier émit un sifflement, puis reposa le document sur son bureau.

— Un spécialiste doublé d'un orfèvre, madame. Mes félicitations !

L'affrontement devenait humiliant. Tout en parlant, l'Indien recopiait sur un bloc-notes les données du document.

— Un spécialiste, car il faut être un initié pour connaître l'offshore dont vous me parlez. Nous l'avons démantelée il y a deux mois à peine, c'est pour cela que je suis à l'aise pour vous en parler. Pourquoi avons-nous abandonné l'ancienne offshore ? Parce que nous avons accepté d'en faire communication à huis clos aux Nations unies dans le cadre d'une enquête sur les patrimoines des dirigeants africains. Très peu d'États disposent de cette information, qui n'est pas publique. Votre source est donc un spécialiste. Ce doit être quelqu'un qui travaille ou a travaillé jusqu'à il y a peu pour un État.

— C'est votre interprétation. Il peut s'agir d'une fuite, d'un travail de hacker.

Mushtaqar Singh se tut. La SiBank victime de hackers, était-ce à exclure ? Encore faudrait-il percer le secret des bénéficiaires, la liste des chiffres codés. Le banquier parut y réfléchir, faisait durer le silence. Puis, sans trembler, il porta un coup d'estoc.

— Ce n'est pas le cas, et je peux le prouver. Étonnant, non ?

Le banquier affichait un sourire définitif. Il demanda à Laura d'éteindre son enregistreur et se risqua à pivoter l'écran vers elle. Elle y découvrit un tableau comptable.

— Jamais la transaction indiquée sur votre document n'a eu lieu. Comme vous le voyez, nous avons tenu un registre des crédits et débits bancaires de l'offshore du… de ce grand homme de la vie congolaise. Nous avons déjà transmis ce document aux Nations unies, sous le sceau du secret des affaires. L'opération que vous mentionnez n'y figure pas. Ni à cette date, ni à une autre. Votre source n'est donc pas un hacker, c'est un faussaire. Un orfèvre, je vous le concède, mais un faussaire.

Fin de l'affrontement. Laura était à terre, une tache de sang dans la sciure. Mushtaqar reprit une pincée de *pan masala* et se mit à jouer avec les graines dans la paume de sa main.

— S'il ne faut que cela pour vous faire condamner, madame, nous nous ferons un plaisir d'en déposer copie devant un tribunal madrilène. Voulez-vous vraiment vous ridiculiser ?

24.

Luhwinja, avril 2017

— Personne ?

Le bureau attribué au maître d'école semblait immense aux yeux de Xahra. Il était vide. Les étagères sans cartons, sans classeurs, composaient une décoration murale abstraite, un non-sens dans lequel s'abîmait la fonction de chef de village qu'il assumait.

— Cet enfant n'a pas de parents ? Personne ?

Mal à l'aise derrière sa table en bois blanc, le vieux maître oscillait doucement de la tête.

— Non, pas de famille, un cas rare. Un véritable drame.

Résigné, il referma le registre de toile puis le lissa trop longtemps de la paume de sa main. La fibre de sisal lui râpait la peau, le détournait de la honte et de l'impuissance qui lui brûlaient le cœur.

Tout le pouvoir administratif du vieux maître semblait se réduire à cette table, cette chaise et l'unique registre fatigué du village. Hélas l'enfant n'y figurait pas. Le dernier des survivants de la mine n'avait pas d'existence légale, pas même une ligne au registre d'état civil, aucun acte de naissance, pas trace de scolarité, même éphémère, nulle mention familiale au cadastre. Pas un bruit, pas la moindre odeur, un véritable orphelin. Xahra n'y avait jamais cru, et pourtant à cet instant elle tenait la main chaude et fragile d'un gosse perdu.

— Je tiens à jour les registres de la chefferie, Xahra, et nous ne lui connaissons aucun parent. Il vivait avec son grand frère, qui a lui-même disparu lors de l'accident.

— Deux frères sans famille. De quoi vivaient-ils ?

— Juste de la mine. Ils vivaient de leurs deux récoltes de minerais. Maintenant que la mine s'est effondrée, ce qu'il lui faudrait, c'est venir en classe. Je le prendrais en main. Mais qui va le nourrir, l'habiller ? Je n'ai pas assez de ressources…

Xahra remercia le maître d'une main posée sur l'épaule, prit l'enfant dans ses bras et revint à pied au centre du village. Les trois hommes y partageaient le deuil des familles dont ils n'avaient pu sauver le fils, d'autres les remerciaient pour le miracle accompli. Trois morts, trois survivants. Étrange partage. La jeune femme regarda l'enfant.

— Comment tu t'appelles ?

L'enfant chuchota. Il s'appelait Aimé, tout un programme.

— Et ton frère ?

Le frère perdu s'appelait Trésor. Des vies inscrites dans un prénom.

— Que va-t-on faire de toi, mon poulet ?

Elle reposa l'enfant à terre.

— Allez, on va se donner du courage et continuer un bout de chemin ensemble, tu veux ?

L'enfant restait muet. Xahra alimenta seule un flot de paroles qui l'aidait à conserver son énergie.

— Je ne serai jamais ta mère, mais je pourrai toujours être ta grande sœur, n'est-ce pas ? Le maître d'école pourrait être ton ami, tu sais !

Aimé la dévisageait, il semblait déboussolé.

— Tu aimerais aller à l'école ? Il faudrait aussi passer au dispensaire, voir un médecin. Te trouver des habits…

Lorsque Xahra revint à sa hauteur, Lucas l'interrogea du regard. Qu'allait-on faire de l'enfant ? Elle était lasse, n'avait pas de réponse immédiate à cette question. Toutefois, quelque chose en elle travaillait, forçait son chemin, mais n'était pas parvenu à son terme. Elle restitua à Lucas sa chemise.

— Il s'appelle Aimé. C'est tout ce que j'ai obtenu.

L'enfant posa sur eux un regard interrogateur, voilé de fatigue.

— Bien, dormons dessus. Juju et Siméon nous invitent à retourner au camp. Tu n'as pas faim, Aimé ?

Lucas découvrit avec un œil nouveau la cuisine de campagne qu'il avait vue se construire plus tôt dans la journée. Un combattant commençait à débiter le bois ramassé par Jean de Dieu, les denrées brutes sortaient de la case dévolue au garde-manger – riz, tomates, oignons, manioc –, et aux branches basses d'un arbre pendait la volaille qui attendait d'être plumée. Xahra, Juju, Siméon, Aimé s'installèrent en demi-cercle, adossés aux arbres et aux caisses de matériel de cuisine. Lucas en profita pour relancer Juju sur son enfance.

— C'est quoi, cette histoire de trafic d'or ? Gamins, vous avez été trafiquants ?

Siméon se tourna vers son « cousin » Juju et lui sourit, tel un encouragement à ouvrir leur livre de souvenirs.

— Siméon et moi, on est nés un peu plus au sud, commença Juju, sur la rive du lac Tanganyika. L'endroit s'appelle Fizi, un village de pêcheurs. Le pays s'appelait alors Zaïre, et sur l'autre rive c'était le Burundi. On habitait une colline heureuse, sans tracasseries mais sans argent. Mon père, ma mère, mon frère et mes amis, c'était mon monde. Un peu de volaille, des fruits, des oignons, des tomates, des plantains, du poisson *mukeke*… Je n'ai jamais manqué de rien. Le soleil était doux, et nous nous baignions dans les eaux du lac. Dans ma famille, j'étais l'aîné, le poids plume qui monte aux plus hautes branches. Ma mère m'a envoyé à l'école très tôt pour que je sois le meilleur lorsque j'aurais l'âge de suivre les classes primaires. Quand ce moment est arrivé, j'avais six ans et l'économie du pays a basculé. J'étais au rendez-vous, mais c'est le professeur qui était parti. La classe était vide. Mobutu ne payait même plus la solde des militaires. Des émeutes et des pillages se sont produits à Kinshasa et dans les grandes villes. Ma mère était aux champs. Je devais rester à la maison pour m'occuper de mon petit frère. Je lui racontais des fables, lui donnais à manger, lui lisais mon premier cahier comme si j'étais devenu, moi, le professeur.

Juju se leva pour mimer la famille, son jeune frère, les repas de fruits, ses leçons... L'instant d'après, il se transforma en colonial, singeant l'arrogance et la roublardise.

— L'homme venait de Belgique, expliqua le rebelle. Il nous a vus, il a appelé notre mère et lui a dit qu'il pourrait nous confier à une école, là-bas en Europe, « dans l'intérêt des enfants africains et pour la joie des familles adoptives ». Ma mère a ri, la bonne blague, elle ne voulait pas nous quitter des yeux. Mais l'homme insistait : « Ils pourront revenir à dix-huit ans, quand ils auront un diplôme. Ils seront toujours vos enfants. Ne les condamnez pas à votre misère. »

— *Votre* misère ! C'est bien ce qu'il a dit, confirma Siméon. On était coupables d'être pauvres.

— Cet après-midi-là, souffla Juju, mon frère et moi sommes montés dans sa jeep, riches des seuls vêtements que nous portions. Ma mère pleurait mais elle avait obtenu la promesse qu'on serait éduqués et qu'on lui reviendrait bientôt. De bien vilaines paroles.

Siméon hocha la tête.

— Ce que ma mère ignorait, continua Juju, c'est que le Belge avait fait le tour de tous les villages de la colline, et de toutes les collines des deux Kivu et même du nord du Burundi. Il dépeuplait les collines de leurs plus jeunes enfants pour les offrir à l'adoption. Douze mille dollars par enfant. Des documents avaient déjà été signés et échangés. Mais qui peut croire que la terre et le sang s'échangent contre du papier ? En apposant l'empreinte de leur index, nos mères signaient des documents qu'elles ne savaient pas lire. Elles nous avaient déjà perdus par cette seule phrase : « Je consens à voir "mon" enfant adopté ou placé. » Leur lien de sang était isolé, questionné, mis à distance entre guillemets. Bien sûr, on ne devait jamais revenir à Fizi. Mon petit frère n'avait que douze mois.

Juju prit une baguette, réveilla le feu et revint s'asseoir près de Lucas et Siméon.

— C'est là que notre histoire commence, à Siméon et moi. Comme à chaque voyage, une quinzaine d'enfants avaient été regroupés à Bukavu, et installés à bord d'un minibus Volkswagen. Après que le Belge avait récolté des dizaines d'autorisations à l'adoption auprès du gouverneur, il nous faisait prendre la piste de la corniche pour gagner Uvira, puis quitter le Zaïre pour rejoindre Bujumbura où la vie serait soi-disant plus belle. En réalité, le Burundi était une gare de triage pour gosses à vendre. Comme il n'y a pas de petit profit, avant de gagner la frontière, le Belge m'a donné un carré de tissu pour que je le noue aux fesses de mon petit frère. Dans cette sorte de lange, il a placé quatre kilos d'or presque pur. Avec un pareil paquet sur les genoux, mon frère lesté d'or, je ne pouvais plus bouger du véhicule. C'était le début de l'or zaïrois trafiqué vers le Burundi, puis réexporté comme or burundais. On a passé la frontière sans encombre, mais mon petit frère s'est vengé pour nous deux, s'esclaffa Juju.

Il marqua une pause.

— Quand j'ai rendu les langes au Belge, il y avait dedans bien plus de quatre kilos.

Siméon était hilare.

— C'était toi, devina Lucas. Vous êtes frères ?

— Non, j'étais dans le même convoi, dit Siméon. Dans le même véhicule. Moi je suis le cousin, né aussi à Fizi. Juju, son petit frère et moi, on s'est retrouvés au Burundi, dans une grande maison de Bujumbura que le Belge avait rebaptisée « orphelinat ». Un orphelinat ! On avait tous des parents, mais on ne pouvait rien dire, le Belge nous menaçait. Lorsque des visiteurs blancs entraient dans la maison, on devait se taire. Ou dire qu'on avait perdu nos parents. Si on parlait, il nous battait.

— C'est comme cela que j'ai perdu mon petit frère, reprit Juju. Il allait avoir seize mois. Pour l'adoption, c'est un âge qui se vend bien. Comme d'habitude, je lui donnais ses repas, dans le jardin sous les arbres à feuilles rouges. Un matin, ils sont venus le chercher et l'habiller pour partir en avion jusqu'en Europe. Lorsqu'ils m'ont laissé l'embrasser, j'ai remarqué qu'ils avaient épinglé sur son maillot de corps une étiquette avec son nouveau prénom, son nouveau nom. J'ai pris mon stylo-bille d'écolier et j'ai griffonné sur l'étiquette le prénom qu'il avait toujours eu pour moi. Lulu. Il s'appelait Lucien. Lulu, c'était facile, je savais l'écrire.

Les premières flammes montaient du foyer, la résine répandait son parfum. Les paroles déliées de Juju et Siméon se mêlaient aux fumées pour composer un conte d'exode où se retrouvaient leurs souvenirs d'enfants et leurs espoirs déçus. Nulle fable pourtant, car depuis longtemps déjà ces trafics étaient documentés avec minutie à Paris, Bruxelles, Bonn puis Berlin, et ces vies d'enfants volés, conservées telles les fleurs séchées d'un herbier, alimentaient jour après jour de forts volumes les archives prudemment enterrées de trois États au moins.

En toute simplicité, le récit des deux conteurs confirmait ces documents enfouis, les validait par leurs souffrances. Vrai, personne n'adopte un gamin noir de six ou sept ans. Siméon et Juju étant les aînés, ils étaient restés de longs mois à l'orphelinat, d'où leurs proches étaient partis un à un vers la France, la Belgique, les Pays-Bas, l'Allemagne, le Luxembourg. Des dizaines, des centaines d'enfants-marchandises réservés par leurs futurs parents. Certains seraient catholiques et parleraient français. D'autres ne seraient confiés à l'adoption que si leurs nouveaux parents acceptaient d'embrasser le culte protestant. Sur les rives du lac se jouait une nouvelle guerre du Tanganyika entre Belgique, France et Allemagne où les conquêtes portaient des prénoms d'enfant.

Aux arrière-postes, un trafic d'attestations s'était organisé entre le Zaïre et le Burundi, entre gouvernorats et ambassades. « Attestation d'orphelin, de sans famille, de consentement à l'adoption ou au placement », tel en était l'intitulé exact. Un siècle et demi après l'abolition de l'esclavage dans les colonies, le trafic de bois d'ébène avait repris sous une autre forme.

L'épopée de Juju prenait un tour amer. Il y dénonçait les vols de nouveau-nés justifiés par des motifs humanitaires : l'Occident voulait sauver les enfants de guerres qu'il avait lui-même déclenchées pour s'enrichir. Il aurait voulu rire du « droit à l'enfant » que les couples blancs s'inventaient, alors que les gamins comme leurs parents n'avaient même pas eu droit à une vie. L'Europe pillait à la fois les mines et les mineurs d'âge, avec la complicité de l'élite africaine.

— C'est là qu'est née notre rage, dit Juju en dévisageant Siméon puis Lucas. Nous nous vendions nous-mêmes à l'Occident. Le Zaïre désignait des tuteurs qui s'acoquinaient à des passeurs en cheville avec des intermédiaires. Ils arrosaient gouverneurs, chefferies, douaniers, puis au-delà de la frontière magistrats et consuls, refilant la note à des parents d'Europe qui se seraient endettés à vie pour avoir un enfant. Faux orphelins, faux documents. Le trafic de gamins était un nouveau colonialisme dont l'Afrique n'était plus seulement victime mais complice. Ces fausses adoptions n'auraient jamais été possibles sans les dessous-de-table versés aux gouverneurs de province de Mobutu, des gouverneurs qui avaient eux-mêmes payé Kinshasa pour conserver leur poste. C'est ainsi que notre sang, le sang des enfants, alimentait la capitale. Il en allait de même au Burundi où les trafiquants d'or et de nickel pouvaient mettre la main sur une marchandise nouvelle. Je ne te parle même pas de ces parents originaires de France, des Pays-Bas ou de Belgique qui acceptaient de financer par leurs dons ce qu'ils pensaient être des orphelinats. Ils avaient bien trop peur du sida pour venir jusqu'ici vérifier par eux-mêmes de quels trafics nous naissions.

— C'est pour cette raison que vous avez pris les armes ?

— Pas seulement. Mais c'est aussi parce que j'ai vu tout ça. Les enfants des mines savent que j'ai été comme eux, ils comprennent que je ne les lâcherai jamais. J'ai perdu un petit frère il y aura bientôt trente ans. Dans les mines, j'en ai trouvé des milliers d'autres.

Lucas ressentit un malaise. Le témoignage des deux amis virait au procès. Il ne parvenait pas à adhérer au discours de Juju.

— Moi, j'ai été adopté et je m'en porte bien. Adopté au Burundi, éduqué en Europe comme promis. De retour aujourd'hui pour aider l'exploration minière du Congo. Il me semble que mon histoire contredit la vôtre, non ?

— Tu te sens bien parce que tu n'as pas de passé, pas de souvenir du passé. Mais toi-même, est-ce que tu es bien certain d'être orphelin ? Le Belge que j'ai connu trafiquait aussi des enfants du nord du Burundi, de Ngozi, de Kirundo.

Juju s'interrompit. Il mesurait la portée de ses insinuations.

— Regarde bien ton passeport, Lucas. Ça m'a sauté aux yeux. Tu penses savoir où tu es né. Mais quel jour es-tu né ?

Lucas rougit. Le 29 février 1989. Une année qui n'était pas bissextile. Une erreur de transcription, que l'état civil français avait scrupuleusement transformée en 28 février sur son passeport.

Est-ce que je me mentirais ?

— Ce n'est peut-être qu'un hasard, mais ce n'est guère probable. Il y a eu trop d'enfants dans ton cas. Moi, j'y vois plutôt une falsification cynique et délibérée, pour brouiller les pistes. À moins que ce ne soit un signal d'alarme, une sorte de bouteille à la mer jetée par un fonctionnaire provincial qui avait tout compris de ce trafic d'enfants, mais ne pouvait le hurler. Comme il ne pouvait empêcher ce crime, il y aura volontairement glissé des invraisemblances.

Le visage de Juju s'éclaira, comme un enfant prenant plaisir à réinventer une histoire.

— C'est cette version que je préfère. Au moment de produire des extraits de naissance et attestations d'état, un fonctionnaire les sabote dans l'espoir de nous sauver. Nous sommes ainsi quelques centaines à être nés officiellement un 29 février. Moi, c'était en 1984, année bissextile, je ne peux même pas évoquer l'évidence d'un scandale.

— Alors toi et Siméon… Que vous est-il arrivé ?

— Trop âgés, nous sommes restés sur le carreau à Bujumbura. J'en ai voulu à ma mère, qui croyait que les Blancs nous laisseraient revenir chez nous à la majorité. J'ai pleuré le départ de mon frère. Ensuite, on a perdu deux ans à attendre. On faisait le mur pour rejoindre les gamins des rues, et c'est là qu'on s'est endurcis. Comme l'orphelinat commençait à comprendre qu'on ne serait jamais adoptés, le Belge a donné des ordres. « J'ai été clair, aucun enfant ne peut rester une ou deux années au home, c'est financièrement impossible, et ces enfants bloquent des places que d'autres attendent. » Texto. Peu importaient les gamins, seul le roulement de marchandises fraîches comptait. Un soir, Siméon est venu me retrouver dans le dortoir et nous nous sommes enfuis. Le Belge était sans doute heureux de nous voir partir, il nous a laissés filer. Mais il y a eu autre chose.

Les narines de Juju se crispèrent comme s'il sentait encore l'odeur des premières nuits de la saison des pluies, lorsqu'une nature trop mûre se laisse nettoyer par les averses et exhale ses parfums gâtés.

— On s'est fait la belle une nuit d'octobre, à la fin des mois les plus chauds. On avait entendu des coups de feu dans toute la ville. Subitement, certains de nos amis des rues étaient armés, d'autres avaient été tués à coups de machette. Pour eux nous étions à nouveau zaïrois et eux, le reste de la bande, étaient les enfants élus du Burundi. C'était la guerre civile. Ce soir-là, on n'avait plus d'amis, on n'était plus que nous deux, Juju et Siméon, Siméon et Juju. On a échappé au massacre, franchi en sens inverse la rivière Rusizi, repassé clandestinement la frontière. Et nous sommes revenus au village.

— Mais nos familles avaient disparu, poursuivit Siméon. La guerre montait au Zaïre, nos parents avaient fui les violences et abandonné leur maison. En quittant le village natal, ils avaient renoncé à l'espoir de nous retrouver un jour. On est restés là, incapables de poursuivre notre route et notre histoire. Comme un livre dont les pages auraient été arrachées.

25.

Zurich, octobre 2016

Une silhouette remontait le fairway, satisfaite sans doute d'avoir lobé le massif d'arbres et placé sa balle, ni trop longue ni trop courte, au centre même du dernier green du Dolder Golfclub, à moins de trente mètres du jardin privé où se tenait le Russe.

Belle fin de saison aux odeurs de foin et vanilline, ce serait un trou bien en dessous du par, songea Musa en regardant la silhouette se déplacer. Il arpenta mentalement l'espace de quiétude dont il jouissait ici, en plein cœur de Zurich. Hormis ces bruits de clubs sur la balle, pas un cri, pas l'ombre d'un enfant. Pourquoi Boris se compliquait-il la vie avec son Alexander de petit-fils ? Le paradis véritable était ici, trente ares arborés complétés par les huit hectares voisins de rough et de green. Pour acquérir ce refuge, il est de puissants qui tueraient.

Musa s'était établi à la lisière du Dolder, depuis cinq ans déjà. À l'époque, un agent du renseignement suisse avait tourné autour de l'immeuble sans même tenter de se dissimuler. Pas trop finaud, mais très, très bien informé. L'agent avait joué franco, Musa en demeurait étonné aujourd'hui. Il connaissait presque tout de sa vie : les filières chrome et pétrole, la *Neftemafia* d'Odessa, ses relations personnelles avec Poutine, même l'épisode du lupanar flottant dans les eaux italiennes. La tête vous tourne lorsqu'un service étranger vous résume votre vie, dévoile l'étendue de votre propre carnet d'adresses numérique, résume vos manies à des algorithmes dont vous ne soupçonniez pas même l'existence. Musa avait été mis à nu. Du renseignement trop intrusif pour être suisse, trop exact pour être américain. À poil, il allait s'enrhumer. Il avait commencé à tousser lorsque l'agent lui avait dit pourquoi il venait à sa rencontre. Son service, le NDB, *Nachrichtendienst des Bundes*, voulait placer des micros-canons dans le fond du jardin du Russe pour capter les conversations des débuts et fins de partie de golf. Musa avait accepté sans ciller. Depuis, Moscou disposait de copies de ces enregistrements de « conversations sur le green » que la Suisse réalisait le plus souvent sur instruction de Washington. Rien de plus que de l'espionnage industriel.

Plus épatant encore, au prétexte que Musa abritait du matériel de captation appartenant aux autorités fédérales, les Suisses l'avaient répertorié comme « honorable correspondant ». En clair, il était devenu un allié, une source que n'importe quel agent était autorisé à démarcher en toute confiance. Des benêts.

— Clemenz ! Vous avez fait bonne route ?

Musa se plia de bonne grâce au russe approximatif de l'agent suisse. Une mondanité un rien laborieuse, mais le Genevois appréciait cette mise en pratique des cours du soir qu'il s'imposait.

— Alors, Musa, comment se porte la diplomatie russe ? Je n'y comprends plus rien. On a presque l'impression qu'une victoire de Trump à la présidence vous ravirait. Rassurez-moi ?!

— Si j'en savais davantage, je serais heureux de pouvoir vous éclairer sur les arcanes du Kremlin.

La main du Russe invita Clemenz à gagner la terrasse et le jardin.

— Nous vivons des moments étonnants, c'est vrai. Même si le résultat des élections de novembre ne me semble pas faire de doute. Pour ma part, Trump n'a aucune chance. Mais vous avez raison, Clemenz, ce n'est pas ce que tout le monde souhaite au Kremlin. Étrange, n'est-ce pas ?

La glace avait rendu la vodka cristalline et crémeuse, une caresse pour accompagner la truite fumée de Montreux. À cinquante mètres de là, d'autres joueurs montaient à l'assaut du fairway.

— J'ai cru lire qu'un des vôtres avait eu des déboires en Allemagne, commenta Musa. C'est plutôt rare de voir un agent suisse intercepté en mission d'infiltration dans un pays de l'Union européenne, non ?

Silence de coffre suisse.

— Rassurez-vous, Clemenz, j'ai souhaité vous rencontrer pour parler d'autre chose. Vous rappelez-vous notre conversation de juin dernier, juste après les Panama Papers ? Lorsque ces journalistes ont une nouvelle fois allumé notre président Poutine et votre système bancaire ? Vous me disiez vouloir votre revanche. Vous imaginiez bâtir de toutes pièces une fausse fuite, sur la base des informations dont disposent vos banques, mais où tout aurait été altéré, faussé. Histoire de discréditer les lanceurs d'alerte et les journaux trop agressifs.

L'œil de Clemenz brilla. Musa avait capté son intérêt.

— *Ein Rattenfalle*, me disiez-vous, un piège à rats. Je vous avais mis en garde, une contrefaçon absolue vous trahirait certainement… Il semble que vous ne m'ayez pas écouté. Selon la presse allemande, vous êtes passé à l'acte. Un agent infiltré de votre NDB aurait été démasqué au cœur de l'administration fiscale allemande. Pour un pays qui se targue de transparence, cela fait mauvais genre, non ?

Un ballet de toasts fumés et shots de vodka tentèrent de masquer l'embarras du Suisse. Musa poursuivit :

— Mais retrouvez votre sourire, j'ai mieux ! Rien moins que la copie du prochain « leak », qui ne manquera pas d'éclabousser une fois encore la Confédération. J'en suis déjà désolé pour vous…

Musa fit glisser sur la table un disque mémoire à peine plus grand qu'une carte de crédit. Son cadeau personnel au renseignement suisse.

— Il y a beaucoup d'Africains dans ces nouvelles fuites. Cela s'appellera peut-être « Africa Leaks », qui sait ? Je vous l'offre. Cela vous permettra de vous y préparer avant même que le scandale n'éclate.

— Comment l'avez-vous obtenue ?

— Disons que rien n'aurait été possible sans notre ami, le président de Djibouti. Il est fort malade, il a l'œil jaune, mais il garde la haute main sur les richesses de son pays-confetti : aéroport, port en eau profonde… Et au cœur de l'État, pas moins de onze câbles sous-marins relient l'Afrique au monde entier. Toute l'Afrique. Si vous voulez tout savoir de l'activité numérique de l'Afrique – et, avec un peu de chance, de la planète –, il vous suffit de pomper ce qui passe sur les câbles de Djibouti. Puisque ces interceptions se déroulent dans un pays d'opérette, vous n'avez même pas besoin de rendre des comptes à un parlement. Vous imaginez ?

Le Suisse demeurait sans voix. Musa s'engouffra dans ce silence.

— Ce que je vous offre ici, Clemenz, c'est un joker de poids. Plus besoin d'agents infiltrés en Allemagne ou aux États-Unis pour tenter de savoir qui vend quoi, quels jeux de données bancaires circulent, qui sont les lanceurs d'alerte et quel scandale fiscal va éclater. Vous avez tout en main dès le début.

Musa fixa son regard sur celui de Clemenz.

— Ajoutez à cela qu'il s'agit d'une mine de renseignements sur les opérations financières africaines. Où la Suisse n'a guère de relais, si je ne me trompe. Imaginez ce que cette fuite peut vous rapporter si Berne l'utilise commercialement avant publication…

Clemenz continuait de garder le silence

— Vous informez les chefs d'État africains qui ne sont pas encore vos clients, tous ces hommes d'affaires et députés dont les noms sont mentionnés, bref, les prochaines victimes de cette fuite. Vous les incitez à quitter massivement leurs placements offshore avant que le scandale n'éclate, pour tout ramener chez vous, comme au bon vieux temps. Ceux qui sont déjà en Suisse, vous leur permettez de « restructurer » leurs dépôts. Et le jour de la publication de ces leaks, vous aurez pris à contre-pied ces fichus journalistes. Imaginez les procès que les banques suisses pourraient remporter, la déroute des médias, peut-être même la liquidation judiciaire de certains journaux parmi les plus prestigieux au monde… Pas mal, non ?

Le Genevois restait coi. Son terrain de prédilection, c'était le contre-espionnage. La désinformation était un territoire nouveau, dont il peinait à mesurer l'importance.

— Et en retour ?

— Nous ne voulons rien d'autre que cela, la mort des réseaux de journalistes d'investigation. Le grand retour de flamme. Nous tuons la crédibilité des journalistes, vous sauvez vos banques. Santé ?

Les deux hommes trinquèrent. La crédulité du Suisse n'avait pas de limite. Peut-être le Russe pourrait-il pousser son avantage un peu plus loin ? Ils avaient encore leur verre à la main quand Musa se jeta à l'eau.

— C'est vrai, oui, quelque chose nous ferait plaisir. Si vous me l'obteniez, je pourrais même

26.

Brousse de Luhwinja, avril 2017

Le feu de camp avait pris une belle ampleur, la colonne de fumée envoyait ses messages aux estomacs. Les rebelles mangeraient bientôt. Le récit de Juju et Siméon n'était pas arrivé à son terme, pourtant les premières étoiles perçaient un ciel encore clair. Lucas comprit que sa folle journée de liberté arriverait bientôt à son terme. Les relevés GPS qu'il envoyait ne suffiraient bientôt plus à rassurer son employeur. Il lui restait encore une heure, peut-être deux, avant que Baron Mines s'inquiète de son absence prolongée. Le bulletin d'alerte serait ensuite inévitable.

Plusieurs pièces manquaient cependant à son puzzle, comme ces mines antichars. Qui les avait placées et pourquoi ? Si ce n'étaient pas les hommes de Juju, pourquoi certains des proches du commandant lui semblaient-ils à ce point hostiles ?

Son regard s'attarda sur les hommes agglutinés autour des marmites. Parmi eux, il reconnut à nouveau l'adolescent aux traits durs et fermés qui, ce matin à l'école, l'avait dévisagé avant de s'enfuir. Il était resté au camp après la corvée de bois.

Jean de Dieu, c'est cela ?

Était-ce vraiment un adolescent ? Il était là, à quinze mètres à peine, presque aussi à l'aise que n'importe quel homme de la troupe. Il s'activait, parlait et prenait grand soin d'un autre personnage resté en retrait, pieds nus, dans l'attente d'un repas. Lucas était certain d'avoir déjà vu ce visage, il le scruta longuement sans parvenir à l'identifier. Jusqu'à ce qu'il aperçoive à ses côtés la paire de bottes rouges dont il s'était délesté. Les meilleurs ennemis de Baron Mines, présents ici au sein de la rébellion ? Peut-être était-ce un signe.

Lucas devait d'abord connaître la fin de l'histoire avant de rentrer au camp. Dans la chaleur et les odeurs montantes, Siméon achevait le récit de Juju. Lucas se garda de l'interrompre, mais il conservait un œil sur Jean de Dieu et son père.

Siméon avait treize ans, le futur commandant Juju allait en avoir dix. Leurs familles avaient disparu, déserté Fizi. Pour manger et calmer leur rage, ils prirent les armes comme leurs amis du Burundi. Ils se firent enfants soldats. Puis vint la guerre de 1997. À cette époque, expliqua Juju, la forêt bruissait à nouveau du nom du trafiquant belge. Jamais il n'avait arrêté ses trafics, mais les premiers enfants enlevés avaient grandi, ils commençaient à parler. Les plaintes affluaient. Un jeune journaliste de Bruxelles était venu jusqu'ici pour parler aux villageois, entendre la rumeur des hameaux, suivre le bruit des tambours et tenter de comprendre le désarroi de ces mères privées d'enfants. Siméon et Juju s'étaient ingéniés à laisser quelques indices sur son chemin.

— C'était un bon journaliste, il a fait le reste. Il a retrouvé les bordereaux des trafiquants, la liste des noms des enfants volés.

— Et ?

— On nous a dit qu'un scandale avait éclaté, là-bas en Europe. La radio de Bukavu en a parlé. Le trafiquant belge a été poursuivi, ses trafics se sont interrompus. Mais aucun enfant n'est revenu. Ils avaient grandi, ils avaient pris racine là-bas. Ça aussi, le journaliste avait dû le comprendre.

Lucas sentit que le moment était venu de parler des mines, d'évoquer leur guérilla perpétuelle. Xahra fut plus rapide.

— Aujourd'hui vous n'êtes plus des enfants, dit-elle en pointant du doigt la fatigue des vareuses militaires et casquettes guévaristes. Pourquoi cette guerre permanente ? Jusqu'à quand ? Pourquoi avoir vous-mêmes enrôlé des enfants soldats ?

Elle désigna un adolescent assis aux côtés de Jean de Dieu, vêtu d'une sorte de chemise militaire enfoncée dans son jean.

— Parce qu'ils sont orphelins ! s'exclama Siméon. Parce qu'ils n'ont plus rien. Comme Aimé. Et parce que nous nous soucions de chacun d'eux.

Dans ses yeux se reflétaient les flammes du feu, mais une autre lueur, plus sauvage, y brillait. Il se reprit, baissa la voix, expliqua enfin que, lorsqu'ils le pouvaient, ils plaçaient ces enfants dans des villages, dans des familles. Parfois ils les affectaient dans des mines, leur permettant ainsi de survivre sans se compromettre avec la troupe. Siméon admit, c'est vrai, avoir enrôlé trois orphelins soldats – pas un de plus –, choisis parmi les gosses les plus turbulents, les plus tourmentés.

— Parce que ça les calme bien. Si tu leur proposes de vivre leur violence, tu découvres que ce ne sont que des airs qu'ils se donnent. Pour se valoriser. Lorsque la guerre monte, lorsque les balles s'enfoncent dans les troncs d'arbres derrières lesquels ils sont cachés, ils mesurent le prix de leur vie et celle des autres. C'est ainsi qu'ils apprennent le respect. Deux d'entre eux ont quitté la troupe et travaillent maintenant aux champs. À leur tour, ils sont devenus de bons parents. Le troisième, celui que tu vois ici, il vient juste d'arriver. La première semaine l'a déjà calmé. Dans le fond, ce n'est qu'un adolescent.

— Vous leur faites poser des mines, s'emporta Lucas. Ils attaquent nos bulldozers !

— Je pense que tu es mal informé, mon ami.

— Ces explosifs, je les ai vus moi aussi, intervint Xahra.

Elle détailla leur récente découverte, les débris de charges explosées, la localisation de deux autres mines antichars, la mise au jour par l'enfant de mines antipersonnel Claymore attachées aux arbres.

— Tout ça en pleine forêt, insista Lucas. Un danger pour les enfants, pour les villageois. De quoi fabriquer de nouveaux orphelins.

Xahra avait habilement abattu leurs cartes, avec la même détermination qu'il y aurait mise lui-même. Le dernier argument faisait mal. Lucas guetta la réaction de Juju. S'il s'emportait avec la même passion que son « cousin » Siméon, de quelle rage était-il capable ?

— La réalité est que nous peinons déjà pour nous procurer des armes à feu convenables, répliqua Juju, des munitions adéquates, de l'essence. Jamais on ne nous a vendu de mines. Nous n'en avons simplement pas.

Le rebelle avait conservé son calme. Les dénégations étaient prononcées à cet instant avec cette même voix de conteur qui les avait ensorcelés en cette fin de journée. Le Français eut envie de le croire, même si cela ouvrait un nouveau précipice sous ses pas. Si ce n'étaient les rebelles, qui avait posé ces charges explosives ?

— Les villageois nous ont parlé d'autres hommes, poursuivit Juju. Mieux équipés que nous. Avons-nous des ennemis désormais ? Les anciens veulent-ils nous faire peur ? Ont-ils simplement vu des militaires ? Certaines de nos caches ont été détruites, or il n'y avait rien à y voler. Ce n'étaient que de bonnes positions de guet. Pourquoi les villageois auraient-ils pris le risque de les détruire et de se fâcher avec nous ?

Le feu consumait à présent le cœur des bûches les plus épaisses, faisant craquer la fibre du bois. Une odeur d'épices sucrées avait gagné le camp. Siméon distribua des rations de riz à la tomate, accompagné de quelques bouts de volaille, une diversion qui rappelait combien cette journée sans repas avait été longue. Lucas découvrait le *loso ya* convaincre quelques oligarques russes ou kazakhs d'oublier l'épisode Michaïlov et de revenir loger leur fortune sur les rives du Rhône.

Musa se cala un peu plus profondément dans son fauteuil, puis glissa distraitement, comme si l'idée lui était soudain venue.

— Cher Clemenz, vous connaissez un peu le Congo ?

boulayi avec le même appétit qu'il avait croqué son Afrique de safari. Juju cherchait dans son assiette les morceaux de poissons *mukeke*, mais il n'y en aurait pas aujourd'hui. Il était désormais bien trop loin du lac et de son village.

— Nous sommes amis ? demanda-t-il soudain à Lucas.

Juju interrogeait le Français du regard. Il n'obtint en réponse qu'un silence, feignit la surprise.

— L'amitié est la bonne nouvelle de la journée, non ?

Lucas ne bougeait plus.

Amis, s'il le veut, mais pourquoi m'avoir enlevé en début de journée ?

Il finit par opiner, dans l'espoir d'en apprendre davantage.

— Mais ce que je ne comprends pas, Juju…

— Cette histoire de mines, c'est cela ? Moi non plus. Alors faisons ceci, mon ami : la journée se termine et tu vas rentrer au camp. Baron Mines ne vient pas dans le Sud, tu me l'as garanti. Je compte sur toi. Nous, de notre côté, nous nous faisons discrets. Mes hommes ne restent déployés que pour empêcher l'armée d'exploiter les creuseurs, et décourager les villageois de saboter vos véhicules. Fini les machettes.

— Un pacte de non-agression ?

— Il y a un peu de cela. Une pause, en tout cas. Deal ?

— Deal.

Comme pour entériner l'accord, les deux hommes cognèrent leurs cuillers – un deal scellé à l'éclat de sauce tomate. Lucas termina son assiette en jetant des coups d'œil vers l'autre extrémité du feu, vers les silhouettes accroupies de Jean de Dieu et Archange Bugiri. De cela aussi, il faudrait parler.

Siméon remarqua les regards de Lucas vers les deux diables. Il se pencha vers le commandant pour lui parler à l'oreille. Le corps de Juju était à nouveau fébrile, Lucas comprit alors que tout n'avait pas été dit.

— J'aurais aussi besoin de toi pour autre chose, reprit Juju.

Il se tourna vers les Bugiri restés en retrait du feu.

— Jean-Jean ? Jean de Dieu, approche. Archange, tu peux venir aussi.

L'adolescent achevait son assiette. D'un geste, son père l'encouragea à se lever. Il vint se blottir entre Siméon et le commandant, encore méfiant envers ce Noir à moitié blanc, représentant les sociétés minières.

— Regardez tous.

Sous le contrôle du père, Juju demanda à l'adolescent de lui confier son trésor. D'une pochette de cuir, Jean de Dieu déposa dans la main du commandant une pierre moitié mate, moitié étincelante. Juju lui fit jouer ses plus beaux feux au creux de sa paume.

— Tu penses toujours qu'il n'y a pas de diamant dans les mines d'or ? N'est-ce pas ce que tu m'as dit tout à l'heure, mon ami ? Regarde celui-ci.

À la lueur des braises, l'éclat de la pierre agissait sur l'assemblée comme un pôle magnétique, l'étoile de caravaniers. Sans y toucher, Lucas l'examina.

— Peut-être une topaze blanche. Ou un diamant, oui. Mais n'y croyez pas trop, il faudrait l'analyser.

Une lumière se reflétait dans les yeux d'Archange, peut-être était-ce le feu, le diamant ou le simple espoir d'un don précieux.

— Toi, le géologue, osa Archange, pourrais-tu en toute confiance nous dire ce que cela vaut ? Sans que la pierre se déplace, bien entendu. Pourrais-tu l'analyser ici, pour nous ?

27.

Belgrade, mai 2017

Avec ce vibrato particulier que lui conférait une aile endommagée frottant sur un flanc de pneu, la voiture remonta le bloc 45 puis la ruelle Lázaro Cárdenas jusqu'à sa place réservée sous les tilleuls en fleurs. L'emplacement se trouvait bien loin du bloc résidentiel de Jérémie, mais il en profita pour s'imprégner de la tiédeur du printemps, de l'odeur suave du tilleul, de la quiétude d'une fin de journée que le soleil prolongeait enfin. La voiture pouvait rendre l'âme, Jérémie se sentait prêt à adopter le vélo, et peut-être en profiterait-il pour abandonner dans un même mouvement la cigarette.

Peut-être.

Derrière les volets à clairevoie qui ornaient tout l'immeuble, les familles avaient déserté les cuisines, les lumières les plus vives s'étaient éteintes et on ne devinait plus entre les lamelles de bois que la lueur froide des téléviseurs. L'œil s'accoutume alors à la pénombre. Jérémie se prêta au jeu et se refusa à éclairer la cage d'escalier qui le menait jusqu'au toit.

C'est ainsi qu'il gagna le quatrième avec des yeux de chat et, au moment d'entrer dans son appartement, remarqua une ombre singulière dans ce recoin du palier qui abrite les poubelles.

Un tueur tapi dans un angle mort ? Une petite frappe, un détrousseur ? Jérémie se raisonna et songea que si tel était le cas, il aurait sans doute déjà été agressé. Il s'agissait probablement d'autre chose, une frayeur déplacée. Il glissa un regard à hauteur d'homme vers la tache noire qui dominait le coin des poubelles.

Lui.

Bien sûr, lui ! Il le salua à voix haute.

— Avions-nous rendez-vous ? ironisa Jérémie avant de l'inviter à entrer.

Il fit naître une lumière qui l'aveugla un instant, puis dégagea un peu de place sur la table de cuisine encombrée. L'homme s'assit.

— Café ?

Tout en rassemblant la casserole, l'eau, le café soluble, Jérémie tentait de comprendre pourquoi l'homme était venu jusqu'à son appartement. Cette rencontre dans la sphère privée était inhabituelle. Trop risqué pour lui, pour Jérémie, pour tout le monde. D'ordinaire, il reste à distance. Mais là…

— Tout va bien, Jérémie ?

L'activiste voulut répondre d'un air détaché. Pourquoi le renseignement venait-il jusque chez lui, que se passait-il ?

— On dirait que tu as tenté de reprendre contact avec la Suisse, reprit l'homme. Ce n'était pas ce dont nous avions convenu, tu te rappelles ?

Nous avions un accord, me semble-t-il. Tu devais oublier cet épisode, il ne s'est rien passé.

Comment avait-il su ? Ce Clemenz, à Genève, n'avait jamais répondu aux questions qu'il lui avait adressées sur messagerie chiffrée. De son côté, Jérémie s'était abstenu de répondre aux appels de ce journaliste suisse qui l'avait pourtant relancé. Les services interceptaient-ils son activité électronique ? Ou peut-être était-ce la Suisse qui avait alerté Belgrade ?

C'est le plus probable.

— Je vous explique, dit Jérémie. Rien de grave. Je travaillais sur la fuite, je voulais en préparer une copie accessible à tous, au cas où le journaliste que vous avez ciblé manquerait son coup, vous voyez ? Ce Mario n'a même plus de journal qui l'emploie, alors que WikiLeaks, quoi que vous en disiez, c'est vraiment du solide.

— Personne ne t'a demandé de faire ça, Jérémie. Tu as été payé pour te rendre à Genève, prendre livraison de cette fuite puis la donner à ce journaliste, point barre. Tu n'étais qu'un paravent.

— Rien à redire, je reste réglo. Mais j'aurais voulu que les Suisses m'expliquent. À bien y regarder, il y a quelque chose qui m'intrigue dans ces documents. Je peux vous expliquer, c'est…

— Rien à fiche, Jérémie. Tu te tiens à carreau pour les quelques mois qui viennent. Pas de contact suisse, tu laisses passer la vague de révélations, d'accord ? Tu fais le mort. Si un jour tu oses déclarer que nous avons travaillé ensemble, je te grille auprès de qui tu sais. Et tu seras mort. C'est simple, non ?

Jérémie se remémora les images de règlements de compte, de meurtres en rue, de corps mutilés attribués à la mafia des casinos. De toutes ses forces, il se concentrait sur l'eau qui frémissait à peine. Il revoyait les corps torturés, pelés vivants avant d'être abattus comme des chiens, et ces mensonges publics, la responsabilité de l'État rejetée sur les réseaux du crime organisé.

L'eau était parvenue à ébullition. Malgré un léger tremblement, Jérémie versa délicatement l'eau sur le café soluble pendant qu'il cherchait au fond de lui assez de force morale pour résister à la menace. Il souhaitait à tout prix rester digne, à la hauteur de l'activiste qu'il avait toujours été.

Démocrate et debout, quoi !

Les tasses à la main, il se retourna vers son visiteur.

Il avait disparu.

Document A

mai 2017

Ce vendredi-là, une activité électronique particulière se développa sur le deep web, la partie non indexée de l'internet.

IP 109.134.32.127 : L'offshore est la bonne. Ça, c'est acquis : elle a existé et elle appartenait bien à « un personnage très intéressant » de la vie congolaise. Mais la confirmation est partielle, les Indiens disent avoir dissous la société.

IP 109.134.32.126 : Es correcto. *Surtout, nous n'avons pas d'autre document qui évoque cette société offshore.*

IP 108.123.01.050 : Et en interviews, quelles confirmations ?

IP 109.134.32.127 : Aucune, rien que des démentis. Eric Malta dément, Singh dément, Fondroy affirme que notre document est un faux.

IP 108.120.04.792 : Cosa intendi *« Faux » ?* Fake *?*

IP 109.134.32.127 : Fake, si.

P 108.123.01.050 : On publie dans un mois. Vous ne serez jamais prêts, si *?*

IP 109.134.32.127 : Je voudrais encore tenter quelque chose. Trop délicat pour en parler ici, mais je vous tiens au courant.

28.

Evere, mai 2017

Tout en continuant à pédaler dans la nuit bruxelloise, Hugo coupa les lumières de son vélo et quitta l'avenue Jules Bordet pour emprunter une voie secondaire sans éclairage. La chaussée le menait à l'arrière du siège de l'OTAN, une de ces routes où le règlement militaire empêchait la moindre camera privée de conserver une image des lieux. 21 heures, la nuit tomberait dans moins de vingt minutes. Le cycliste ressentit les premières tiédeurs du printemps, se prit à espérer les longues veilles de l'été à venir. Cette rue d'Evere était déjà plongée dans l'obscurité, l'ombre recouvrait à droite le cimetière communal de Schaerbeek, et sur la gauche, le quartier des forces armées belges semblait tombé en léthargie. Au loin se devinaient les bâtiments de l'Alliance atlantique et, au-delà, dans un halo de lumière, la banlieue de Zaventem et sa tour de contrôle. Hugo veillait à éviter les pièges d'une chaussée mal entretenue puisqu'elle ne menait presque nulle part. Après un rond-point fantôme, il s'arrêta sur un parking morne, apparemment perdu parmi les terres agricoles entourant l'aéroport de Bruxelles-National. Hugo se savait arrivé au cœur d'un terrain militaire. Il mit pied à terre, verrouilla l'antivol du vélo et laissa ses yeux s'habituer à une nuit qui devenait profonde malgré la ville proche.

Pas un seul véhicule sur le tarmac, pas le moindre signe de vie. Il espérait ne pas s'être trompé.

Le bon endroit sans doute, et la bonne heure. Mais comment en être certain ?

Par réflexe, Hugo porta la main à son téléphone, éteint depuis une bonne heure désormais. Pas de localisation possible.

Espérons que Laura ne tente pas de m'appeler. Elle serait fichue de s'inquiéter. Quelle histoire… Du bonheur.

Penser à elle suffit à éclairer sa nuit. Il s'était à peine étiré les jambes qu'une berline Skoda noire sortit du périmètre militaire, fit le tour du parking et vint s'arrêter pile devant lui. La plaque minéralogique reproduisait le drapeau belge suivi de cinq chiffres noirs – un véhicule du ministère de la Défense. La vitre s'abaissa pour découvrir un visage inconnu.

— Vous montez à l'arrière ?

Hugo aperçut sur le pare-brise le sigle du numéro un du renseignement – sa voiture. Le chauffeur portait cinq chevrons et une étoile – un adjudant. Le journaliste se glissa à l'arrière, impatient de comprendre.

— Vous n'étiez pas obligé, adjudant. J'aurais pu entrer à pied.

— Sans doute, mais le général a donné d'autres instructions. Dans ce véhicule, vous pouvez passer le poste de contrôle sans devoir décliner votre identité. Votre visite ne figurera sur aucun registre.

La barrière se souleva sans question et sans bruit, ouvrant la voie au mystérieux équipage. Hugo avait rarement eu les honneurs d'un conte de fées avec chauffeur, mais le sortilège de la citrouille ne dura pas plus de quatre cents mètres. La Skoda s'immobilisa au pied d'un immeuble du quartier militaire Reine Élisabeth, dont la porte d'entrée était siglée d'un hibou jaune et vert – Service général du renseignement et de la sécurité. Passé un premier sas, l'adjudant-chauffeur et Hugo abandonnèrent leurs téléphones portables dans un casier avant de s'engager dans un couloir discret sur leur droite. Le secret n'a pas d'odeur, du moins Hugo n'en capta aucune, et les portes de bureau ne trahissaient aucune identité, aucune fonction identifiable, pas la moindre fantaisie. Juste des acronymes à la prononciation douloureuse.

Le chauffeur frappa à une porte marquée ACOS IS. Hugo connaissait tout ce babil, *Assistant Chief of Staff – Intelligence and Security*. En retour, la porte s'ouvrit sur le visage anguleux d'un homme qu'on aurait pu croire échappé d'une série télévisée du siècle passé. Le costume confirmait le script, il portait l'uniforme strict de l'armée de terre, la cravate réglementaire et, dans un galon cerclé d'or, le duo d'étoiles dorées d'un général-major.

— Je voulais justement vous voir, général.

— Et je vous ai grillé la politesse. Que dit-on des grands esprits ?

Le général Eddy Cauwelaert invita le journaliste à s'asseoir. Le militaire marqua à peine un temps d'hésitation avant de se lancer.

— Depuis combien d'années nous connaissons-nous, Hugo ? Depuis l'Afghanistan ? Quinze ans ?

Le journaliste opina. Le chauffeur prit congé, les deux hommes se tutoyèrent.

— Et en quinze ans, Eddy, c'est bien la première fois que c'est le général qui demande à rencontrer le journaliste. Ça doit être sérieux.

— Exact. Par où commencer... D'abord, Hugo, tout ceci est non seulement « off », mais cet entretien n'a même jamais eu lieu. C'est d'accord ?

Le général se penchait en avant, fébrile, la lèvre inférieure pincée entre le pouce et l'index. Hugo le rassura, il avait bien compris le cadre de cette rencontre.

— Bien. Alors je te le dis. Tu es pisté. Quelqu'un te suit, au moins depuis ta rencontre avec Malta, le mois dernier au Crillon.

Un bref éclat de fierté passa dans les yeux du général.

— Excuse-nous de t'avoir sur nos radars, mais lorsqu'on fait de telles rencontres – et je ne parle même pas de la visite de ta consœur espagnole aux frères Singh – on ne doit pas s'étonner d'être sur nos cartes. Ce n'est même pas nous qui avons compris que tu étais pisté : la rencontre du Crillon nous a été signalée par le renseignement civil français, et la visite aux frères Singh par la Sûreté de l'État.

— Le renseignement suit des journalistes, en Belgique comme en France ? Merci pour le tuyau. Moi qui me demandais ce que vous faisiez de vos budgets et de vos journées, je comprends mieux.

— C'est plus compliqué que cela, tu t'en doutes. Malta est une cible importante, la DGSI le surveille. Classique. Il rencontre un journaliste, c'est son droit. Mais la DGSI détecte aussi que ce même journaliste est lui aussi suivi. Et pas par les employés de la sécurité rapprochée de Malta. Perturbant, non ?

— Alors, qui me suit ?

— Le profil est incertain. Les Français ont tenté de le savoir. Sans succès. Ils ont vu le renifleur monter avec toi dans le Thalys, et c'est la fin de l'histoire en ce qui les concerne. Mais ils nous ont prévenus. Un mail tout à fait conventionnel.

Le général tendit une copie du document à Hugo.

— Depuis lors, tu es à Bruxelles, et pas forcément en sécurité. Mais nous n'avons pas le droit de pister un Belge sur notre territoire.

Le général marqua une pause, comme s'il hésitait. Dans quelques cas il est vrai, expliqua-t-il au journaliste, il pouvait faire suivre un concitoyen, mais il devait alors le déclarer suspect d'ingérence. Cela aurait ruiné la carrière internationale de son ami journaliste, sans même que Hugo s'en doute. Poursuivant avec quelques points techniques, le général assura Hugo de sa parfaite bonne foi avant de baisser le ton.

— À notre demande, la Sûreté de l'État a pris la relève, et vous a pistés tous les deux quelques jours. Moins pour vous espionner que pour vous protéger, le cas échéant. Le temps de réaliser que ta collègue était également suivie.

Hugo en resta bouche bée.

— Cela fait quinze ans que nous nous connaissons, Hugo, et c'est la première fois que je me demande si on ne va pas un jour retrouver ton corps au fond du canal Bruxelles-Charleroi. Inutile que je te demande sur quoi tu travailles, je suppose ? En tout cas, soit prudent.

— Pourtant cette fois, j'ai bien envie d'en parler. En toute discrétion, pur *background.* Rien ne sort de ta tête, pas la moindre note, mon général. C'est possible ? Si je joue le jeu, tu peux le jouer aussi, non ?

— Vas-y.

Hugo extirpa de sa poche deux clés USB, l'une rouge l'autre bleue. Il tendit la bleue au général.

— Il y a quatre fichiers sur cette clé. Je voudrais savoir si ton service peut les faire parler, m'aider à comprendre d'où ils viennent.

— Ton canard pourrait faire ça aussi bien que nous, non ? Qu'est-ce qui te fait croire que nous aurions d'autres capacités ?

— Je n'ai pas le même matériel que tes hommes. Tu sais de quoi je veux parler : ces programmes d'analyse que vous ont fournis les Américains après le piratage de la téléphonie belge en 2013.

— Et l'autre clé ?

— Plus tard. Disons que c'est mon double aveugle pour une petite expérience.

— D'accord. Mais si tu veux me suivre, tu devrais me faire confiance et me donner les deux. Tu vas comprendre pourquoi.

Le général se leva, et entraîna le journaliste dans son sillage. Soudain, Cauwelaert se raidit et se retourna.

— Hugo… Toi aussi, motus. Ce que tu vas voir, je ne veux jamais le retrouver ni dans un article, ni dans un livre. Nous sommes d'accord ?

— Pas même dans un roman ?

Jamais un journaliste n'avait emprunté le couloir dans lequel deux silhouettes s'engouffrèrent ce soir-là, peu avant 22 heures. Une première porte à code, puis une deuxième, sécurisée par identification biométrique. Presque un classique en littérature, mais dans la Belgique déprimée de 2017, ça tournait à la science-fiction. Lorsqu'ils parvinrent à une sorte de guichet, le général pria Hugo de lui confier la seconde clé. Hugo s'exécuta et le général ouvrit une trappe scellée dans le mur. Il en sortit un sachet plastique doublé d'un grillage de métal souple et y glissa les deux clés, rouge et bleue.

Selon Cauwelaert, ce sachet constituait une cage de Faraday et permettait aux mémoires magnétiques de passer le portillon de sécurité sans que leurs données soient effacées. Telle était l'une des leçons des grands piratages subis par la Belgique, et le général attribua l'ingéniosité de la riposte au renseignement américain. Après quoi il referma le sachet plastique grillagé d'aluminium et le logea dans la trappe. Enfin, les deux hommes franchirent les dernières portes.

— Là où je t'emmène, aucun virus informatique ne doit pouvoir pénétrer. Tout ce qui entre dans le local est effacé, bombardé d'un rayonnement magnétique. Ne subsiste que ce qui est « mis en cage ».

Le sas s'ouvrit. Dans la lumière tamisée, une odeur de gaines plastiques et de mastic en silicone flottait sur une vingtaine de postes de travail à doubles écrans. Pour Hugo, le centre belge de cyberguerre se limitait jusqu'ici à quelques lignes de budget énigmatiques approuvées en conseil restreint des ministres. Sur ces montants, jamais le gouvernement ne répondait à la moindre question. Ce qu'il découvrait aujourd'hui n'était ni Cap Canaveral ni le poste de commande de l'Étoile noire, cela ressemblait plutôt à un cybercafé délirant pour gamers de haut vol. Mais l'existence de ce laboratoire témoignait du traumatisme qu'avait encaissé la Belgique lors de l'attaque de ses serveurs téléphoniques.

Le général récupéra le sac plastique contenant les clés USB puis se dirigea vers un poste de travail qu'il se bornait à nommer le « bac à sable ». Il s'arrêta devant un ordinateur sans attrait, éloigné des autres. Les explications du militaire devenaient plus fluides, s'emballaient à mesure qu'il livrait ses anecdotes techniques et laissait la passion le dominer. Tout en connectant les clés USB sur la machine, il détaillait le processus d'inspection des mémoires importées de l'extérieur et fut presque déçu lorsque l'écran lui confirma que les deux clés ne contenaient aucun virus. Il se releva, reprit les clés et invita le journaliste à gagner un autre poste de travail qu'il appela « la bête ».

C'était un poste de travail à double écran. Eddy Cauwelaert s'y installa et manipula une étrange souris tactile sur laquelle ses doigts dessinaient des formes inattendues. Il inséra d'abord la seule clé bleue. Les quatre fichiers de Hugo s'ouvrirent en rafale, faisant naître un sourire sur le visage du général. Son service connaissait la moindre piste d'atterrissage clandestine en République démocratique du Congo, ses hommes s'y entraînaient et donnaient des cours aux élèves officiers de l'académie militaire de Kananga. Le Congo était aux Belges ce que Djibouti est aux Français ou la Sierra Leone aux Britanniques : leur terrain d'entraînement, presque une aire de jeu. Or il venait d'apercevoir sur les écrans le nom d'un certain Hippolyte Kabange Mtwale – Kabila – et d'un député français devenu chef de cabinet à la Commission européenne. Chaud !

— Dis-moi, Hugo, comment puis-je t'aider ?

— Je voudrais savoir qui a eu ces documents en main, à quelle date, qui les a éventuellement modifiés, etc. Bref, leur ADN. C'est possible ?

— Donne-moi un peu de contexte. Ces documents proviennent d'une fuite, un de tes « leaks » ?

— Exact.

— En toute logique, sur des documents comme ceux-ci, ce sont les opérations de copie et d'effacement qui vont nous tuyauter. C'est parfois en dissimulant ses traces qu'on se trahit le plus…

Sous l'impulsion du général, les deux écrans passèrent en négatif. Dans cette nuit nouvelle, la voix du militaire commença à donner une série de détails techniques liés à l'effacement des mémoires, leur écrasement sous un bruit informatique. Il expliqua que certains programmes se contentaient d'effacer le texte en générant des caractères incontrôlés, du *nonsense*, comme si le clavier devenait fou.

— Et parfois, ce n'importe quoi est très bavard.

Toujours sur fond noir, des fenêtres surgissaient sur l'écran, reprenant les différentes versions connues des documents, leurs propriétés et détails de sécurité, les générations d'utilisateurs authentifiés dont ces objets avaient conservé la trace. Le général modifia les extensions de fichiers. En remplaçant trois petites lettres, des textes se muaient en documents compressés qui révélaient de nouvelles informations. Hugo perdait le fil des manipulations et son ami le sentit.

— Tout a été nettoyé, commenta Cauwelaert. Au mieux on pourra trouver la trace du balai.

Soudain, il se redressa. Au cœur d'un pavé dense de lettres, chiffres et signes typographiques, son ongle désignait une suite de chiffres puis deux lettres majuscules encadrées par des crochets.

— Tes quatre fichiers ont été édités par une bécane qui utilise un code cyrillique. Tu le savais ?

En tout cas, c'est dans cette langue qu'ils ont nettoyé la fuite.

— C'est cohérent, la fuite vient de l'Est. C'est tout ?

— Euh, oui. C'est tout.

Hugo faisait la moue.

— Alors, explore ma seconde clé. La rouge. J'y ai mis deux cents documents de tous formats, pris au hasard parmi les millions qui forment la fuite. Une sorte d'échantillon, si tu veux. Je voudrais savoir s'ils nous disent quelque chose de plus.

Sur les écrans, de nouvelles fenêtres s'ouvrirent. Le militaire confirmait, tous les documents avaient été blanchis, soigneusement bouillis, essorés. C'était cuit. Ouvrant un document après l'autre, il força l'affichage des champs vierges. Puis il se redressa à nouveau et attira l'attention de Hugo vers quelques lignes. Une « surprise », selon lui. Le journaliste mangeait l'écran des yeux, mais n'y détectait rien.

— Si j'en crois l'analyse de l'effacement, tous tes documents ont été nettoyés par un PC qui tournait en code ISO 639-1, du cyrillique. Mais ici, les deux lettres entre crochets sont SR. En clair du cyrillique serbe.

— C'est toujours cohérent avec la fuite. Avec ce que j'en sais, du moins. On parle d'un hacker serbe.

— D'accord. Mais tes quatre documents Kabila, eux, ont été traités par un ordinateur programmé en cyrillique ouzbek. Regarde ici.

Le général fit réapparaître le contenu de la clé bleue. Derrière le code ISO 639-1 apparaissaient les lettres U et Z.

— UZ, pour « ouzbek ». Je ne suis pas linguiste, mais dans le corps même du document, on y retrouve à plusieurs reprises le Ғ qu'on appelle un ghaïn ou gué barré. Et ici un ka cramponné, le Qaf – Қ – utilisé par les Kazakhs et les Ouzbeks. C'est l'une de ces finesses de programmation qui échappent parfois aux hackers. Comme le fait de travailler sur un clavier suisse au lieu d'un clavier français… On ne s'en rend plus compte, mais le système d'exploitation, lui, conserve tout cela en mémoire.

— Ta conclusion ?

— La conclusion est simple. Tous les documents sont peut-être authentiques, mais la fuite, elle, a été manipulée. Plus exactement, elle s'alimente à plusieurs sources : une source dans les Balkans, l'autre en Asie centrale.

Le général éjecta les deux clés et les restitua au journaliste.

— Tu fais ce que tu veux, Hugo, mais, à ta place, je passerais systématiquement cette fuite en revue en utilisant quelques lignes de code très simples.

Les doigts du général virevoltaient sur le clavier, composant un bref codage, une cinquantaine de lignes.

— De combien de documents parle-t-on ?

— Soixante-neuf millions. Un peu plus.

— Cela va te prendre quelques heures pour tout vérifier, mais il n'y a guère d'alternative. Si tes documents Kabila sont les seuls à avoir été nettoyés avec une bécane ouzbèke, gare. C'est qu'on t'a injecté une intox dans le paquet.

Document B

mai 2017

Comme chaque vendredi désormais, une étrange activité électronique se développa. Elle reliait en communication chiffrée les ordinateurs d'une dizaine de journalistes d'Europe, et leur nervosité se traduisait en kilo-octets, ohms et décibels noyés dans quelques litres de café, boissons énergisantes et recharges de vapoteuse. Plus que vingt et un jours avant publication. En particulier, une adresse IP localisée en Belgique semblait agacer toutes les autres.

IP 109.134.32.127 : C'est plus grave que tu ne le penses, Jürgen. Ce n'est pas uniquement la story Kabila qui est en jeu. Si des documents ont été ajoutés ou soustraits, on ne peut pas exclure que d'autres pièces aient été fabriquées. Quelle que soit l'histoire, nos documents électroniques sont désormais compromis. Il nous faudra pour chaque détail d'autres preuves parfaites.

IP 108.123.01.050 : Scheiße ! *Du jamais vu, non ?*

IP 109.134.32.127 : Pas vraiment. Des opérations d'intox ont déjà été menées par les Israéliens, les Indiens, les Américains. Rappelez-vous les opérations Fancy Bear, Clearsky… C'est le monde dans lequel nous vivons à présent.

IP 108.145.20.301 : Colleghi, *vous n'en concluez pas que je vous ai intoxiqués,* si ?

IP 109.134.32.127 : Rien de personnel, Mario. Mais si on dérape sur ce genre de fuite, cela va discréditer notre travail et tout ce qui a été révélé par d'autres fuites depuis cinq ans. On nous attend au tournant, c'est tellement évident.

IP 108.123.01.050 : Si nous nous réservons une bonne semaine pour la validation juridique de nos articles, il nous reste dix jours utiles, maximum quinze jours d'enquête pour nous retourner. Concrètement, qu'est-ce que tu proposes, Hugo ?

IP 109.134.32.127 : Mario, serait-il possible de rencontrer ta source, le hacker serbe ?

29.

Camp de Baron Mines, Sud-Kivu, mai 2017

L'appel téléphonique avait été bref mais d'une telle intensité que Lucas pouvait revivre la scène par procuration, sans quitter le camp : il lui semblait percevoir le ronflement onduleux se prolongeant en vagues végétales par-dessus le village, les arbres ployant sous le vent, le vacarme tombant du ciel. Telle que décrite par Xahra, la violence brute du vent et des moteurs avait – c'étaient ses mots – « supprimé toute odeur ». Elle avait été submergée et, au moment de donner l'alarme, elle ne savait plus si sa terreur avait été sonore ou visuelle. La menace était évidente, elle avait fui et réalisé pourquoi, un peu plus tôt sur la piste, elle avait croisé des familles en déroute fuyant elles aussi le village. En se tournant vers la banquette arrière, elle s'était assurée que l'enfant était bien attaché.

— Pas d'école aujourd'hui, Aimé ! Fais attention, cela va bouger.

Le 4 × 4 avait rebroussé chemin. Puis Xahra l'avait appelé, lui, Lucas.

Il gagna discrètement l'atelier technique de Baron Mines. De l'extérieur, le magasin n'était qu'un hangar de tôles comme il en existe une demi-douzaine au centre du camp minier de Twangiza. Mais, vus de l'intérieur, les métiers de la mine y apparaissaient dans leur complexité. C'est ici, dans ce qu'ils appelaient la « réserve », que les travailleurs venaient emprunter les lampes, détecteurs de métaux, détecteurs de gaz, barres à mine et leviers de force, sans compter une kyrielle d'étais, chandelles, tout un stock d'étrésillons et pièces de chevalement.

Depuis son enlèvement, chacun identifiait Lucas sans hésiter, et il espérait que cette vénération un rien usurpée lui servirait à quelque chose. Il salua le préposé aux stocks, puis s'engouffra parmi les rayonnages avec l'assurance de l'ingénieur qui peut puiser librement dans la réserve.

Il me faudrait un kit médical de campagne pour toute une équipe, songea-t-il, peut-être même deux, de quoi soigner une vingtaine d'hommes, un testeur Lansa, hop, au fond du sac, à côté d'une loupe Triplet et d'une lampe à lumière froide. Lucas repéra aussi une paire de jumelles.

Revenu à la lumière du jour, il se serait mis à courir si le matériel ne pesait sur ses épaules. La voix de Xahra l'avait tant inquiété qu'il se hâtait de la rejoindre sans même prévenir la sécurité de son départ. Il laisserait une note sur le registre des sorties, ce serait bien suffisant. Depuis la trêve conclue avec Juju, il n'y avait plus eu d'incident, les employés de Baron Mines avaient repris leurs déplacements sur site. Et lui, ses explorations à l'Ouest.

Pourtant, cette panique dans la voix de Xahra.

Lorsque Lucas fut à deux mètres du poste de contrôle, il distingua à travers la vitre une silhouette qui lui déplut. Le chef de la sécurité. Bill était en grande discussion avec Xahra. Et la jeune femme montait dans les tours. Lucas prit un air dégagé et poussa la porte.

— Bonjour, Bill.

— Je comprends que vous sortez, monsieur Moresmo ?

Depuis son rapt et les informations précieuses qu'il en avait rapportées, le ton du chef de la sécurité s'était adouci à l'égard de Lucas. De son côté, le Français avait mûri, gagné en assurance. Bill se tourna vers la jeune femme.

— Bien. Notre ingénieur va vous accompagner, pas de problème, madame.

L'homme demeurait calme, professionnel, rien à dire. Pas moins ferme, Xahra regarda Lucas, donna le signal du départ. Le Français signa le registre des sorties, ils étaient tous deux dehors, à nouveau libres et en forêt. Avec la bénédiction de Bill, c'était inattendu.

— Tu as mis Aimé en lieu sûr ?

— Je l'ai confié à des sœurs missionnaires, une église basée ici, juste au nord.

— Un retour en religion ? L'héritage de maman ?

Xahra accepta d'en sourire.

— Je prends les côtés positifs, c'est tout !

— Alors, briefe-moi. Qu'as-tu vu exactement ?

— La population fuyait sur les pistes. Je n'ai même pas exploré le cœur du village, et je ne sais pas vraiment ce qui s'y est passé. Je n'ai pas entendu de coups de feu, ni vu de mouvements de soldats. Je sais juste que les villageois parlent depuis quelques jours de mercenaires liés à l'armée, ou aux députés de Kinshasa, occupés à nettoyer les concessions du Sud. Ça recoupe les déclarations de Juju à propos de la destruction de leurs positions de tir par des inconnus.

— Pas au nom de Baron Mines, en tout cas.

— J'ai d'abord pensé que ce n'était qu'une rumeur. Ce qui est étonnant, c'est qu'une journaliste européenne a appelé la semaine passée le siège de l'ONG pour savoir si nous avions aperçu des mercenaires déployés par Moscou ! Pour nous, elle était en plein délire. Mais aujourd'hui…

— Tu pourrais me décrire ce que tu as vu dans le ciel ?

— Énorme ! Ça tournait. Pas pensé à prendre des photos…

— Pas d'autres détails ?

— Une porte ouverte de chaque côté… Mais je n'ai pas vu de militaires à bord.

— Et dans le village ?

— Je te l'ai dit : je ne sais pas. J'ai pris peur, je t'ai appelé.

Deux portes. Modèle récent, songea Lucas. Un engin plutôt rare, même dans le civil. Pas certain que l'armée congolaise en dispose. Mais il pourrait venir de Bukavu, ou de Bujumbura. Qu'est-ce qui l'a attiré ici ? La rumeur des diamants ? Possible. Juju y croit, d'autres pourraient y croire... Un trafiquant venu du Rwanda ou de Tanzanie ? Ou un général qui se la joue solo, de mèche avec un trafiquant ?

— Tu te souviens de la pierre que Juju nous a montrée ? Est-ce que l'État congolais pourrait en avoir eu vent ?

Xahra réfléchit. Dans d'autres territoires du pays, cela avait été si vite, si brutal. Des villages confisqués et rasés, sur la seule foi de bobards.

— On peut craindre les réseaux Kabila. Ou une clique de prédateurs à la solde de généraux sortis du rang. Mais qui les aurait alertés ?

— Les informateurs de l'armée... Ces adolescents que tu m'as montrés dans la mine de Kadumwa ? Ils auraient pu entendre quelque chose, prévenir les militaires.

— Je n'y crois pas trop. Les enfants creuseurs se méfient bien trop d'eux. Je...

Xahra donna un vif coup de volant sur la droite, quitta la piste et gara son véhicule sous le feuillage avant de piler devant le tronc d'un micocoulier.

— Sors du véhicule, Lucas !

Ce n'est qu'une fois hors du 4 × 4 que Lucas perçut ce bruit de lave-linge en phase d'essorage qui se transformait peu à peu en rugissement.

À une dizaine de mètres au-dessus du sol, à cinquante mètres de lui désormais, un énorme hélicoptère, en tous points semblable à ceux qui annoncent les rares visites du président Kabila, écrasait de son souffle le village de Luhwinja. À bord, aucun soldat n'était visible. Le mastodonte étalait sa puissance, tournait lentement sur lui-même, ses deux portes latérales grandes ouvertes comme pour préparer un parachutage. Mais ni homme, ni arme, ni mitrailleuse n'apparaissait dans ces béances.

Une porte de chaque côté, modèle récent.

Lucas commença par compter les hublots alignés sur chaque flanc, tenta de mémoriser la silhouette de l'aéronef, la forme du nez, les tons bleu sur bleu du camouflage.

Pas d'immatriculation.

Ce n'était pas l'armée.

Et ces trois râteliers sur les côtés...

À l'évidence, tout ceci est bien au-delà des capacités de Juju.

Qui d'autre que l'armée régulière ?

L'hélicoptère passa au-dessus d'eux – il quittait le village. Collé à un arbre, le Français était à l'abri sous les feuilles et fleurs et sortit les jumelles de son sac.

L'hélicoptère était un modèle récent de Mi-8, sa masse suspendue dans l'air aussi incongrue qu'un semi-remorque en lévitation. La silhouette d'un soldat à la peau noire se détachait à présent dans l'encadrement de la porte gauche, ouverte au vent. Il ne parvenait pas à apercevoir le pilote, mais le copilote était blanc. Il n'y avait pas de doute. Lucas jeta un regard à Xahra, qui avait sorti son portable et prenait plusieurs photos de l'appareil.

— Tu as pu avoir le copilote ?

L'hélico s'éloignait, Lucas profita du reflux du vacarme pour appeler la sécurité, signaler un hélicoptère militaire en survol de la concession sud : aucune immatriculation, et probablement aucune autorisation.

Ils gagnèrent en 4 × 4 le cœur de Luhwinja, désert, puis poussèrent l'exploration jusqu'au hameau minier de Kangé. Le long de la cabane du maraîcher, deux fillettes somnolaient à terre. Leurs corps étaient comme jetés dans le poussier, étrangement déstructurés. Xahra cria.

Elle arrêta le véhicule. Les larmes montèrent au même moment aux yeux des deux passagers. D'un même élan, ils se jetèrent dans la sente qui menait aux puits. Emportées par le dénivelé, leurs jambes allaient plus vite que leur cerveau. Tout au contrôle de leur corps, ils étaient incapables de se préparer aux éventuelles surprises de la mine. Ils ne parvenaient à visualiser qu'un extrême improbable, un songe noir. Soufflant sous le poids des kits de premiers secours, Lucas nota pourtant que la musique de DJ Luis continuait à inonder la vallée. Il s'accrocha à cet espoir, à ce soleil en décibels.

La vision de corps d'adolescents et d'enfants affalés sur les murs en pisé le fit vaciller. Tout ce sang répandu, ces corps abîmés. Lucas ne put reprendre pied qu'après être entré dans la cabane-à-musique, avoir vu le corps sans vie de DJ Luis massacré sur son siège Peugeot. La musique donnait à pleine puissance, comme pour masquer la mort. Il éteignit la sono, laissa entrer le silence. La cabane-à-musique était devenue la cabane-cercueil.

Lucas posa à terre son sac.

Premiers secours, quelle ironie.

Qui avait encore besoin d'agrafes, de gaze ou de pansements, d'antiseptique ou de chlorhydrate de morphine ? Lucas se sentit inutile, bouleversé par le flot d'images. Il était à nouveau intrus, exclu d'une violence où il ne pouvait trouver ses racines. La haine et la mort s'étaient invitées dans son Afrique.

De son côté, Xahra examinait les blessures, dénombrait les corps. Lucas vint la rejoindre, le teint plombé.

— Prends une batée de creuseur et ramasse toutes les douilles que tu trouveras, Lucas. Tout. Les étuis, les balles, les chargeurs, les bandes de munitions. C'est la meilleure signature que nous puissions trouver. Je vais faire le tour du site et pousser jusqu'à la forêt. Je pourrai peut-être trouver des blessés.

Il y avait dix-huit corps d'adolescents, une centaine de douilles toutes identiques, calibre 7.62, étui de 39 mm. Ça, Xahra connaissait. Le calibre kalachnikov, ils en ont dans tous les camps. Elle sortit son téléphone portable, prit des clichés du culot des douilles.

— S'il reste des blessés, les kits de premiers soins ne vont pas suffire, Lucas. J'alerte Bukavu. Toi, tu devrais prévenir ton patron, non ?

Mais le Français ne la regardait plus. En suivant la direction de son regard, Xahra se retourna, et aperçut d'abord une paire de bottes de chantier rouges et, dedans, un homme mince en jean et singlet. Archange Bugiri. Lucas ne comprenait pas.

Que fait-il ici, loin de sa cabane ?

— Aidez-moi, j'ai un blessé !

Archange entraîna le couple sous le couvert des arbres, jusqu'à un adolescent effaré, tremblant de froid.

— Je cherchais mon fils, je suis tombé sur lui.

La blessure dont souffrait le garçon était sérieuse, une béance à hauteur du mollet gauche. La chair était bien attaquée, mais il pourrait sans doute récupérer sa jambe. Xahra se saisit des kits de secours de Lucas, posa un tourniquet, commença à traiter la plaie pendant que Lucas, retrouvant ses esprits, appelait la sécurité de Baron Mines. Il transmit les coordonnées GPS, demanda l'intervention d'un hélicoptère pour évacuation médicale.

— Oui, on peut le faire atterrir dans le bassin minier, répondit-il en songeant à la tête qu'ils feraient en découvrant aux côtés du blessé les bottes rouges de Bugiri.

Un bruit de marteau-piqueur retentit bientôt au-dessus de la forêt. Pour l'évacuation médicale de ses employés, Baron Mines entretenait un petit bimoteur Eurocopter 135 – moteurs Pratt & Withney, canadiens comme il se doit.

Efficace, Bill. Je te reconnais là.

— Xahra, je te propose d'accompagner l'enfant jusqu'à l'hôpital de Bukavu. Tu connais mieux les médecins, et tu pourras informer le gouvernement local, le ministère des Mines, l'armée. Pendant ce temps, je prends ton véhicule et j'embarque Bugiri pour qu'il m'emmène près du commandant Juju. Ça te va ?

— Bon plan. Il est probable que Jean de Dieu soit avec Juju. Signale-toi par satellite lorsque tu seras arrivé.

Xahra posa une main sur l'épaule du Français, et il sentit toute l'énergie de la jeune femme passer au travers de ce seul contact.

— Tu donnes l'alerte, n'est-ce pas ? Peut-être même les Nations unies, l'officier de liaison de la Monusco ?

— Et les ONG médicales. J'alerte les radios du Kivu, quelques journaux de la capitale. Si j'en ai le temps. Mais rien ne doit retarder les secours. S'ils dépêchent des ambulances par la piste, je serai dans l'une d'elles.

Calé sur le siège arrière de l'hélicoptère, un casque trop grand sur les oreilles, l'adolescent blessé regardait le sol s'éloigner de lui. Était-ce les médicaments ou son âme était-elle restée au sol ? Il sentit bientôt un étrange détachement l'envahir lorsqu'il découvrit la forêt sous ses pieds, un tapis d'arbres qu'il ne pouvait qu'avoir rêvé et sur lequel il glisserait jusqu'à atteindre, dans une demi-léthargie, la surface miroitante du lac Tanganyika.

30.

Belgrade, mai 2017

Au saut de l'avion, Mario précéda Hugo dans le dédale des arrivées de l'aéroport Nikola Tesla. Passé le contrôle des passeports, les deux hommes se mêlèrent à la cohue printanière, aux tenues bigarrées, odeurs de cuir synthétique et sueur véritable, un condensé de tourisme qui aurait presque fait passer la Serbie pour une démocratie occidentale. Perdus dans le flot des voyageurs, ils ne songeaient qu'à rejoindre au plus tôt la station de taxis et, ainsi, le cœur de Belgrade. Mais la *Republika Srbija* est trop accueillante pour ne pas se préoccuper de ses visiteurs. S'ils avaient été moins pressés, Mario et Hugo auraient pu détecter le troisième homme qui les filait en douce – sans chapeau mou mais avec cette moustache fine que n'aurait pas reniée l'*Uprava državne bezbednosti*, les défunts services secrets de l'ancienne fédération socialiste yougoslave. Mais le premier s'inquiétait bien trop de sa crédibilité professionnelle – allait-il retrouver son ami hacker ? – et le second ne cessait de consulter l'écran de son téléphone – déjà trois messages de Laura.

— Quel est le plan maintenant ? demanda Hugo.

Mario soupira, le Belge ne cessait de le mettre sur le gril.

— Une fois les valises récupérées, on a rendez-vous avec Drago au centre de Belgrade. Il nous attend sur une terrasse de la place de la République.

— Il ne pouvait pas venir nous chercher à l'aéroport ?

— Je n'ai pas tout compris. Il préfère que nous nous rendions par nos propres moyens au centre-ville. Pour éviter de se coltiner deux fois les embouteillages, je suppose. Il est très pris par son hebdomadaire.

— On devrait peut-être aller directement à l'appartement de ton ami hacker, et demander à Drago de nous y rejoindre, non ?

— Mais… je n'ai plus l'adresse de Jérémie. Nous nous sommes toujours connectés par visioconférence, avons échangé les premiers fichiers sur cloud, puis nous nous sommes vus à Genève. Après il a disparu, plus de trace : il n'a plus jamais répondu à mes appels.

On a toujours tort de ne pas poser assez de questions, pensa Hugo. Il sentait poindre à nouveau les inquiétudes du premier jour : quelle est ta source, charmant collègue italo-suisse ? Comment l'as-tu connue, *bello*, Et surtout : est-ce que tu as bien gardé le contact ?

— Puisque tu ne sais plus où crèche ton hacker, que vient faire Drago dans tout ça ?

— Il m'a dit qu'il pourrait m'aider à localiser Jérémie. C'est du moins ce que j'ai compris.

— Et s'il n'y arrive pas ?

— Nous sommes cuits, Hugo. S'il ne le retrouve pas, nous sommes vraiment cuits.

Le Belge se sentit soudain aussi ridicule que le taxi rose, couleur Malabar, dans lequel les deux hommes embarquèrent. Commença une longue plongée autoroutière, avant que ne défilent les blocs sans charme de la Nouvelle Belgrade, bloc 49, bloc 38 – on se rapproche –, puis bloc 19A – cela se complique... Jusqu'à ce que le paysage s'ouvre subitement sur le pont de Branko qui enjambait la Save. À cet endroit, la capitale redevenait la porte nord des Balkans, elle se faisait ensorceleuse et impériale en dévoilant son passé principautaire, ses clochers aux bulbes et aux pointes de cuivre oxydé, ses façades grand siècle et ses dômes néo-byzantins. Hugo contempla la ville, conscient que les projets immobiliers poussés par les Émirats allaient bientôt défigurer la rive orientale de la Save.

La rue Kolarčeva, enfin. Hugo se rappelait son premier contact avec la guerre. Ici même, il y avait plus de vingt ans. Les oignons blancs et crus, le pain rassis et le sel pour tout repas, la bière Jelen qui continuait à couler à flots malgré les bombes.

Au sortir du taxi, Mario régla la course – deux billets de mille dinars. Ils longèrent la place de la République sur son flanc est, l'unique terrasse était déjà couverte de l'ombre de l'après-midi. Impossible d'y distinguer à contre-jour le visage de Drago. Ils décidèrent d'arpenter la place, redoutant un quiproquo. Les deux hommes déambulaient encore au soleil lorsque leur collègue serbe les approcha par l'arrière, et les surprit en accordant sans cérémonie ses pas aux leurs.

— Continuez à marcher, ne vous arrêtez pas...

Drago souriait.

— Vous avez fait bon voyage ?

Comme toujours, le visage de Drago s'animait de tics qui ne devaient rien au soleil mais le rendaient immédiatement sympathique.

— Je vais vous imposer un bout de visite guidée... Routine de sécurité, expliqua-t-il.

Les trois journalistes doublèrent la statue du prince Michel, suivirent la façade du Musée national puis s'engagèrent dans la rue Vasa Čarapić, dans laquelle ils ne firent que deux cents mètres avant de traverser la chaussée et de revenir en sens inverse jusqu'à l'entrée de l'hôtel Marriott. Drago les pria d'entrer dans le palace, de passer dans le lobby puis de ressortir vers la gauche, en faisant mine de s'intéresser à la façade du Théâtre national en restauration.

Revenus presque à leur point de départ, Drago héla un taxi – rose encore – et ouvrit la portière à ses collègues médusés.

— Je voulais voir si vous étiez suivis. Et vous l'êtes, conclut Drago.

Il s'installa à son tour à l'avant du véhicule.

— Ne vous retournez pas, regardez droit devant vous. Nous allons à notre rédaction.

— C'est courant, ce genre d'accueil ?

Mario semblait choqué.

— Ni rare ni vraiment courant. Disons qu'il s'agit d'une attention délicate réservée à nos hôtes les plus intéressants.

Les tics nerveux de Drago empêchaient parfois de déchiffrer son second degré.

— Le problème de la BIA, notre service de renseignement, c'est qu'elle a gardé l'habitude de recourir à d'anciens criminels pour réaliser ses filatures. Ils sont payés à la pièce, sans rapport écrit. Impossible de savoir si la personne qui nous file travaille pour le gouvernement, pour un gouvernement étranger ou pour le privé.

Le taxi quitta le centre, franchit à nouveau la Save au grand regret de Hugo, déçu d'abandonner si vite ses fantômes yougoslaves. Une fois traversé le parc de l'Amitié, ce fut une nouvelle série de blocs, bloc 20, bloc 21. L'hebdomadaire *NewSerbia* se trouvait dans un appartement, au neuvième étage du bloc 30. La rédaction centrale avait pris ses quartiers dans le salon, les archives dans une chambre, la mise en page et les tables lumineuses dans une pièce plus étroite, tandis que l'administration et la comptabilité étaient reléguées dans ce qui avait dû être une cuisine.

— Les ventes, c'est ce qui nous fait manger. On leur a donc abandonné cette cuisine et la machine à café. Mais je peux vous en payer un. Café pour tous ?

Au mur, quelques « unes » épinglées témoignaient de la vitalité de l'hebdomadaire. Nul besoin de maîtriser le serbe pour comprendre les risques que prenaient les journalistes. Le magazine tenait bon, malgré le harcèlement du ministère de l'Intérieur, la haine personnelle du chef de gouvernement et de son ministre des Finances.

— Tout est ici, déclara Drago en esquissant un mouvement circulaire de la main. Trois postes de travail, une imprimante, une table de graphiste. Nous tenons depuis cinq ans. Pas mal, non ?

Hugo fut bien en peine de montrer de l'enthousiasme. Sûr, il avait vu pire. Mais ce n'était pas en Europe, pas même dans l'hémisphère nord. Il s'approcha du balcon, qui donnait sur d'anciens terrains de sport goudronnés. Puis, plus loin, il aperçut le Palais de Serbie, aussi prétentieux que le Palais de la Nation à Kinshasa ou les ministères dispendieux de Brasilia.

— Dis-moi, Drago, Mario t'a-t-il expliqué ce que nous étions venus chercher ?

— Sûr. Un hacker serbe, ancien activiste du réseau Otpor. C'est le profil de la source, celui que nous connaissons tous depuis la réunion de Paris, non ?

— Avec si peu d'infos, tu penses pouvoir le localiser ?

— Il n'existe qu'une demi-douzaine de bons hackers à Belgrade. Je ne les connais pas tous, mais…

— Mais ?

— Mario m'a dit qu'il s'appelait Jérémie, c'est bien ça ?

Mario confirma.

— Or il n'y a qu'un seul Jérémie à Belgrade. Heureusement. Enfin, façon de parler.

— Tu le connais ?

Assis à son bureau, Drago dévisageait son collègue suisse. À cet instant, Hugo s'agaça des multiples tics nerveux de son collègue serbe. S'étaient-ils accélérés ?

— Ce que je ne voulais pas te dire par téléphone, Mario, c'est que je n'aime pas l'idée que ce soit lui, la source de notre fuite, la base de notre travail actuel. J'aurais aimé être prévenu. Tu savais que j'étais serbe, j'aurais pu t'aider à mieux cerner ta source.

— Tu penses que c'est une mauvaise source ? demanda Hugo.

— Pas du tout ! Jérémie cogne très fort sur le crime organisé, c'est un champion. Il aurait pu être mon ami… Nous nous sommes croisés sur le campus de l'université de Belgrade, bien avant qu'existe en Serbie un diplôme de journalisme.

— Et ?

— Après l'insurrection populaire contre Milošević et les campagnes Otpor auxquelles participait Jérémie, l'État a pris peur. De son côté, Jérémie avait besoin d'un peu de protection pour survivre face au crime organisé. En tout cas, il ne pouvait pas se mettre trop de monde à dos. L'appareil d'État et le crime organisé, ça fait beaucoup d'ennemis pour un seul homme. C'est un bon hacker, toujours à l'origine de coups remarquables. Mais désormais il mange un peu aux deux râteliers – gouvernement et opposition. C'est même parce qu'il a un pied dans chaque camp qu'il reste aussi bien renseigné, vous comprenez ? Il continue d'attaquer le crime organisé, la haute finance, les fraudes médicales. Mais il a aussi ses angles morts, les sujets auxquels il ne touche pas.

— Comme le renseignement serbe ?

— Évidemment. Ce qui me pose deux problèmes. Le premier : il est presque impossible de le rencontrer sans que la BIA soit au courant. Disons qu'il a un fil à la patte. Le second problème, c'est…

— C'est nous ?

— Parfaitement. Quelqu'un vous suit et je ne sais pas qui c'est. Si je vous amène à Jérémie, je prends le risque d'embarquer avec nous un poisson-pilote. Le début des ennuis pour Jérémie.

— Nous pourrions le rencontrer ici, dans cette rédaction ?

— Possible. Ou plutôt à l'improviste, selon ce que je vais trouver, d'accord ? Je sais où Jérémie habite. Disons, où il loge la plupart du temps. Mais il est très cadré, et très protégé. Je vais tourner autour de lui, essayer de comprendre ce qui serait le plus adéquat. Ça va me demander un peu de temps. Est-ce que vous pourriez rester une nuit ou deux à Belgrade, le téléphone en veille, pas trop loin de la rédaction ?

« Pas trop loin », c'était à quatre cents mètres mais dans un quatre-étoiles, sur le boulevard Pupina. Côté confort cependant, les étoiles ne se voyaient guère que sur la facture. Du toit du Falkensteiner Hotel, les hôtes ne pouvaient contempler que le béton des tours voisines et quelques rares sommets feuillus. Avec une bonne dizaine d'étages supplémentaires, ils auraient pu admirer la courbe du Danube dans laquelle vient se jeter la Save, constater qu'à cet endroit, lorsque Saint-Sava se prend pour Sainte-Sophie, Belgrade ressemble à Istanbul, l'ancienne Constantinople vue des hauteurs de Galatasaray. Mais sans ces dix étages fantasmés, Belgrade n'était que béton triste. C'est donc au bar, dans des fauteuils roses comme les taxis, que Hugo s'amusa à chambrer Mario jusque tard dans la nuit. Leur fuite perdait un peu de sa superbe. Une ancienne gloire de hacker devenu à moitié informateur d'État, un journaliste suisse incapable de retrouver seul sa source, un collègue serbe assailli de tics, paranoïaque – sans parler des démentis qui, jusqu'ici, tombaient en cascade : ce n'était pas le genre de journalisme qui les rendrait immortels.

Hugo et Mario eurent le bon goût de ne pas parler de leurs amours. Mario et Zoé, Hugo et Laura, à eux quatre cela prenait déjà la forme d'un petit réseau, non ? Prudents, ils décidèrent de limiter la conversation à leur réelle compétence professionnelle : les faits. Le Belge avait déjà plombé la soirée en rapportant les propos d'un fonctionnaire de l'administration fiscale de Rhénanie-du-Nord-Westphalie. Selon ce fonctionnaire, derrière la majorité des « leaks » publiés dans la presse se trouvait un service de renseignement, actif à l'une ou l'autre phase de leur divulgation. Les hackers chevaliers blancs n'étaient qu'une fable, avait soutenu l'agent des Finances. Après une telle piqûre de rappel, les deux journalistes avaient laissé leurs derniers verres et mis le cap sur leurs chambres.

On se voit demain, *ci vediamo domani !*

Un « ping » dans la nuit, doublé du frémissement d'un vibreur. Tiré de son premier sommeil, Hugo consulta le réveil, puis son portable : 2 h 05. Un nouvel appel avait atterri sur la messagerie qu'il réservait aux sources les plus délicates. Il ouvrit l'application, y lut un message bref de Drago accompagné d'une localisation Google Maps. Hugo cliqua sur le lien, le lieu de rendez-vous était à l'autre bout de la Nouvelle Belgrade. Il leur faudrait un taxi. En refermant son portable, Hugo vit que Zoé lui avait laissé plusieurs messages WhatsApp. Pas le temps de les lire, et Paris dort à cette heure, ce serait pour plus tard. D'abord se mettre en route pour rejoindre Drago et rencontrer enfin Jérémie.

— Mario ?

Derrière la porte, Hugo ne perçut qu'un grognement. Puis, dans l'embrasure, une tête défaite.

— Drago a laissé un message, nous avons notre rendez-vous. C'est maintenant.

En montant à bord d'un taxi Džoker aux couleurs enfin crédibles, jaune comme la chance, Hugo songea que ce joker allait leur porter bonheur. Leur serbo-croate était certes approximatif, mais un *блок* se prononçant bloc, et le chauffeur dominant parfaitement les chiffres quelle qu'en soit la langue, ils arrivèrent sans encombre au bloc 45, face à l'île de Međica, au sud de la Nouvelle Belgrade.

Les lampadaires au sodium de la cité résidentielle étaient avares de leur lumière. Qu'importe, car cette nuit-là, la voie était étrangement éclairée par un flot de véhicules d'intervention surmontés de gyrophares bleus. À l'intérieur du taxi, la conversation fut bientôt couverte par une sirène d'ambulance.

Drago les attendait, bien au-delà du cordon de sécurité. Il leur fit signe de le rejoindre, rassura les policiers présents. Les trois journalistes se retrouvèrent ainsi dans la bulle bleue des gyrophares, à scruter les immeubles de la ruelle Lázaro Cárdenas. Du doigt, Drago leur indiqua d'abord l'appartement de Jérémie, au quatrième, puis devant eux, tout au fond d'une vaste béance dans la chaussée, au milieu de remblais, briquaillons et plaques de macadam qu'une fuite d'eau commençait à submerger, la portière fumante de la voiture de Jérémie.

31.

Bukavu, mai 2017

Bien avant que l'appareil ne touche le sol, Xahra put mesurer toute la puissance de Baron Mines. Posés en épi sur une butte bordant la baie de Bukavu, les bungalows rose et vert de l'hôpital provincial semblaient n'attendre que cet hélicoptère et son unique blessé. Le tarmac de l'entrée avait été dégagé, et deux brancardiers ainsi qu'une équipe de réanimation les attendaient, déjà en position pour se glisser sous les pales avant l'arrêt des moteurs. Un ami pédiatre lui avait un jour confié que l'un des comptables de l'hôpital s'occupait exclusivement des factures adressées à Baron pour les soins prodigués à ses travailleurs. Elle était désormais résolue à le croire. Même ici, au royaume d'Hippocrate, l'or des Canadiens régnait en maître.

Xahra n'eut pas à se plaindre de ces faveurs. Quand elle se tourna vers l'adolescent, elle le vit perdre conscience. Une équipe complète ne serait pas de trop pour le déposer en douceur sur le brancard des urgences puis gagner le bloc chirurgical.

Les premiers soins au blessé, son transport furent si rapides que Xahra avait du mal à en suivre le rythme. Son esprit restait clair, mais elle sentit que son cœur battait à une fréquence insoutenable.

Chirurgie ? Traumato-orthopédie ? Les mots ne voulaient plus rien dire. Xahra ne comprit pas les quelques détours des infirmiers, lesquels finirent par partir vers le bloc opératoire qui leur était assigné. Xahra ne comprit pas non plus pourquoi, à l'entrée du bloc, une employée lui barra subitement le passage.

— Non, madame, on n'entre pas. Même si vous étiez sa mère.

Comme un muscle se relâche après l'effort, Xahra se replia et obéit. L'infirmière lui promit qu'elle serait la première informée. Elle tint parole. Elle vint bientôt lui annoncer que le garçon était sous perfusion, que l'opération avait commencé et qu'il ne perdrait ni la vie ni sa jambe. Soulagée, Xahra sentit son calme revenir et éprouva l'envie soudaine de s'asseoir, pour réfléchir aux événements qui l'avaient amenée là. Elle remercia, puis demanda à voir où serait soigné le blessé.

C'était un vaste dortoir orienté plein sud dont les larges baies donnaient sur la ville. Dans le ciel de plomb, un engin traçait un trait clair : l'hélicoptère de Baron Mines quittait l'hôpital, reprenait son vol vers la mine artisanale pour porter secours à d'éventuels blessés. Au prix du gallon de kérosène, ce n'était pas la procédure standard – ça leur coûterait quelques pépites. Par la piste, les ambulances de Bukavu ne seraient sur place que dans deux heures au mieux. Combien de fois meurt-on dans ce laps de temps ? Lucas avait manifestement convaincu Baron Mines de s'impliquer, et la société minière ne mégotait pas. Cette seule pensée électrisa Xahra.

L'adolescent était toujours au bloc, elle ne pouvait plus rien. Aimé était lui aussi en sécurité. Retenue pour quelques heures encore entre les murs de cet hôpital, la jeune femme songea à l'aide qu'elle pourrait néanmoins apporter. Elle s'installa près du dortoir, dans le bureau des infirmières, ouvrit son portable et se résolut à alerter en priorité les réseaux de journalistes des Grands Lacs. Il fallait mettre la pression sur les politiques avant qu'ils ne réécrivent l'histoire.

Ceux qui pouvaient agiter la toile à propos d'un drame qui se déroulait dans le Sud-Kivu étaient peu nombreux, mais d'un métal dur, trempés dans la masse. Elle pensa aux bloggeurs exilés à Kigali et Brazzaville, à la radio d'Uvira, *Messager du Peuple*. Xahra lança un nouveau groupe de discussion sur messagerie sécurisée. Quelques journalistes intéressants étaient en ligne. Elle leur envoya un résumé factuel, ses premières photos de l'hélico qui avait assailli le village. Devait-elle aussi montrer les corps pour authentifier le drame ? Elle se résigna à envoyer les images, mais rédigea une clause de réserve dans leurs légendes : « Pas pour publication, juste pour éléments de preuve. » Puis ses clichés des munitions – la plupart portaient un poinçon « 02 » marqué à six heures sur le culot. Que les journalistes fassent leur travail. Cependant, les bases de données en ligne ne laissaient guère de doute :

munitions iraniennes, fréquentes dans l'Afrique des Grands Lacs et de l'Est. Il ne s'agissait pas de munitions de l'armée régulière.

À mesure qu'elle avançait dans son travail, Xahra voyait sur son écran s'animer les statuts d'autres journalistes qui signalaient leur présence. Parmi ces contacts qui prenaient vie, elle distingua bientôt cette ancienne correspondante de guerre espagnole qui avait contacté l'association et semblait s'intéresser à l'actualité dans la zone minière. Elle allait être servie. Xahra retrouva son mail, y répondit en y joignant son compte rendu des dernières violences, accompagné des photos. Envoyé, propre et net. Pour cette journaliste en particulier, Xahra se dit qu'un autre document pouvait être intéressant. Elle chercha dans ses photos, et retrouva celle où apparaissait un co pilote à la peau blanche. Si cette journaliste s'inquiétait de possibles mercenaires russes, cette photo lui parlerait.

Tandis que le témoin de téléchargement dansait sous les yeux de Xahra, son cerveau se mit lui aussi à mouliner en arrière-plan et à vagabonder dans la bibliothèque d'images inconscientes qu'elle avait emmagasinées ces dernières semaines. Mis à part les mercenaires russes, de quoi avait parlé cette journaliste espagnole ?

Xahra reprit les messages de sa boîte de réception, revint sur le tout premier message que la journaliste avait adressé à l'ONG. Voilà ! Elle cherchait « à vérifier quelques infos sur la véritable identité du président Kabila » lorsqu'il était enfant, sur « sa naissance à Fizi, Sud-Kivu ».

Fizi.

La journaliste évoquait d'anciennes archives belges sur un trafic d'enfants. Xahra prépara un troisième mail, avec les patronymes complets de Siméon, du commandant Juju Kabange. Et si ?

Document C

mai 2017

Ministère de l'Intérieur
Rapport d'enquête Ki n° 730/2017 du 23 mai 2017.

Le juge d'instruction de garde et le procureur OJT de Belgrade se sont rendus sur les lieux de l'explosion à 1 h 57. Après avoir ordonné l'enlèvement des restes du corps du défunt Plecic « Jérémie » Zvonko, le juge a pris acte de la découverte dans les débris de l'explosion d'un pistolet de marque Vitnes calibre 9mm numéro de fabrication AE 15344. Le percuteur était en position avant, non tendue, une balle se trouvait dans le canon et douze balles garnissaient le chargeur.

Le rapport d'analyse technique de ce même 23 mai 2017 procède à l'analyse du lieu de l'homicide, à savoir ruelle Lázaro Cárdenas, bloc 45, Novi Beograd, où ont été retrouvés : plusieurs fragments du corps, en principal torse et bras ; le pistolet de marque Vitnes calibre 9mm, cf. supra, *connu pour avoir été prêté à la victime par la police de district de Novi Beograd afin d'assurer sa protection personnelle ; divers débris de voiture, modèle Skoda, immatriculé BG 269-963, notamment une roue, deux portières, bloc-moteur ; une carte électronique et les restes d'un dispositif explosif.*

La carte électronique retrouvée sur les lieux a été endommagée par l'explosion. Outre la présence massive de résidus explosifs de type organique et de deux empreintes digitales non répertoriées (index et majeur main droite), la carte comportait un slot pour nanocarte SIM et une nanocarte SIM embarquée 2100140290727. L'expertise identifie ici un système de mise à feu à distance par envoi de message SMS.

OKT recommande une analyse de téléphonie pour identifier le donneur d'ordre.

32.

Belgrade, mai 2017

— Il a été tué à distance ?

Hugo redressa la tête, interrogeant Drago du regard. Assis à son bureau, le rédacteur en chef de *NewSerbia* se noyait dans une masse de documents que l'imprimante crachait sans interruption depuis quelques minutes.

— C'est ce que dit le rapport. J'ai déjà la suite, une analyse de téléphonie avec complément de l'administration fluviale. Depuis son activation, la carte SIM a reçu quatre appels, provenant tous d'une même carte, anonyme et prépayée bien sûr. Mais la triangulation est intéressante. Lors de l'appel qui a déclenché l'explosion, le donneur d'ordre se trouvait au beau milieu du Danube. Sur un bateau.

— Un bateau sans système d'identification, j'imagine.

— Exact. Un dinghy ou un semi-gonflable, quelque chose de ce genre. Pour pouvoir s'enfuir rapidement. L'administration fluviale ne signale pas d'écho AIS, pas à cette heure, ni à cet endroit.

— Ça ne t'étonne pas que la justice serbe aille aussi vite ? Dactyloscopie, analyse des explosifs, identification téléphonique, triangulation, à présent un rapport de l'administration fluviale, moins de quinze heures après l'assassinat ?

— L'attentat, Hugo. Pour notre pays, c'est un attentat, la Serbie mobilise tous ses moyens. Cette rapidité, ce n'est pas exactement ce qui m'inquiète.

Hugo remarqua enfin que les tics avaient déserté le visage de son collègue. La tension semblait être une médication radicale.

— Ce qui me préoccupe, c'est d'être inondé des rapports du parquet, de la police scientifique, du ministère de l'Intérieur, comme si j'étais leur ami de toujours. Ça, c'est inquiétant ! Depuis ce matin, ce ne sont plus des fuites, c'est la valse d'un arroseur automatique de jardin !

— Et… ?

— Cette nuit, je cherchais encore à joindre Jérémie – qui ne répondait pas – lorsque des amis, ou plutôt des relais au sein des services de sécurité, m'ont appelé. Au même moment, le véhicule explosait. Comme si mes relais avaient voulu me dire : On sait ce que tu fais, on sait qui tu cherches et tu vas le trouver trop tard. Tu vas parler à un cadavre. Maintenant, ils nous abreuvent de documents officiels qui prouvent la détermination des autorités à faire toute la clarté sur cet homicide. Ils nous prennent vraiment pour des béjaunes.

Depuis l'aube, Mario demeurait en retrait. Sans appétit, nauséeux, il semblait incapable de digérer les événements de la nuit. La première question du Suisse révéla son malaise.

— À ton avis, Drago, qu'est-ce qui a déclenché cet assassinat ? L'enquête parle d'une charge explosive sophistiquée, activée quelques heures après notre arrivée. Par une commande à distance qui n'est visiblement pas improvisée. Comme si tout cela était prêt depuis longtemps et nous attendait. Est-ce nous deux que les tueurs attendaient ?

— Ils étaient prêts, c'est évident. Mais arrêtons de fantasmer, je ne pense pas qu'ils vous attendaient. Le dispositif mis en place était bien trop sophistiqué, et ici, à Belgrade, vous ne pesez rien. Au pire, votre arrivée a accéléré la mise à mort. La question est de savoir qui a tué. Mafia ou gouvernement ? Ou un mélange des deux. Et pour quelle raison l'ont-ils liquidé ?

Une multitude de questions les attendait en embuscade, pourtant Drago préservait ses hôtes. Du coin comptabilité-cuisine montaient des arômes de café, il proposa une nouvelle tasse, aussi forte et amère que la nuit écoulée. Si tout était prêt pour le meurtre, remarqua Hugo en maniant la cafetière, quelle coïncidence qu'il se produise le jour même de leur arrivée. Le jour même ! Quant à l'identité du meurtrier, la police semblait trop bien renseignée, trop vite surtout, pour qu'il s'agisse d'un meurtre mafieux inopiné.

— Jérémie était trop proche des services de renseignement pour qu'ils le tuent, fit remarquer Mario.

Drago se raidit sur son siège, et demanda au Suisse de répéter sa dernière phrase.

— Comment le sais-tu, Mario ?

— Rien de précis... Je sais qu'il avait de bons contacts. Il me l'a glissé dans une conversation.

Un ange passait, Drago le flingua.

— Bref, tu étais à ce point intime avec Jérémie qu'il te parlait de ses accointances avec les services de renseignement. Pourtant, lorsque tu viens à Belgrade, tu es incapable de retrouver son adresse. C'est bien ça ?

Le Serbe poussa plus avant son interrogatoire. Drago voulut connaître les circonstances dans lesquelles les deux hommes s'étaient retrouvés ces derniers mois. Et le lieu, de toute évidence. Mario riposta.

— Et toi, Drago, lorsque tu as tenté de joindre Jérémie la nuit passée, est-ce que tu aurais pu laisser un indice qui aurait poussé les services à intervenir ? Involontairement, je veux dire...

— « Involontairement » ? Je suppose que c'est de l'humour suisse. Tu n'imagines pas un seul instant que je puisse être complice, j'espère ?

Sentant la querelle monter, Hugo éprouva une gêne que le manque de sommeil accentuait. L'attaque de Mario était gratuite, et elle ne mènerait à rien. Hugo aurait aimé remonter le temps de deux minutes à peine, obliger Mario à reformuler ses remarques, peut-être le contraindre à répondre aux questions de Drago. Elles étaient légitimes, non ? Où s'étaient-ils retrouvés ? Et que savait-il des relations de Jérémie avec les services de renseignement ? Plongé dans ses pensées, il ne vit pas partir le coup suivant.

— De fait, ils ont l'air très généreux avec toi ce matin, insista le Suisse. Peut-être est-ce toi qui leur as vendu la mèche. Sans le vouloir, bien sûr. Voilà ce que je voulais dire…

Devant l'allusion répétée, Drago s'effondra dans son fauteuil, le coup était une décharge électrique. Lorsqu'il se redressa, il partit en vrille.

— Mes amis, moi je me demande s'il était bien intelligent de débarquer ainsi en Serbie. Le Belge, le Suisse, ignorant bien des choses de leur source – à commencer par son adresse ! – font mine de découvrir la complexité des Balkans, puis déclarent connaître parfaitement la connexion de l'homme avec les services de renseignement. Dans une heure, ils vont m'expliquer la recette de nos böreks. Ça va comme ça ! Je me démène pour vous, je retrouve votre source et, lorsqu'elle est assassinée, vous refusez de répondre à mes questions. À présent, pour vous défausser, vous insinuez que c'est peut-être moi qui ai allumé la mèche !

Hugo ne pourrait plus éteindre l'incendie. La brutalité soudaine du Suisse l'avait surpris. Il avait couvert les révoltes de rue en Serbie, il connaissait la complexité du pays, le très haut niveau de sécurité qu'adoptaient des journalistes comme Drago. Qu'est-ce que Mario avait dans la tête ?

Le téléphone sonna. Rien de très important, mais Drago invoqua bientôt les impératifs du bouclage – comprenez, le mardi est un jour difficile pour les hebdomadaires du week-end. Hugo n'était pas dupe, il feignit de se rappeler qu'ils avaient un vol retour pour Zurich le soir même. Pourtant, leur collaboration devait survivre aux maladresses des petits matins qui suivent une nuit blanche.

— Tu as les meilleures entrées dans les services de police, Drago. Il nous serait utile d'en savoir davantage sur…

— Ne t'y mets pas, toi aussi ! Je veux moi-même connaître le mot de la fin, savoir qui a tué Jérémie et pourquoi on m'a traité ainsi. Bien sûr ! Tu me connais, Hugo. Et cela n'a rien à voir avec notre amitié.

Le visage de Drago était exempt de tics, le Belge mesura le degré de tension de son collègue serbe. Le mot amitié était revenu, mais le lien s'était distendu, il fallait désormais lui laisser le temps de se rétablir. Hugo assura Drago de sa confiance, évoqua les échéances prochaines de leur enquête, répéta qu'il comptait sur lui. Le Serbe savait tout cela, et mit un terme à la discussion d'un mouvement de main. Ils restaient complices, et si Bruxelles pouvait parler un peu plus souvent de la dictature serbe, il s'en réjouirait. Quoi qu'il en soit, il avait à faire.

— Tu comprends, Hugo ?

La porte de la rédaction se referma, les deux journalistes étaient à la rue. Quelle mouche avait piqué le Suisse ?

— De toute façon, conclut Mario en retrouvant le hall de l'aéroport, la piste s'arrête là. Nous n'avions plus rien à faire à Belgrade.

Hugo jeta un œil au tableau des départs. Pas de vol en soirée pour Bruxelles et aucune envie de passer la nuit à l'aéroport. Un retour sur Zurich en compagnie de Mario ? Possible, mais il y avait aussi ce vol pour Madrid.

Trop tentant.

Après les tensions de la matinée, le Belge n'avait aucune envie de voyager aux côtés de Mario. Avec un curieux temps de retard, le Suisse commençait à digérer le stress de la nuit. Devant les portes d'embarquement, il se montra presque exubérant.

— Même si nous n'avons pas pu le « confesser », Jérémie savait des choses, c'est évident. C'est pour ça qu'il vient d'être tué. Rien que ce meurtre, lié à la fuite qu'il nous a donnée, ça justifie amplement notre publication, non ? Espérons que Drago en apprenne davantage.

Hugo resta silencieux.

— Éric Malta a beau démentir les dessous-de-table, reprit Mario, pour moi c'est simple : quatre documents nous disent que Kabila a été corrompu par lui. Et nous savons que l'offshore était bien celle du président Kabila. Les frères Singh l'ont confirmé, même si nous ne pouvons pas l'écrire.

— Pas d'affolement, Mario. Nous gardons la date de publication fixée. Mais le pot-de-vin, tu n'en as pas la preuve parfaite, et tu le sais. Rien n'a changé.

Hugo touillait son thé au lait, indécis. Il songeait à la Caron, au monde qu'il faut arpenter sans cesse, sur ses jambes, pour en percer tous les secrets.

— Peut-être Jérémie a-t-il été tué parce que nous avons tout simplement recommencé à faire notre boulot de journaliste, reprit-il. Notre travail de terrain, tu vois ? En enquêtant sur notre source – ce que nous avions négligé de faire – nous allions peut-être faire éclater la manipulation dans laquelle on voulait nous faire jouer. Regardons les choses objectivement, Mario : « AfroLeaks, un mort », c'est jusqu'à présent notre seul titre véritablement factuel.

Il prit une gorgée de thé, et fixa son collègue.

— La question que tu as posée à Drago manquait de tact, mais c'était presque la bonne. Celle qu'il te posait en retour était tout aussi pertinente : dans quelles circonstances as-tu renoué avec Jérémie ?

Mario ne répondit pas de suite.

— Tu vois, continua Hugo, que ce soit Drago, toi ou moi, l'un de nous a sans doute causé la mort de Jérémie. Par nos mails, nos déplacements, via nos messages ou notre enquête, comment avons-nous mis la source en danger ? Après vingt ans de journalisme, quand un informateur meurt, je pense que c'est la seule question valable. À quel moment a-t-on fauté ?

Les haut-parleurs annoncèrent le début de l'embarquement pour Zurich. Mario but son café d'un trait, s'attarda sur son verre d'eau avant de répondre enfin :

— Peut-être suis-je le fautif dans cette affaire. Probablement, même. Ne serait-ce qu'en évaluant mal ma source et les dangers qu'elle encourait. Je dois encore laisser décanter tout ça pour y voir clair.

— Ce n'est pas toi qui as actionné l'explosif. L'important, c'est d'apprendre de nos erreurs. Nous sommes tous à la merci d'un e-mail trop explicite, un appel téléphonique direct qui dévoile notre informateur. Je ne sais pas ce qui s'est passé, il faudrait identifier les failles de nos procédures. Par exemple, qui savait que nous nous rendions à Belgrade ?

Nom de Dieu…

En formulant la question, Hugo aurait pu y répondre dans un même souffle. Qui d'autre que lui, ou Laura, était suivi bien avant de mettre les pieds à Belgrade ? Quand on a la chance d'être tuyauté par le patron d'un service de renseignement, on renforce sa garde, on brouille les pistes. On évite de remonter soi-même vers une source et de la mettre en danger.

Suivi à Paris, à Bruxelles, suivi à Belgrade, et pourtant je tente encore de rencontrer cette source chez elle. Qui a actionné l'explosif, si ce n'est moi ? Ou Laura…

Mario se leva. Cette fois il prenait congé.

— C'est peut-être un peu plus grave qu'un e-mail trop explicite, Hugo. Il me faudrait un peu de temps. Ne m'en veux pas, mais je vais prendre un peu de distance. Embrasse Laura pour moi. Et Zoé.

— Zoé ? Tu ne préfères pas faire toi-même tes commissions amoureuses ?

Hugo aurait voulu développer davantage, mais il se souvint que la Française lui avait laissé plusieurs messages sur WhatsApp. Le temps que Hugo ouvre sa messagerie, Mario avait disparu dans la file d'embarquement.

À cet instant, mardi 23 mai 2017, Hugo n'aurait pu deviner qu'il ne reverrait plus Mario. Jamais.

L'histoire vous joue de ces tours.

33.

Brousse de Luhwinja, mai 2017

Sous la conduite de Lucas, le 4 × 4 ne cessait de tanguer.

— À gauche, la piste des bananiers, jusqu'à la case des Mbengue.

Au fil des kilomètres, alors qu'il découvrait un entrelacs de pistes qu'Archange lui montrait du doigt, Lucas reprenait pied. Drôle de bonhomme, ce Bugiri, comme déraciné puis rempoté dans ses bottes rouges, mais il vous sortait des anecdotes à propos de chaque chemin, il connaissait l'utilité de toutes les pistes et les familles de chaque colline. Incapable de lire trois mots couchés sur papier, Archange avait dans la tête un vrai thésaurus de bibliothèque. Le Français était bluffé. Les Européens scrutent leur passé, tracent leurs aïeuls, dessinent des arbres généalogiques, et s'ils remontent les filiations sur sept ou huit générations, c'est déjà un miracle – ils ont l'impression de se hisser au ciel et dans les brumes. Archange, lui, n'identifiait que les aïeux du siècle mais il recomposait chacune des paternités et maternités, chaque lignée agnatique ou cognatique, pour recomposer les familles, dessiner des collines, enraciner les dynasties dans leurs terres. Aucune nostalgie sous ces branches plus larges que hautes, juste le présent. Si Lucas cherchait un jour son identité dans un arbre, Archange lui offrirait un paysage pour l'y planter.

Il en aurait oublié le massacre minier et l'urgence de localiser Juju, lorsqu'une jeune femme, presque une adolescente, en treillis militaire se mit en travers de la piste. Archange baissa la vitre de sa portière, laissant entrer dans l'habitacle une odeur d'azote. Lucas aurait même parié sur du nitrate d'ammonium, et se surprit à penser TNT, minol, une pointe de tritonal. Ces détails techniques n'avaient plus d'importance, car à l'évidence un autre drame s'était déroulé ici. Elle conférait avec Bugiri en kiswahili, restait à distance du Français, mais Lucas décela de la panique dans sa voix, une envie de crier mal contenue. Une mauvaise nouvelle en tout cas, peut-être le signe qu'un accrochage venait de se produire.

Archange se précipita hors du véhicule, déjà à la recherche de son fils. Son angoisse de père irradiait, et Lucas en fut touché. Comment ces deux-là avaient-ils trouvé leur chemin dans son cœur ? Lucas se garda la question au chaud, et abandonna à son tour le 4 × 4.

La position de campagne du commandant Juju se réduisait à quelques tentes et toiles discrètes couvertes de branchages et de filets de camouflage. Le Français n'y était pas le bienvenu, du moins pas avant que Siméon ne sorte la tête de la tente principale et l'invite à l'y rejoindre.

La tente formait une sorte de cloche humide, où les vapeurs d'éther apportaient une étrange fraîcheur. Conscient mais très affaibli, la respiration sifflante, Juju était allongé sur la seule civière dont disposaient les rebelles – l'une de ces barquettes dans lesquelles les sauveteurs évacuent les blessés sévères en haute montagne.

— Deux impacts de balles tirées par des mercenaires, commenta Siméon. Peut-être un poumon touché. Ils ont attaqué ce matin.

Lucas retourna les mains de Juju, examina les extrémités des doigts bleues, mal irriguées. Le front était luisant de sueur, des spasmes agitaient son cou.

— On peut encore l'évacuer, déclara Lucas. Nous avons un hélicoptère.

Siméon hésitait.

— Pour lui comme pour moi, celui qui entre dans un hôpital n'a aucune chance d'en ressortir libre, expliqua-t-il en s'agenouillant aux côtés du commandant. On a trop joué avec nos vies et celles des autres. Ils ne nous offriront rien d'autre que la prison. S'ils acceptent même de nous soigner.

— C'est la prison ou un cercueil, Siméon. J'appelle l'hélicoptère.

Des gémissements puis une suite de mots s'élevèrent de la civière.

— Pas toujours les cigognes…

Le Français se souvint de cette phrase, leur première rencontre.

son père veillait toujours sur lui. À moins que ce ne soit l'inverse.

Jean de Dieu voulait remercier Lucas de lui avoir ramené son père. Puis il déversa dans sa main le contenu d'une pochette colorée qu'il conservait à la taille. Dans la paume de l'adolescent roulaient à présent non plus une mais trois pierres aux éclats fascinants. Les yeux de Jean de Dieu semblaient dire au Français : J'ai toujours été le petit frère de Juju, nous sommes un peu cousins à présent. Peux-tu analyser mes pierres ?

Lucas lui sourit. Il empoigna son sac à dos, en sortit une lampe à lumière froide et un testeur électrothermique.

Vrais ou faux frères ?

Vrais ou faux diamants ?

Le moment de savoir était venu.

34.

Genève, mai 2017

Avant de traverser la rue de la Tour de l'Île, Mario examina une dernière fois la façade de l'immeuble, sa porte encadrée de colonnes corinthiennes, l'imposte en plein cintre rythmée de rayons de bois finement ouvragés, une tête de dieu grimaçant dans l'architrave et, plus haut encore, l'entablement en demi-cercle orné de deux fenêtres jumelles. Le soleil de mai enflammait leurs vitraux, illuminant un des bijoux XIXe siècle du cœur de Genève.

Mario laissa passer le tramway 14, puis traversa la rue. Son sac à dos sur l'épaule, il vérifia que les fils n'entravaient pas ses gestes, que le micro restait fermement logé sous le repli discret de son col. À droite de la porte, un long tableau en laiton jouait avec le soleil et présentait la quinzaine de sonnettes reliées aux différents bureaux d'avocats, gestionnaires de fortune, lobbyistes qui peuplaient l'immeuble. Mario appuya sur le bouton attribué à l'agence Globus Sources, détectives privés.

L'interphone grésilla, une voix interrogea le trottoir. Le journaliste prononça son nom, dut le donner une seconde fois. Il n'y eut pas de réponse mais ce fut suffisant pour qu'un déclic se fasse entendre dans l'huis. Mario poussa la lourde porte, entra dans le champ des caméras de sécurité. Celui qui le dévisageait actionna l'ouverture de la porte de fer forgé qui permettait d'accéder à l'escalier de pierre et à la minuscule cage d'ascenseur.

Arrivé au palier du cinquième, sous les toits, une autre caméra accueillit le journaliste. Il lui répondit d'un sourire. Une seule porte se présentait au visiteur, un vernis parfait, sans raison sociale, sans plaque. Disparue la mention Globus Sources, la couverture s'arrêtait là. La sonnette était anonyme. Sans hésitation, Mario appuya sur le timbre et la porte s'ouvrit.

Il ne connaissait que depuis quelques mois le secret de cette porte muette. Elle menait à l'une des antennes les plus discrètes du Service de renseignement de la Confédération, SRC/NDB, un lieu absent des annuaires, loin des regards de la cité, des journalistes de la TSR ou du *Temps*, hors d'atteinte des algorithmes et micros-canons. Au cœur de Genève, un lieu de rencontre commode pour officiers traitants et informateurs, plus discret que l'état-major et le quartier général de la *Papiermühlestrasse* bernoise. C'est ici qu'il avait retrouvé Jérémie en janvier, tous deux surpris de renouer dans pareil endroit, si paisible, si feutré, bien éloigné des réseaux de l'insurrection serbe.

Un employé lisse et discret, digne du mobilier fédéral standard, s'avança et tendit la main à celui qu'il savait être le journaliste Mario Gatti, trente-deux ans, résident du Tessin, numéro AVS bien connu de l'Office fédéral de la statistique. L'homme ne cacha pas son dédain pour ce journaleux, mais certaines remarques entendues entre ces murs lui revenaient à l'esprit – « emmerdeur de première », « assez naïf pour être utile », « chasse gardée du patron » – et l'empêchaient de congédier l'importun. Il sourit à Mario.

— Monsieur Gatti, c'est cela ? En quoi puis-je vous aider ?

— J'aimerais voir M. Clemenz.

— Vous aviez rendez-vous ?

— Non, j'ai pensé qu'il pourrait me recevoir. Au débotté…

Silence.

— M. Clemenz est sorti, mais il ne va pas tarder à revenir. Je le préviens de votre arrivée. Pourriez-vous l'attendre dans l'antichambre ?

Mario s'installa dans un fauteuil fatigué mais confortable encore, incarnation de la nouvelle gestion publique helvétique. L'employé s'était éclipsé, l'attente commença.

Son sac à dos posé sur les genoux, Mario contemplait la porte blanche qui lui faisait face. Le silence se conjuguait à une étonnante absence d'odeur, conforme à la finalité des lieux. Il ne remarqua que la température inhabituellement élevée. Dans le hall adjacent, un homme travaillait au conditionnement d'air. Une panne ? Cela expliquerait la chaleur. La somme d'outils répandus ainsi que les allées et venues incessantes du technicien laissaient supposer que la réparation n'était pas aisée.

Ainsi filait le temps. Il fallut à Mario plusieurs minutes avant de remarquer le long du chambranle une fine ligne grisée qui contrastait avec la blancheur de la porte fermée devant lui. Toute la lumière de l'été ne parvenait pas à la dissiper, sans doute un infime défaut dans le bois. À moins que ? La porte était sans défaut mais semblait mal fermée, le pêne à peine engagé dans la gâche.

Mario se redressa, chercha des yeux le secrétaire, puis tendit l'oreille. Personne. Une porte mal fermée, c'est presque une porte ouverte. D'un bond léger sur les boucles de moquette, Mario inspecta la serrure, soupesa ses chances d'y arriver sans attirer l'attention. Jouable. Il se recula, prit la direction du hall adjacent… personne. Il s'empara d'un tournevis laissé au sol, court mais solide. De retour à la porte, il y appuya son genou, engagea le tournevis dans la gâche puis imprima une forte pression. Le pêne s'éclipsa puis rebondit à vide, la porte s'était ouverte sans bruit. Mario gagna le bureau de Clemenz dont la disposition ne lui était pas vraiment inconnue puis s'immobilisa un instant. Aucun mouvement, aucun bruit ne naissait dans le couloir. Les yeux de Mario détaillèrent la pièce, survolant les rares documents étalés sur un bureau net. Sans intérêt. L'unique étagère était emplie de classeurs que Mario entreprit d'identifier et, pour certains, de compulser.

IP Lyon – Interpol
Operation Admiral, actualisé le 25 avril 2016
a) The Russian Connection
b) Yugorski Bank
c) Interprivatisatija Foundation
d)…

De vieux dossiers.

Un autre classeur regroupait les enquêtes de la police allemande :

BKA Wiesbaden
En Suisse (à Zurich), les comptes bancaires des sociétés de Boris Kerimov et Musa Chalamov…

Intéressant. Quoi d'autre ?

Sans surprise, l'armoire forte était fermée. C'est dans ces coffres que le SRC/NDB conservait ses rapports et analyses classifiés. Le code d'accès dépassait les cent vingt lettres et chiffres, impossible à casser à moins d'y insérer la clé électronique du titulaire. Bien sûr, aucun agent ne se séparait de sa clé, et certainement pas Clemenz. À défaut, Mario s'apprêtait à ouvrir les tiroirs du bureau lorsqu'il remarqua au sol, appuyé contre l'armoire forte, ce qui ressemblait à un sac postal en toile mais avait la forme d'un épais porte-documents. Le sigle NDB barrait le rabat magnétique, souligné d'une mise en garde en allemand :

CH-Verschlusssachen, documents classifiés.

La navette confidentielle destinée au siège de Berne !

Mario se raidit. S'il y plongeait les mains, il risquait gros. Article 320 du Code pénal, trois ans de prison ferme pour violation du secret de fonction. Et trois ans de plus pour crimes ou délits contre l'État et la défense nationale…

À l'intérieur, Mario ne trouva que des documents administratifs et relevés de dépenses, avant de tomber sur une quarantaine de rapports suisses et étrangers glissés dans des chemises colorées. Huit à dix pages chacun, mais tous classifiés selon les divers niveaux de confidentialité de chaque État. Mario s'empara d'un premier dossier.

Police nationale d'Israël
Département renseignement criminel
Musa Chalamov a participé à des réunions avec les chefs mafieux suivants…

Ses mouvements en Israël et à l'étranger, dates d'entrée/sortie, numéro de vol, provenance/destination. Un vrai fil à la patte. Les Autrichiens s'y étaient mis, eux aussi :

République d'Autriche
Service de police criminelle BDOK
La personne de Boris Kerimov a été vue…

La chemise la plus volumineuse était constituée de rapports de l'Office fédéral de police suisse mais surtout du propre service de renseignement de la Confédération :

Berne, 24 octobre 2016, OCCO/225'011/KL Réseaux Poutine dans la Confédération...

Genève, 26 octobre 2016, SRC/312'127/BC Contacts M. Chalamov – Ops Africa Leaks...

Genève, 15 janvier 2017, SRC/374'200/BC Ops Africa Leaks – Contact Plecic Jérémie Zvonko...

Bingo.

Mario saisit une pleine poignée de ces rapports, survola les intitulés et niveaux de classification, retira une dizaine de pièces sans intérêt direct et glissa les autres dans son sac à dos. Il s'empara encore de trois autres rapports dont un relevé d'écoutes. Son sac commençait à enfler. Mario finit par corriger du plat de la main l'ajustement méticuleux des rapports qu'il laisserait au fond du porte-documents, ni vu ni connu, puis il le referma. Au moment où il reposait le rabat magnétique, il perçut des bruits dans le couloir.

Ce fut un nouveau bond de chat, un mouvement d'une légèreté atomique, Mario était revenu en position sur le fauteuil de l'antichambre, besace garnie à ses côtés. Au même instant, une silhouette se profila dans l'antichambre.

— Mario, quel bon vent ? Entrez...

Tout sourire, Clemenz serra la main du journaliste, son autre main affectueusement posée à l'arrière de l'épaule de son visiteur.

— Vous vouliez me voir ? Vous êtes allé à Belgrade, je pense ?

35.

Roquebrune-Cap-Martin, juin 2017

Direction générale de la police nationale
Direction centrale de la police judiciaire
Sous-direction de la Lutte contre la criminalité organisée et la délinquance financière
PROCÈS-VERBAL
L'an deux mille dix-sept,
Le deux juin à neuf heures, Nous, Pascal Loiseau, brigadier-chef de police, officier de police judiciaire en résidence à Nanterre (92), procédons à une perquisition à Roquebrune-Cap-Martin (06), assisté de...

— Et vous, major, je vous déclare à quel titre, sur le PV ?

— Je dois vraiment y figurer ?

— Le concierge vous a vue nous accompagner, difficile de vous escamoter...

— « Gardien de la paix », ça vous va ? Une militaire gardienne de la paix, nous ne mentirons qu'à moitié.

...du gardien de la paix Ingrid Schutz, poursuivant l'exécution de la commission rogatoire numéro 2219/17/1 du 27/05/2017 contre Kerimov, Boris Alexandrovich pour infractions diverses : direction, organisation, recrutement, emploi, rémunération, équipement et instruction militaire de mercenaires ; blanchiment commis en bande organisée ; corruption active de chef d'État étranger ; complicité et recel de ces délits.

— J'en oublie, major ?

Ingrid ne répondit pas. La jeune femme terminait l'inventaire du bureau de marbre Sienne et Portoro, le contenu des tiroirs, la cave à cigares de Kerimov. L'oiseau s'était envolé, seul le coffre-fort classe VI pourrait peut-être fournir des éléments intéressants. Huit heures de perquisition soutenues, et qu'avaient-ils trouvé ? Trois Bentley, une Lamborghini, une Ferrari, aucune trace de la Rolls Phantom, rien dans les chambres à coucher, pas d'ordinateur portable, pas de téléphone. La police scientifique n'aurait pas grand-chose à se mettre sous la dent. Rien dans les locaux techniques, la salle de cinéma, les cuisines, le sauna et le hammam, la salle de massage, le poste de garde des agents de sécurité – même les armes et licences de port d'armes étaient en règle. Le quai d'Orsay n'allait pas aimer, et la jeune femme anticipait déjà la colère du patron : de quoi aurait l'air le renseignement militaire s'il était incapable de répondre aux enquêteurs des Nations unies ? Pourtant c'était bien d'ici, en France, que ces mercenaires du Congo avaient été enrôlés.

La mystérieuse pièce blindée du sous-sol avait fait naître un bref espoir dans les yeux des policiers. Mais en définitive, elle se révéla n'être qu'une cave à vins – trente mètres carrés, deux mille bouteilles de grands crus, l'hommage dérisoire du Kirghize à la culture française.

Seul le coffre pouvait encore parler.

À 16 h 45, sommes rejoint par l'ASPTS Toussaint Biquet de la PJ de Nice afin d'examiner et ouvrir un coffre-fort Fichet Inviktus classe VI et réaliser un album photographique du contenu…

La sûreté du coffre se relâcha en un déclic à peine audible.

— Vous permettez ?

Le major Schutz avait enfilé ses gants nitrile. La jeune femme précéda le technicien et empoigna la liasse de dossiers colorés que recelait le coffre. S'en échappèrent de petits rectangles bordeaux qui tombèrent au sol, d'anciens passeports au nom de Kerimov, de son épouse, de son… Son petit-fils ?

Sans intérêt.

Les chemises de couleur étaient plus intéressantes. L'une d'elles contenait une dizaine de bordereaux de livraison en cyrillique, deux expertises diamantaires, les contrats de location de gros porteurs Antonov An-225 basés en Bulgarie – de quoi transporter des hélicos et même des blindés sur un théâtre de guerre. La plus épaisse recelait des ordres de virement – Moscou, Zurich, Yakoutsk, Nassau (Bahamas), Kinshasa.

Intéressant. J'en ferai une copie pour Zoé, cela la consolera.

Le major parcourut du regard les documents, et y décela le nom d'au moins deux chefs d'État.

— Il n'y a rien dans ce coffre. Agent Biquet, prenez des clichés du coffre vide, je vous prie. Attendez ! Avec les passeports…

— Vous invoquez le « secret-défense », major ?

— Même pas. Je n'ai rien trouvé et vous n'avez rien vu, d'accord ? Le renseignement militaire poursuit l'enquête en sous-main. Lancez tout de même un mandat d'arrêt. Je pense que vous avez assez de matériel dans cette maison pour satisfaire la curiosité des télévisions et montrer que la justice fait son boulot…

Le brigadier-chef Loiseau opina. L'héliport, la salle de cinéma souterraine, la cave blindée et ses milliers de grands crus, il y avait assez d'images alléchantes pour obtenir l'ouverture du 20 heures.

36.

Lisbonne, juin 2017

— Écoutez, écoutez tous !

Vendredi 9 juin 2017, 18 h 59. Sur les hauteurs de Paço de Arcos, à trois kilomètres du cœur de Lisbonne, le rédacteur en chef de l'*Expresso* alluma les téléviseurs qui garnissaient en enfilade les murs de la rédaction. Une soixantaine de visages silencieux n'eurent plus d'yeux que pour les génériques du BBC World News, le journal de France 24, Spiegel TV et RTP Internacional.

Três… Dois… Um…

19 heures.

Ce fut un bref coup dans la poitrine, le souffle suspendu. Lorsqu'un premier commentateur prononça le mot « AfroLeaks » – était-ce la BBC ? – et que le logo de l'opération apparut en incrustation, les cœurs se relâchèrent. Un tonnerre d'applaudissements souleva la rédaction, ponctué des explosions de bouchons d'*espumante* dont les bouteilles commençaient à circuler entre les ordinateurs. La tension se relâchait.

À l'édition finale, le webmaster confirma la mise en ligne simultanée des révélations financières. Leurs écrans web changeaient de couleur, AfroLeaks montait en « une », en « manchette » ou en « bandeau », partout en même temps. Ce n'était que le début de l'incendie qui allait gagner l'Europe, le Moyen-Orient, et progressivement l'Afrique, l'Amérique du Nord, puis l'Asie. Réunis pour un soir de fête au siège du premier hebdomadaire portugais, les partenaires du réseau attestaient chacun à leur tour, dans chacun de leur pays, du lancement web des révélations exclusives.

Hilare, Zoé confirma la première pour Mediapart, Hugo pour *Le Soir* +, Hilde annonçait un atterrissage réussi sur NRC.nl, Jürgen jubilait à l'évidence en regardant Spiegel TV dérouler ses titres. Laura, qui eut quelques difficultés à rafraîchir son écran, appela Madrid et vit bientôt les mêmes révélations arriver en cascade sur Elmundo.es. Au même moment, les tweets commencèrent à fuser, les alertes rebondirent sur les pages Facebook, les premières captures d'écran envahirent Instagram.

La tempête gagna tous les réseaux sociaux lorsque les agences Reuters et AFP lancèrent leurs premiers messages concis – « Nouvelles révélations d'un réseau européen de journalistes » – bientôt relayés par des dépêches plus nourries venant de l'Associated Press, Ansa, DPA, même les Russes de RIA Novosti suivirent la déferlante. Surpris, les autres organes de presse s'efforcèrent de rattraper le mouvement. C'est alors qu'une deuxième vague de journaux télévisés prit la relève, le *Telegiornale* de la RAI Uno, le *Tagesschau* de WDR1, avec chaque fois une légère modification d'angle, de nouveaux titres et, passé vingt heures, quelques réactions de gouvernements.

« Comment l'oligarque Boris Kerimov dérobe une mine d'or aux Canadiens de Baron Mines… » « Massacre en RDC, des dizaines de morts suite à une ruée diamantaire… » « Des mercenaires russes tentent un coup de force au Sud-Kivu. » Indignation de Human Rights Watch. Au même moment, France 2 diffusa les images d'une villa de Roquebrune-Cap Martin – salons vides, héliport, cave à vins blindée. « Le scandale des enfants congolais, esclaves des mines d'or… » Smiley colère. L'Union européenne promettait une enquête.

Bien d'autres informations sur l'Afrique furent révélées en exclusivité – la corruption du football, les fraudes aux diamants, le financement de terroristes, et cet étonnant relais français – une concentration mafieuse entre Menton et Saint-Jean-Cap-Ferrat. Hugo lui-même découvrait certains récits dont il ignorait le détail. Il était plus qu'heureux, en extase à nouveau devant la force du travail d'équipe, la puissance intacte du journalisme. Il échangea un regard avec Laura, mélange de bonheur et de fatigue acceptée. En retour, Laura posa sa main sur l'avant-bras de son *flamenco,* l'y laissa de longues minutes, décidée à ne plus rien cacher aux autres journalistes. Ils étaient ensemble, ils assumeraient.

À 20 h 45, la partie était gagnée. Le scandale AfroLeaks s'était répandu dans toute l'Europe, il ferait le tour du monde dans la nuit.

C'était un succès. Pourtant Alex, Jürgen, Drago, Laura, Zoé, Hilde, Hugo et tous les autres restaient à leurs postes de travail. Les verres, bouchons et petits-fours qui encombraient les bureaux ne les empêchaient pas de poursuivre leur tâche, écouteurs vissés aux oreilles. Ils continuaient à discuter avec leurs rédactions pendant que s'affolaient les chiffres d'audience livrés par Google Analytics. Les opinions publiques de toute l'Europe semblaient connectées à leurs écrans.

C'était le moment.

— *Está pronto ?*

20 h 59, le rédacteur en chef de l'*Expresso* leva à nouveau le bras pour réclamer le silence. Personne ne vit que l'autre bras restait dans son dos, index et majeur croisés.

— On y va !

À 21 heures, pile au moment où le soleil se couchait sur Estoril, tous les sites d'information du réseau basculèrent pour la seconde fois de la soirée. Le logo AfroLeaks demeurait en fond d'écran, mais le ton avait subitement changé. Le scandale dépassait à présent les seules révélations financières. De nouveaux visages apparurent sur les sites, de nouveaux titres, qui prendraient de court les quotidiens du matin, seraient sur toutes les radios au lever du jour. « Comment les services de renseignement suisses ont fait alliance avec la mafia russe. » S'ensuivirent les révélations de ce même groupe de journalistes, omniprésent depuis 19 heures : « Les espions suisses ont infiltré notre réseau – Comment ils ont tenté d'intoxiquer les plus grandes rédactions d'Europe. »

La surprise était énorme.

À nouveau, Hugo crut que son cœur allait éclater, il n'avait plus connu depuis longtemps un tel bonheur. Il pressa à son tour l'épaule de Laura. Sur les téléviseurs défilaient les explications techniques de Mediapart, suivies de la réaction indignée de Reporters Sans Frontières. Pour le coup, les journaux suisses du groupe Tamedia avaient accepté de se joindre aux révélations, et les détails tombaient en avalanche. Mise au parfum elle aussi, la première chaîne de la Radio Télévision Suisse avait modifié ses programmes pour diffuser un magazine d'enquête taillé sur mesure. De nouveaux visages se succédèrent sur les écrans : l'agent Clemenz du renseignement suisse, la façade de la planque genevoise rue de la Tour de l'Île, le trader russe Musa Chalamov, une photo d'archives incertaine du hacker serbe Plecic Zvonko dit « Jérémie », la reproduction de coupures de presse relatives à son assassinat.

Puis vint le visage de cet ancien journaliste suisse bien connu à Genève, Mario Gatti. Au moment où son portrait apparut, Zoé frissonna. Sur les sites de *Matin Dimanche* et du *Tages Anzeiger*, des dizaines de documents confidentiels suisses furent mis en ligne, décortiqués. On y analysait les aveux qu'ils contenaient cependant qu'une demi-douzaine de journaux proposaient d'écouter un fichier son, les propos que le maître espion genevois Clemenz avait tenus devant Mario :

«… Mais enfin, Mario, vous vous doutiez bien que nous avions un intérêt pressant à vous voir diffuser les documents de Jérémie. »

(Inaudible.)

« Des faux ? Très peu. Pour l'essentiel, ce que nous vous avons communiqué est exact. Mais oui, nous voulions discréditer ces fuites journalistiques à répétition. Avez-vous une idée du tort qu'elles ont causé depuis 2013 aux banques suisses ? »

(Un bruit.)

« Voulez-vous que je vous montre les chiffres ? »

Puis le silence, fondu au noir.

Lorsque les moniteurs de l'*Expresso* s'éteignirent peu avant minuit, les télévisions d'Europe passaient en boucle les images étonnantes de la porte-parole du renseignement suisse dénonçant la divulgation de documents confidentiels de la Défense. Elle menaçait de poursuites judiciaires.

« Les documents sont donc authentiques ? » avait interrogé la RTS.

À l'énoncé de la question, la porte-parole avait fondu en larmes. Des larmes bien réelles, tout comme les documents.

Ce soir-là, à l'embouchure du Tage, là où naissent l'océan Atlantique et toute la gloire de l'ancien empire portugais, la soirée entre journalistes s'était prolongée jusqu'aux premières lueurs bleutées de l'aube, quand la fraîcheur absorbe les effluves végétaux, et que l'océan n'a plus d'autre odeur que celles du sable et du sel. L'été était proche, la douceur de l'air annonçait une journée torride.

Tous les membres du réseau s'étaient retrouvés sous les voûtes fraîches de la citadelle de Cascais pour quelques heures d'agapes, leur brève récompense après leur traversée des mines de sel, l'exploitation de téraoctets de données. Soixante-neuf millions de documents ! Combien y en aurait-il la prochaine fois ? Pour l'heure, l'euphorie paraissait sans limite.

Cependant, quelques visages semblaient détachés, presque soucieux. En éternel bougon, Hugo avait repris sa posture de plantigrade asocial. Puisque tel était le piège tendu aux journalistes, pas une ligne n'était consacrée à Éric Malta et sa prétendue corruption de Kabila. De ce côté, le Belge avait fait chou blanc. Pourtant, Hugo n'était pas maussade, le succès d'AfroLeaks lui semblait presque indifférent. Un espace s'ouvrait dans sa vie où le temps ne lui serait pas compté avec la même frénésie. Il ne quittait pas des yeux le visage de Laura, et celui-ci remplissait le nouvel espace qui s'était libéré en lui.

De son côté, l'Espagnole retrouvait dans le regard du Belge la flamme du jeune homme en rupture de fac'. Hugo avait renoué avec ses rêves de l'enfance, ceux que l'on lance au ciel avant de se soumettre aux loyers et salaires. Il était apaisé et, ce soir-là, beaucoup se demandèrent si le Belge n'avait pas oublié ses guerres et tourné une page. Don Quichotte embrassait l'Espagne et posait l'armure. Maladroit toujours, mais délicat dans ses attentions, son *flamenco* était tout à elle, lui parlait en castillan, tirant sur eux un voile intime qui les isolait des autres.

En lisière de cette bulle, Zoé tournait le dos à Laura, comme pour préserver l'intimité de sa voisine. Mais si la Française participait de loin en loin à l'effervescence de la nuit, un cône de pénombre était tombé sur ses épaules et sur son cœur. Elle était à nouveau seule, sans Mario, sans projet. Sans regret, non plus. Mario s'était comporté en seigneur. Et quel finale ! Un tomber de rideau impeccable. Tomber, comme ce mot est terrible. Leur amour déçu hier était désormais impossible.

Jürgen, qui avait perçu la détresse de sa jeune consœur, empoigna une bouteille de vin de Minho et s'approcha d'elle.

— Et si on leur racontait tout ? suggéra Jürgen d'une voix forte. Ils ont le droit de savoir, non ?

La voix lumineuse et douce dissipa la pénombre. De son regard complice, l'Allemand rompait l'isolement de Zoé. Il remplit leurs deux verres et les visages présents dans la salle se tournèrent vers elle.

— Va pour la transparence, *full disclosure*, lança-t-elle. Mais je ne veux rien retrouver dans nos journaux de lundi, nous sommes d'accord ?

Personne n'aurait osé briser la magie de la confession qui s'annonçait. Aucun journaliste n'aurait promis le silence éternel, mais c'est en amis sincères qu'ils l'écoutèrent. Mentalement, Zoé fit le tri rapide de ce qu'elle pouvait leur dévoiler et de ce qu'elle garderait à jamais pour elle seule, ce réacteur amoureux toujours en feu sous un coffrage de mélancolie.

— Le jour où Mario et Hugo sont partis pour Belgrade, une amie du renseignement militaire m'a appelée. Comme si elle savait que je serais seule ce jour-là. Elle m'a demandé de la rejoindre dans ses bureaux de la DRM, boulevard Saint-Germain. « Nous avons quelque chose qui devrait t'intéresser, m'a-t-elle dit. Ça concerne des espions suisses. » C'était peu banal, j'étais intriguée. Je pensais que ça intéresserait aussi Mario.

Zoé ménageait son suspens.

— Les Français commençaient tout juste à s'y intéresser, mais il était clair qu'un certain Clemenz, du renseignement suisse, était responsable de l'espionnage des services « amis » européens. Il devait infiltrer les administrations et médias, tenter d'intercepter tout nouveau leak et l'étouffer dans l'œuf. La survie des banques suisses en dépendait.

Le silence de la salle s'épaissit, toute l'attention était concentrée sur la voix de Zoé.

— Lorsque ce Clemenz a contacté de manière répétée un journaliste suisse qui se rendait régulièrement en France, les agents du renseignement militaire français ont commencé à le suivre. Bien entendu, ce journaliste c'était Mario, et en le pistant ils sont remontés jusqu'à mon appartement. C'est ce que mon amie voulait que je sache.

— Mario travaillait pour le renseignement suisse ? s'étonna Alex.

— C'est ce que les Français ignoraient encore. Était-ce une taupe, ou était-il lui-même manipulé ?

Mario était dans une mauvaise passe financière ; il n'y avait guère de travail intéressant pour lui. Clemenz, qui était l'une de ses sources, l'a bien compris. Il l'a convaincu de rencontrer à Genève un hacker serbe, qui avait en main une remarquable fuite de données – celle sur laquelle on a travaillé. La rencontre s'est d'autant mieux déroulée que Mario a reconnu Jérémie. Hélas, la fuite était piégée, de faux documents y étaient insérés. Les Suisses espéraient ainsi nous mener en bateau et nous couler. Cet avertissement, je l'ai eu trop tard pour éviter le drame de Belgrade.

L'émotion reprenant le dessus, Zoé se tut.

— Hugo, tu peux peut-être raconter la suite ?

— Quand nous sommes revenus à l'aéroport, enchaîna le Belge, il y a eu cet étrange revirement de Mario. Depuis l'assassinat de Jérémie, il était sonné puis il est devenu agressif. Il nous a toujours caché le rôle d'intermédiaire joué par les services suisses, c'est vrai. Était-il complice ? Je ne le pense pas. Il avait confiance en Jérémie, il ignorait que la fuite était en partie frelatée. Je crois qu'il s'est rendu compte qu'avec le meurtre de Jérémie les services, qu'ils soient suisses ou serbes, étaient allés trop loin. Il ne pouvait plus se taire, il se sentait coupable.

Hugo s'interrompit. Le reste ne regardait pas ses amis. Seule Zoé devait connaître les derniers mots de Mario : « Embrasse Zoé pour moi. » Ce fut le vide sous les pas de Mario lorsqu'il comprit ce qu'il avait détruit. Mario s'était égaré depuis longtemps, mais cette fois il perdait Zoé et commençait à comprendre combien il l'aimait. La suite, seul leur confrère allemand la connaissait.

— Pour se racheter, reprit Jürgen, Mario a demandé des comptes à Clemenz. Il a enregistré l'engueulade, c'était son plan. Il voulait le forcer à cracher le morceau. Je ne connais pas les détails, mais il a eu l'occasion de mettre la main sur certaines archives du SRC. Il se fichait bien de laisser une trace. Jusqu'à ce moment, Mario n'a jamais su à quel point il était manipulé par les Suisses, eux-mêmes manipulés par un Russe. Ce sont ces documents qui le lui ont appris, et c'est lui, en définitive, qui aura été notre ultime « lanceur d'alerte ». Le même jour, Mario a quitté la Suisse et m'a remis cette nouvelle fuite à l'aéroport de Francfort – une liasse de documents classifiés, tous originaux –, ainsi que la bande enregistrée de sa conversation avec Clemenz. Puis il a quitté l'Europe, par vol Lufthansa. Il a trouvé un projet social pour refaire sa vie, loin du journalisme.

Jürgen leva son verre.

— C'est tout ce qu'il m'a autorisé à vous dire. *Tschüss* et fin de l'histoire.

Épilogue

Samedi 10 juin 2017

— Par où commence-t-on, madame Xahra ?

Le petit groupe d'ouvriers restait interdit devant le hangar défraîchi du Centre de recherches minières de Bukavu.

— L'un de vous démonte les panneaux publicitaires placés à l'entrée, répondit-elle, sans oublier d'ôter la plaque sur la porte. Que la population sache qu'il y a un nouvel occupant. Nous verrons ensuite pour la restauration des broyeurs. Vous autres, suivez-moi.

Aimé courait dans le hangar, se faufilant entre station de pesage, tamis, broyeurs à mâchoires et broyeurs à boulets, tables de secousse et séparateurs magnétiques. Les cris de l'enfant auraient dû la réjouir mais leur écho soulignait le vide, un nouvel espace de vie à remplir.

Les ouvriers attendaient ses ordres. Il avait fallu la mort de plus de vingt enfants, le viol de bien d'autres, mais le gouvernement avait tenu parole. Xahra serra de toutes ses forces le trousseau de clés du bâtiment. Dans son sac était glissée la convention qui l'autorisait à prendre possession du site.

« Par la présente, le gouvernement provincial représenté ici par son Excellence le ministre des Mines, l'Honorable Albert Kabinda – M. Albert était arrivé à être ministre ! – cède au collectif des enfants mineurs de Kadumwa les terrains, machines et bâtiments de l'ancien Centre de recherches minières sis à Bukavu, etc. »

Toutes les machines devaient être contrôlées, lubrifiées, réajustées. Il y aurait sans doute quelques gros travaux à réaliser au quai de déchargement des minerais. Il faudrait financer de nouveaux camions. Mais Lucas était formel, en moins de trois mois Xahra pourrait remettre sur pied la vieille unité de raffinage minier de Bukavu, réservée désormais aux seuls mineurs artisans.

Elle allait faire un peu de place dans le hangar, pour y ajouter la modeste fonderie d'or promise par l'Europe.

Je l'installerai ici, côté soleil.

L'idée avait emballé les pays européens : une production d'or artisanale contrôlée par les creuseurs, peut-être un label. Un diplomate français rêvait déjà de bijoux certifiés. Terminés les dessous-de-table payés aux militaires, la cupidité des courtiers, l'exploitation des enfants. Finis les trafics, se réjouit Xahra. Elle n'aurait plus à quémander l'attention des ministres ou députés locaux. Elle et sa coopérative, elle et ses artisans prendraient seuls les décisions, et deviendraient des acteurs du marché.

Toute à son enthousiasme, elle se dirigea vers un hangar annexe, accompagnée des autres ouvriers.

— Voilà, c'est ici.

Xahra ouvrit l'aile réservée autrefois à la comptabilité et au logement d'intermédiaires douteux, bénéficiaires des largesses des gouvernements précédents.

— Vous me dégagez tout ça ! Vous ne gardez que les lits, armoires, bureaux, tables et chaises encore en état. Ensuite, il faudra nettoyer à grande eau. Les électriciens arrivent demain.

Ni l'odeur ni le désordre n'atteignaient Xahra. Elle le voyait déjà, son autre projet, propre et lumineux. Elle pouvait en entendre les cris. Un véritable orphelinat naîtrait ici, neuf chambres, une bibliothèque et une pièce de jeux, une salle d'étude, le réfectoire et les cuisines. Des sanitaires et salles de bains, l'eau chaude et les savons, les charivaris et les chambards des gamins.

Toute cette mobilisation, cette énergie et ce bruit pour décrocher ça. Rien que ça. On rêve de modifier la marche du monde et gagner son éternité. Résultat : on finit carreleuse à restaurer des orphelinats.

Aimé les avait rejoints.

— Ta chambre ici, avec moi, ça te va ?

Une chambre en partage. Avec une grande sœur. Les yeux d'Aimé brillèrent comme la Croix du Sud.

*

— Il serait temps de regagner notre chambre, non ?

Le jour se levait sur Lisbonne, les caves du Cascais étaient presque désertes. Hugo et Laura semblaient découvrir les tables encombrées de vaisselle, les serviettes repliées, les premiers rais de lumière naturelle. Leur regard se noyait dans un dernier verre nappé d'un nuage de tristesse. AfroLeaks c'était fini. Hugo accusait le coup – les scoops d'hier n'aideraient pas l'Afrique. La Caron avait raison, la vérité ne se trouve pas devant les écrans mais au bout des routes que nous arpentons, pas après pas, en battant la semelle. S'il n'y avait eu que les fuites de données, le monde n'aurait pas changé. Il avait fallu que s'y ajoutent la souffrance et la révolte de villageois, là-bas à Bukavu. Pour contrer Kerimov, il y avait eu de nombreux actes de résistance, que ce soit au Kivu, à Belgrade, Genève et Bruxelles. Et il avait aussi fallu ces confidences de Malta dans les salons du Crillon.

Malta qui ne parlait que pour mieux protéger ses intérêts, voilà la réalité. Dans ces jeux de pouvoir, que pèse le journalisme ?

— À quoi penses-tu, Hugo ?

— À nous, Laura…

Hugo sourit. Il ne se pardonnerait pas un mensonge.

— À nous, pauvres journalistes, corrigea-t-il. Nous sommes tellement convaincus de notre utilité que nous en oublions de vivre nos vies. De pauvres Robins des Bois, toujours à un cheveu de se convertir en petits Robespierre. Tu connais Robespierre ?

Laura restait silencieuse. Il poursuivit :

— Un révolutionnaire français. C'est Malta qui m'a soufflé son nom. Il rêvait de réglementer la Bourse, et cela s'est terminé dans un bain de sang. C'est à lui que je pense. Nous, journalistes, qu'est-ce qu'on apporte au monde que nous traversons ? Les « croisés de la vérité » sont souvent des croisés de l'ego, en manque d'adrénaline. Tu vois de quoi je parle, n'est-ce pas ? Quant à la postérité, à d'autres !

— La damnation des mineurs de sel, continua Laura. Ils creusent pour trouver de l'eau et ne boivent que leur sueur…

Laura tendit les mains sur la table et saisit les poignets de Hugo.

— Nous ne pourrions pas penser à autre chose ? Enterrer nos guerres, embrasser nos rêves ? Construire quelque chose qui nous rende heureux et peut-être nous survive ?

Laura s'interrompit, Jürgen quittait la salle. Elle le salua d'un signe de tête sans lâcher les poignets de son compagnon.

— J'ai un truc à te proposer, Hugo. On a enquêté sur des intérêts miniers. Pas sur les trafics d'enfants. On pourrait peut-être dépoussiérer la documentation qui reste dans les archives du *Soir*, non ? Les enfants trafiqués de l'adoption, ce serait un fameux leak ! Mon contact au Congo m'a fait remonter l'histoire de deux frères enlevés par un passeur belge. Ils viennent de se retrouver par miracle. Il n'y aurait pas là une belle histoire à écrire ensemble ?

Hugo sourit.

— Je ne demande pas mieux. Je pense qu'on a commencé à l'écrire, non ? murmura-t-il en se penchant pour l'embrasser. Mais cette histoire de gamins volés, qui va nous aider à l'écrire, penses-tu ? Les trafiquants, les associations complices ? Les parents, qui ne savent rien et ne veulent souvent rien savoir ? Je vois ce qui t'anime, mais j'ai un doute. Et surtout, qui penses-tu que ce déballage aidera ? Ces enfants aujourd'hui adultes, dont la vie a été bâtie sur une imposture ?

*

Et pourtant, les écrits étaient là, têtus. Installée à son nouveau bureau, Xahra commençait à trier l'avalanche de documents reçus ces dernières semaines :

RÉPUBLIQUE DU ZAÏRE

Attestation d'identité complète n° 108/1991

« Je soussigné (...) chef de zone (...) atteste par la présente que l'identité complète de l'enfant Juju est la suivante : Kabange Mtwale, Julien, père Aloys, mère Bernadette, date de naissance 29 février 1984, colline d'Itombwe, commune de Fizi, province du Sud-Kivu.

État civil : célibataire.

Profession : écolier. »

Sur papier au moins, le rebelle avait une famille. Il y avait quinze, vingt, cinquante attestations de ce genre dans le dossier. Xahra parcourut une dernière fois le paquet de documents que la journaliste espagnole lui avait envoyé. Dix centimètres de dossier, l'ADN de toute une colline dépeuplée de ses enfants. Dont celui-ci parmi tant d'autres :

RÉPUBLIQUE DU ZAÏRE
Attestation d'identité complète n° 109/1991

« Je soussigné (...) chef de zone (...) atteste par la présente que l'identité complète de l'enfant Lulu est la suivante : Kabange Mtwale, Lucien, père Aloys, mère Bernadette, date de naissance 29 février 1989, colline d'Itombwe, commune de Fizi, province du Sud-Kivu.

État civil : célibataire.

Profession : sans profession. »

Après son adoption, « Lulu » était devenu Lucas.

Il avait le droit de savoir, et je suis heureuse de lui avoir offert ça.

L'avalanche de noms, de liens familiaux, de hameaux et de collines tournoyait dans la tête de Xahra. Les deux frères portaient le même patronyme qu'un certain Hippolyte Kabange Mtwale, alias Son Excellence Joseph Kabila, né à Fizi une quinzaine d'années plus tôt.

Et s'ils étaient les frères ou cousins du président, ce serait dingue, non ?

Xahra leva la tête et contempla les rayonnages vides de son nouveau bureau. Où allait-elle ranger ces documents ? Elle repéra un tiroir discret, le referma sur un passé qui ne concernait plus que les fantômes d'enfants devenus adultes.

Occupons-nous plutôt des orphelins du jour.

Elle déversa dans le même tiroir les coupures de presse, courriers, documents divers que les AfroLeaks avaient fait atterrir sur sa table. Quelques souvenirs dont il lui arrivait encore de trembler la nuit, l'image des corps, mais aussi un combat qui avait porté. Quelques coquets souvenirs qui l'aideraient à vivre. Le double jeu de Kabila exposé dans la presse mondiale, le retrait forcé des mercenaires du Zimbabwe et des pilotes ukrainiens. On était encore bien loin d'une justice pour les meurtres et viols, mais l'idée d'un sanctuaire dédié aux petits creuseurs avait fait son chemin.

L'arrivée d'une camionnette devant le hangar et l'usage immodéré d'un avertisseur tirèrent Xahra de ses pensées.

Lucas !

— Tes bagages sont faits, tu nous quittes ?

— Mauvaise nouvelle, Xahra, je reste. Et je continuerai à travailler pour les affreux de la grande industrie.

— On jurerait que cela te fait plaisir, dit-elle, un peu piquée. Attention à ma concurrence, désormais.

— On va travailler ensemble, Xahra. Baron Mines ne veut plus de troubles, ni de mauvaise publicité dans la zone sud. Ils m'ont chargé d'épauler les artisans creuseurs, d'étançonner et améliorer la sécurité de leurs galeries. Je les ai convaincus d'embaucher Archange et Jean de Dieu. Qu'est-ce que tu en penses ?

Il n'y avait pas de diamant, expliqua Lucas. Le ruisseau avait atteint une poche de pierres semi-précieuses, Jean de Dieu en avait collecté quelques très belles. Les Russes eux-mêmes y avaient cru. Malheureusement, ce n'était qu'un faux espoir. Le massacre et la campagne de presse puis la déroute de Kerimov avaient en revanche suffi pour mobiliser les pontes de Toronto et les convaincre de dégager de jolis budgets pour un projet social.

— Juju aura besoin d'aide à sa sortie de l'hôpital. Besoin de son frère, besoin d'un avocat. Bref, je reste. Je vais même accueillir à l'aéroport une nouvelle recrue qui va organiser avec moi l'aide aux artisans mineurs. Un jeune gars qui vient de Suisse.

Lucas fit mine de s'éloigner. Mais au moment de passer la porte, il craignit de ne pouvoir la repasser s'il ne laissait parler son cœur. Il se retourna et dévisagea Xahra.

— Je cherche une maison à Bukavu pour m'installer. Je pensais que tu pourrais peut-être m'aider. Je me suis trouvé un passé avec Juju. Je pourrais commencer à me construire un avenir, non ?

Lucas tourna le dos, cette fois il quittait la pièce. Une petite maison pour un autre orphelin, songea Xahra.

*

— Taxi !

Hugo se mit en travers de la promenade Dom Luis pour arrêter la voiture.

— À l'hôtel Lido.

Samedi 10 juin, 22 °C déjà, un vent doux et chaud s'était levé sur Estoril en même temps que le soleil, et sur la banquette arrière Laura se laissa tomber dans les bras de Hugo. Ils n'avaient pas de vol retour, pas d'agendas, plus de bagages à préparer, le temps s'était arrêté. L'été serait beau.

— J'en ai un peu assez de courir après les scoops, les pépites et le vent. Entre nous deux, j'imagine une histoire de gens sans histoire. Nous installer dans une maison modeste en bord de mer, où nous serions juste heureux, tu vois…

Qui a parlé ainsi, Hugo ou Laura ? Sans doute l'ont-ils pensé très fort tous les deux. Mais ils n'ont plus parlé d'enfants, pas ce matin-là. Leur taxi est rentré par le bord de mer, d'où s'élevaient déjà des rires d'enfants. Sur la promenade de la plage de la Duchesse, sans autre témoin que deux hommes en smoking et un chauffeur en livrée, un grand-père apprenait à son petit-fils les rudiments du vélo.

— Vas-y, Alexander Borissovitch, tu vas y arriver !

Face à la mer, le projet était simple : faire tourner le pédalier.

Avancer.

Ne pas tomber.

Remerciements

Merci à Paul Colize, Jacques De Decker et Pierre Mertens pour leur aide et leurs mots d'encouragement à des moments clés de la rédaction de ce livre.

Un immense merci à celles qui ont accepté de lire et d'accompagner le manuscrit, en particulier à mon agente, Valérie Miguel-Kraak.

Un clin d'œil aux réseaux internationaux de journalistes d'investigation, EIC, ICIJ, Forbidden Stories et OCCRP, tout un monde dont j'ai partagé la fièvre durant dix-huit ans et dont sont nés les personnages de journalistes de ce roman et leur enquête. Les intrigues de ce roman sont très librement inspirées de documents figurant dans les Panama Papers (ICIJ), Malta Files (EIC) et le Daphne Project (Forbidden Stories/OCCRP), ainsi que d'étranges « cartons suisses » livrés un jour à Mediapart.

Merci enfin aux ONG de Bukavu, Florence de l'Observatoire des ressources naturelles, Santiago de Justice et Paix, merci à la Chefferie de Luhwinja et à tous les enfants mineurs de Kadumwa (Sud-Kivu). Leur réalité dépasse toute fiction.

Pour changer le monde,
il faut cogner.
ALAIN LALLEMAND
Et dans la jungle, Dieu dansait
ET DANS LA JUNGLE, DIEU DANSAIT ALAIN LALLEMAND
Le Livre de Poche
« UN LIVRE À L'ÉCRITURE TRÈS INSPIRÉE
QUI EST UN CHANT D'AMOUR À LA COLOMBIE
ET INTERPELLE SUR NOTRE BESOIN DE RÉVOLTE. »
LA LIBRE BELGIQUE.

Imprimé en France par
CPI BRODARD & TAUPIN (72200 La Flèche)
en février 2020

pour le compte des Éditions J.-C. LATTÈS
17, rue jacob – 75006 Paris

N° d'impression : 3038151
N° d'édition : 01
Dépôt légal : avril 2020
Imprimé en France